泰戈尔精品集

【传记卷】

TAIGE'ER JINGPIN JI ZHUANJI JUAN

【印度】泰戈尔 著
白开元 译

时代出版传媒股份有限公司
安徽文艺出版社

图书在版编目(CIP)数据

泰戈尔精品集·传记卷/[印]泰戈尔(Tagore,R.)著;白开元译.—合肥:安徽文艺出版社,2011.7
ISBN 978-7-5396-3690-0

Ⅰ.①泰… Ⅱ.①泰… ②白… Ⅲ.①泰戈尔,R.(1861~1941)-传记 Ⅳ.①I351.15②K833.515.6

中国版本图书馆CIP数据核字(2011)第059474号

出版人:朱寒冬　　策划:刘哲
责任编辑:刘哲　秦雯　　装帧设计:徐睿

出版发行:时代出版传媒股份有限公司 www.press-mart.com
安徽文艺出版社 www.awpub.com
地址:合肥市翡翠路1118号 邮政编码:230071
营销部:(0551)3533889
印制:合肥义兴印务有限责任公司 (0551)3355286

开本:700×1000 1/16 印张:14.5 字数:300千字
版次:2011年7月第1版 2011年7月第1次印刷
定价:26.00元

总序

Zong Xu

罗宾德拉纳特·泰戈尔(1861—1941)是印度现代时期出现的一位文化巨人,集文学家、艺术家、哲学家、教育家和社会活动家于一身。综观他的生平著述和活动,所体现的文化创造力是令人惊叹的。

作为文学家,泰戈尔的创作涉及各种体裁:诗歌、小说、散文、戏剧、文论和歌词等。而且,各种体裁的作品都有相当可观的数量,并展现独到的艺术成就,堪称世界文学史上并不多见的全才型的伟大作家。

泰戈尔的文学创作既扎根于印度母亲大地,又有宽阔的世界视野。他熟谙印度历史悠久的宗教、哲学和文学传统,又关注西方现代文明和文学的发展。他头脑清醒,目光敏锐,对于这两者文化,都善于吸收其精华,而抛弃其糟粕。他是沟通和融合东西方文化的成功实践者。他的创作贴近自然、社会和人生,浸透人道主义精神。他注重作品的内容和情感,也讲究表现形式,追求完整和谐的艺术美。因此,阅读他的作品,总会让人感受到其中蕴涵的思想和艺术魅力,可以细细咀嚼和回味。

中国和印度同为文明古国,有着两千多年的文化交流史,而泰戈尔是现代中印文化交流的伟大使者,由于中印两国在近代共同的历史命运,泰戈尔对中国人民始终怀有深切的同情和真挚的友好情意。他曾经两度访华,与中国人民结下深厚的情缘。他还有一个美好的中文名字,叫“竺震旦”。他的作品也受到中国一代又一代读者的由衷喜爱。在20世纪中国的外国文学翻译中,泰戈尔是作品获得翻译和出版数量最多的外国作家之一。

今年是泰戈尔诞生150周年。为此,安徽文艺出版社出版这套4卷本的《泰戈尔精品集》。我要在这里特别提请读者注意的是,这套精品集的译者是白开元先生。白先生是国内屈指可数的精通孟加拉语的专家之一，而且，他毕生专注于泰戈尔作品的研读和翻译。泰戈尔是用孟加拉语写作的作家。文学是语言的艺术。因此，强调从原文翻译是翻译界的共识。而国内长期以来缺乏通晓孟加拉语的人才，以至过去的泰戈尔作品译本大多从英语或其他语言转译，也是迫不得已。现在，白先生奉献给读者的这套《泰戈尔精品集》全部是依据孟加拉语原文翻译的。这是值得我们额手称庆的。这样，出版白先生翻译的这套精品集，也为纪念泰戈尔诞生150周年增添了一种特殊的意义。

黄宝生

2011年2月10日

代序

Dai Xu

库萨伊吉[1]先生请我为孩子们写些作品。我想，那就写泰戈尔童年的事情吧，于是，我千方百计重又返回昔日的魔幻世界中。那世界里里外外的尺度，和现在迥然不同。当时油灯的黑烟，大大多于它散发的光亮。在理性的王国，尚未开始进行科学考察，“可能”与“不可能”的界线的标志，交叠在一起。叙述那段岁月使用的语言，当然是朴素的，尽可能适合孩子们的接受能力。随着年龄增长，幼稚的想象之网，会像雾一样从心中渐渐消失，可我并未改变讲述童年时所用的语言。故事的叙述方式，未被允许越过童年的界线。不过，写到最后，我的回忆抵达了少年时代的面前。在那儿伫立片刻就会明白，少年的天性，在与神奇环境的出人意料和不可避免的接触中，慢慢成熟起来了。将全部记叙称之为童年的特殊意义，在于说明孩子的成长就是他生命力的成长。人生的第一阶段那最重要的发展过程，是值得沿袭的。随着生命成长所需要的营养物质，少年很容易从周围获取。他只让以现行教育方法把他培养成人的努力的极少一部分，在自己身上结出果实。

这本小书的少量内容，可以在《人生回忆》中找到。不过两本书的趣味不同，其差别类似于湖泊和瀑布的差别。《人生回忆》是故事，而这本书是鸟啼。前者出现在篮子里，后者出现在树上。它把四周的树枝和果实融为一体，生动地闪现。它的一些形态，显现在前不久出版的一本诗集中，那是一部诗的电影，书名叫《儿歌之画》。书中有一些絮叨是未成年人的，有一

① 库萨伊吉，加尔各答大学的孟加拉语教授。

些则是成年人的。书中展现的欢乐,是儿童情感的快乐。可这本书是用孩子的语言写的散文集。

罗宾德拉纳特·泰戈尔

序诗

Xu Shi

那时我是小孩,灵巧的身体
像一只小鸟,只是没有双翼。
一群群鸽子飞离邻居的房顶,
走廊栏杆上乌鸦呱叫个不停。
胡同里走过叫卖商品的小贩,
用毛巾盖着装满小鱼的竹篮。
哥哥正站在楼顶上拉小提琴,
黄昏星之曲中融入他的琴声。
我丢下英语课本,去找嫂子,
她纱丽的红贴边遮盖着脸腮,
我偷她的一串钥匙藏在花盆里,
以捣乱招来她温和的假生气。
贾杜吉黄昏时分突然来拜访,
左手拿水烟筒,披肩盖着肩膀。
洛波古斯写的儿歌,他倒背如流,
我不想写作业,也不愿背书;
我心里想的是:采用哪种手段,
我才能轻易地加入民间艺术团,
到一座座新的村子演唱歌曲,
从此不用老为学习升级焦急。

放了学,刚刚走到我家门前,
忽见楼顶上落下乌云一团团。
天降大雨,街道全沉入积水,
屋檐下水柱好像大象的鼻子。
黑暗中潮湿的雨声在耳边回响,
神话中的王子在平原迷失方向。
我认识的山脉江河全在地图上,
如昆仑山、密西西比河和扬子江。
懂的,半懂的,在远处一起听,
用各种彩线编织着神奇的美梦。
各种声音、运动、精灵、万物,
一层层把我这轻盈的世界围住。
思绪在这无边的世界中间萦绕,
像水中的苔藓,似云中的飞鸟。

CONTENTS 目录

第一辑

我的童年

我至今常常想起，明媚的秋阳照射着那南游廊前的花园,我哼唱着新写的歌词：秋风习习，晓梦中我的生命向往什么?

我的童年

一

我出生的加尔各答是一座古老的城市。城市的大街小巷嘎哒嘎哒奔跑的出租马车，掀起滚滚尘烟，车夫的鞭子不停地抽打骨瘦如柴的马背。那时候没有电车、汽车、摩托车，工作也不像现在这样忙得让人透不过气，人们过着悠闲自在的生活。政府机关的职员在出门之前，从容地吸上几口水烟，而后嚼着枸酱包去上班。他们有的坐轿子，也有三五个人合租一辆马车，均摊车费。有钱人的马车上印着本家族特有的姓氏图案，半掩着面纱般的皮车门帘儿。车夫坐在前座上，包头布按当时流行的样子缠裹着。腰里插着用牦牛的长尾毛做的拂尘的两个马车夫站在车后，吆喝着驱赶路上的行人。

妇人外出，必须坐关着门的轿子，面前黑糊糊的，令人感到憋闷。坐马车，她们十分羞怯。烈日下，下雨天，她们头上都不打伞。任何一个胆敢穿紧身衣和鞋子的女人，都被嘲讽为模仿洋女人，是丢弃所有礼仪、不知廉耻的人。如果一个女人意外地遇到家庭成员以外的男人，她必须立刻用面纱遮住面孔，咬着舌尖转过身背对着陌生人。女人出门乘坐的轿子，就像她们的住所一样是关着门的。富家小姐和媳妇的轿子罩着厚厚的布盖，望去像一座活动的坟墓，手持铜头棒的家丁走在"坟墓"旁边。他们的职责是捻着胡须看门护院、保护送往银行的钱或走亲戚的妇女；节日期间，保护乘轿子下恒河沐浴的妇女，确保她的安全。上门兜售商品的小贩，需贿赂看门的希乌南丹，以获得许可；受雇的车夫也得给希乌南丹一些好处，有时因有不愿遵从此惯例而在门口发生争吵。

那时候，仆人的头领索沃罗摩是我们家的教头，他大部分时间练习拳术，挥舞棍棒。有时坐在一边碾磨大麻，有时静静地吃生萝卜和嫩菜叶。我们这些男孩子在他耳边大喊“罗陀——黑天——[1]”，他越是举起双手说“是，是”，我们就越来劲儿。他这样做是要伎俩，以便不断地听到他尊敬的神祇的圣名。

那时城里没有煤气灯，也没有电灯。开始使用煤油灯时，它的灯光曾使我们惊叹不已。每当夜幕降临，仆人们在每个房间点燃蓖麻油灯，我们的书房里点燃只有两根灯芯的油灯。伴着昏黄的灯光，老师开始教我们贝利塞尔卡尔编写的初级课本。慢慢地，我开始打哈欠，最后实在太困了，不得不使劲揉发沉的眼皮。这时候，老师对另一个学生萨亨的夸奖往往就在我耳边响起，他可真是天生学习的材料，为了保持头脑清醒，他竟把鼻烟抹在眼睛上。对我最好别说这些废话！就连我可能成为家里最笨的人的可怕想法，也不能使我清醒。九点一到，我终于解脱了。我双眼迷迷糊糊，困意已经麻木了我的脑子。

泰戈尔卧室

我家内宅、外宅之间是一条有百叶窗的狭窄的走廊，廊顶上挂着一盏灯光昏暗的灯笼。我一走进这条走廊，就觉得好像有什么人跟在我身后，吓得我直哆嗦。那个时代，魔鬼和精灵隐匿在每个人的内心深处，到处流传着鬼神的故事。说不定哪天，某个女仆突然扑通一声倒在地上，不省人事，因为

① 印度神话中的一对恋人。

她听到了女妖怪桑格朱妮的鼻音浓重的话语。所有魔鬼中，桑格朱妮脾气最坏，据说，她贪吃鱼。另一个故事与生长在我家西墙外的那株枝繁叶茂的杏树有关。据说，有个神秘的幽灵，一脚踩着树枝，一脚踩着我家三层的房檐。为数众多的人们声称亲眼见过这个幽灵，使得不少人都相信这个幽灵的存在。我哥哥有个朋友对此嗤之以鼻，于是有些仆人认为他不虔诚，很有些看不惯，还说总有一天他会被扭断脖子，那时他的观点就不攻自破了。周围这种充斥着鬼神的恐惧气氛，吓得我把脚一放在桌子下面的黑暗中便起鸡皮疙瘩。

那时候还没有铺设自来水管。在春季玛克月和法尔衮月，恒河水清澈见底，我家的挑夫将一个个装满河水的陶罐用扁担挑回来，储藏在家里一层昏暗的房间的大缸里，这便是我们常年的饮用水。这些摆着一排排大水缸、散发着霉味的潮湿房间，是神秘"怪物"的老巢。我们中谁不知道那些"怪物"呢？它们张着血盆大口，眼睛长在胸脯上，两只耳朵像簸箕，一双脚向后倒长着。每当我走进内花园，眼前就会浮现出"怪物"的影子，吓得我心跳不止，便不由得加快了步子。

涨潮的时候，恒河水流入路边石砌的水渠。从我祖父那时起，我家就被允许将河水引入自家的水塘。水闸一开，河水奔涌而入，像瀑布一样翻腾轰鸣，激起白色水沫。鱼儿表演着逆水游泳的技艺。我曾经倚着南边走廊的栏杆，着迷地看着流水。可是我家水塘的寿命不长，终于有一天，一车车垃圾倒进水塘，映现花园绿影的水面从此消逝了。虽然那棵杏树仍然伫立在院西的楼边，但那个曾经站在上面的妖鬼不知了去向。

祖宅内外的光亮增多了。

二

轿子是我祖母那个年代的物件。那轿子宽大、华丽，与王公贵族的彩轿相似。两根轿杠，分别由八名轿夫抬着。但是，随着声名显赫的家族如落日余晖般的逐渐破落，那些戴金手镯、大耳环、穿无袖红外套的轿夫也匿迹了。曾以彩绘装饰的轿身已斑驳褪色，面目全非，坐垫破得露出了里面填充的椰树棕毛。轿子被弃置在账房走廊的一角，好似当今已被除名的破烂家具。当时我七八岁，还没参与人世间任何必须做的事情，而这顶旧轿子已被排除在一切要事之外，因此它对我具有极大的吸引力。它仿佛大海中的孤岛，而我是放了假的鲁宾孙，独自坐在关着门的轿子里，方向不辨，没人能看得见我。

那时我家里人来人往，熟人、陌生人，不知道究竟有多少。各房的男仆女佣，整天嘁嘁喳喳，吆五喝六。

女佣芭丽刚从集市回来，挎着一只菜篮，走进前院；挑夫杜孔挑回了几罐恒河水；一个织布女进门推销新款式纱丽。每月领取工资的金匠迪努通常坐在胡同边的房间里拉风箱，按东家一家老小的要求打制首饰。这时他正走到账房里，准备和耳后别着羽毛笔的账房先生格伊拉施·姆卡吉结账要钱。弹棉花的，坐在院子里用皮弓弹旧棉被的棉花。看门人穆孔特拉尔正在绕圈子，跟独眼摔跤手学习新招式。他啪啪地拍着大腿，不厌其烦地重复四肢着地的技巧。一群乞丐在坐等每日定时的布施。

一成不变的日子就这样毫无生机地流逝着，天气越来越热，门房里的时钟忠实地报告时间。但是轿子里面的时光没有遵从时钟的通告，我仿佛生活在历史上的某个时期——正午时分，王宫大门口下朝的鼓声敲响，藩王回宫用檀香水沐浴。假日的午后，我的仆人们吃过午饭去睡觉了，我独自一人躲在安静的轿子里，完全沉浸在自我想象的旅途中。我臆想的轿夫，带我游历我向往的有趣的地方，同我一起享受旅游的乐趣。我们穿越许多遥远而陌生的国度，我用书上看到的名字为它们命名；我们钻进茂密的丛林，灌木丛后双目闪射凶光的老虎吓得我浑身战栗，幸好有猎手与我同行，砰砰两声枪响，一切恢复了平静。

有的时候，轿子变成一只孔雀船，驶向大海深处，渐渐地，海岸线从我的视野里消失了。突然，船桨掉进海里溅起一簇水花，波浪在船舷周围翻滚起伏，水手大声提醒我风暴即将来临。船舵旁站着的留八字胡、剃平头的水手阿卜杜勒，我认识他，就是他为我哥哥从帕德玛河捎来过鲥鱼和乌龟蛋。

阿卜杜勒给我讲了一个故事。四月的一天，他驾着小船准备出海捕鱼的当儿，突然刮起了龙卷风。那是可怕的台风，他的小船慢漫地下沉。阿卜杜勒用牙齿死死地咬住缆绳，跳入水中向岸边奋力游去，将小船拖上了岸。故事就这么简单地结束了，小船也保住了，一切安然无恙，这不合我的胃口，不是我心目中的“故事”。我一次次问他：“后来呢？”“后来么，”最后阿卜杜勒说，“后来的事可不一般，我竟然看到一只长胡须的黑豹。风暴来时，它爬上河对岸斜坡上的一棵菩提树，强劲的狂风刮断了树干，它落入帕德玛河，随波漂浮。它拼命翻滚挣扎才爬上这边的河岸。我当时一看见它立刻用缆绳绾了个活套，果然，它向我走来了，眼睛露出凶光。经过一番激烈地水中搏斗，它看上去饿坏了，口水顺着下垂的血红的舌头滴下来。它虽然碰到过许多人，有的被它吃掉，有的跑了，但它从未遇到过我。我大吼一声：‘来吧，伙计！’就在它抬起前爪向我扑来时，我抡出绳套套住了它的脖子。它企图逃脱，但是越挣扎绳套越紧，最终口吐白沫。”我异常兴奋地问：“它没死，是不是？”“死？”阿卜杜勒说，“他可不能死！河水暴涨，我必须赶回巴哈杜尔甘杰。我把黑豹拴在船前，让它拖着走了足有十四里。它不情愿地嚎叫，我就用橹捅它。于是平时十几个小时的路程仅用了一个半小时。行了，小朋友，不要再问我‘后来呢’，你不会再有答案了。”

“好吧，”我说，“黑豹的故事讲了那么多，现在讲讲鳄鱼的故事吧！”阿卜杜勒于是答道：“我经常看到鳄鱼的鼻尖露在水面上。当它懒洋洋地趴在岸边晒太阳时，笑容是那么阴险。如果我有猎枪，一定让它尝尝我的厉害。可惜我的持枪证过期了。不过，我还是可以再给你讲个好听的故事。有一天，一个吉卜赛女郎坐在岸边用镰刀削竹子，旁边拴着她的小羊。忽然，一条鳄鱼窜出水面，咬着山羊腿往水里拖。吉卜赛女郎一跃而起，骑在鳄鱼背上，用镰刀向鳄鱼咽喉猛砍，最终，这凶狠的野兽放开山羊，逃进水里。”“后来呢？”我紧接着问。“下面的故事和鳄鱼一起沉到河底去了。”阿卜杜勒答道，“要想找出来需要花费一些时间，在下次见到你之前，我会派人找出答案告诉你的。”但是阿卜杜勒再也没有回来，也许他仍在寻找答案。

以上是轿子里的旅程。在外面的时候，我把自己装扮成教师，走廊上的栏杆就是我的学生。他们都怕我，在我面前一声不吭，一动不动。有的学生非常淘气，心思一点儿也不放在书本上。我吓唬他们长此以往，长大后将一事无成，只能当苦力。他们从头到脚布满我惩罚的印记，但依旧顽皮。惩罚无效，只得结束我的游戏。

我有时同我的木狮子做另外一种游戏。我听过不少祭祀的故事，从而认为奉献一头狮子将是无上光荣的事。于是我用小树枝不断地抽打它的背部。同时一定要念咒语，否则那就不算合格的祭祀：

木狮子舅舅，砍你的脑袋，
木狮子舅舅，呜呼哀哉，
核桃碰核桃，咚咚咚，
吧嗒吧嗒，吧嗒吧嗒！

诗中几乎每个词都是我借来的，只有核桃这个词是我自己想出来的。我非常喜欢吃核桃。你可以从“咚咚”的声音看出我祭祀的刀子是木制的。“吧嗒吧嗒”的声音说明它不是很结实的刀。

三

从昨夜起天空乌云翻滚，大雨滂沱。树木哑巴似的呆立着，鸟儿停止啼叫。眼前的雨景使我想起了童年时的黄昏。

我们儿时喜欢在用人的房间里消磨时光。当时，拼写、背诵英文单词的烦闷的黄昏，还没有压到我的肩上。三哥极力主张，首先要把孟加拉语的基础打结实，然后再学英语。因此，跟我年龄差不多的孩子摇头晃脑地背诵 I am up（我在上面），He is down（他在下面）的时候，我的英语知识尚未达到拼读 b－a－d ＝bad（坏）、m－a－d＝mad（发疯）的程度。

名门富家的仆人的住处叫做“憩室”，尽管家道中落，憩室、账房、正厅等名称仍死抱着我家的地基不放。说实在的，我家的境况已和穷人相差无几，几乎没有马车等排场的负累。庭院角落里罗望子树下的茅房里，有一辆旧车，养着一匹老马。我的衣着十分朴素，很晚才穿袜子。早餐偶尔突破波罗吉沙尔订的菜谱，有块松软的面包和香蕉叶包的黄油，那高兴的劲儿，简直就和手捧着月亮一样。当时家里正教育大家，要坦然承认富裕的家境已衰败的现实。

跟我们坐在席子上闲聊的仆人的头领，名叫波罗吉沙尔。他须发斑白，面皮干枯，皱纹纵横交错，表情呆板，嗓音粗哑，说话啰嗦。他先前的主人是赫赫有名的富翁，如今屈尊照拂我们这群年小的无名之辈。据说他过去当过乡村教师，至今仍保持着教师的风度和语言习惯。他不说“先生们坐着”而说“先生们正襟危坐地恭候着”。主人听了不禁哑然失笑。

他生性古板、孤傲，却极重视肢体的洁净。下池塘洗澡，两手叭嗒叭嗒推拨水上的浮油，然后噌地潜入水中。洗完澡上岸，走在果园的小径上，双臂向后作45度弯拱，这种姿势走路，似乎可以躲避天帝创造的凡世的污秽，保持种姓的圣洁。他谈论哪种行为正确，哪种举动荒谬，褒贬的倾向性十分明确。略驼的后背，增加了他言语的分量。可惜儒雅风度掩饰不住他的嘴馋。他伺候我们吃饭的方式与众不同，不是先把足够的饭菜盛在一只只盘子里，而是等我们落了座，手指捏着煎饼，摇晃着逐个询问："要不要再来一张？"从他的声调不难揣摩他企望的回答。我几乎每回都说"不要了"，他也就不再强劝。我素来对牛奶兴趣索然，但喝奶是他难以抑制的嗜好。他屋里碗柜里一只大铜碗，天天盛满牛奶，一只木盆里总有煎饼和菜肴，一只猫老在窗纱外转来转去地嗅着。

我从小习惯于尽量少吃食物，但不能说我少吃了就身体瘦弱。比起食量大的孩子，我的力气大而不是小。我健康得可恶，想逃学逃不成，苦恼极了。折磨身体，照样不生病。一整天脚穿水泡湿的鞋子，也不着凉感冒。秋天睡在露天凉台上，露水濡湿头发、衣服，嗓子眼里仍听不见咳嗽的动静。我从未发现消化不良之类的肚痛的征兆。实在想逃学，只得对母亲撒谎说肚子痛得不行。母亲心里暗笑，未露出一丝忧愁的表情。她把仆人叫去，吩咐说："去，告诉家庭老师，今天不必上课了。"

我那位守旧的母亲认为，儿子旷几节课，学业不会有损失。假若落到现在那些望子成龙的严厉的母亲手里，送回学校自不待言，耳朵也少不得被拧几下。

我母亲有时微微一笑，让我喝一口蓖麻油了事。生病在我一向是件乐事。偶尔发烧，家里人不说是发烧，而说身子有些热，于是请来郎中尼勒麦达巴。我那时还没有见过体温表。他摸摸我的额头，开出第一天的处方：吞一口蓖麻油；禁食。给我喝的水也很少，而且是开水。禁食后的第三天，吃的泡饭，喝的鱼汤，如同琼浆玉液。

泰戈尔母亲

我记不起发高烧是什么滋味，未听说患过疟疾，服过奎宁。泻药的王国里，只有蓖麻油。我身上未落下一块伤痕或疮疤。我至今不晓得什么叫麻疹、水痘。我的身体结实得过于顽固。如今的母亲想让孩子不得病，逃不出老师的手心，最好雇佣波罗吉沙尔这样的仆人。既省医药费，又省伙食费，尤其是掺假的机磨面粉和酥油盛行于市场的今日。

当年的市场上没有巧克力出售，只有一分钱一块的玫瑰芝麻糖。我不知散发着玫瑰香味的芝麻糖现在粘不粘孩子们的口袋，但确信已羞涩地逃离显贵们的邸宅了。那一包包油炸米花，那便宜的方块芝麻糖如今在哪儿？这些零食还有人做吗？没有的话，不必费力考证，重新挖掘它的制作过程了吧。

我每天傍晚听波罗吉沙尔讲葛里迪巴斯改写的共有七章的《罗摩衍那》史诗故事。名叫莎吐姬的女孩复习了一会儿功课也来听故事。《罗摩衍那》中的说唱词，波罗吉沙尔拖腔带调地背得下来。他端坐在席子上，把葛里迪巴斯抛到九霄云外，绘声绘色地表演：啊，出现了预兆。啊，凶兆，凶兆，大事不好……他面带笑容，秃顶闪闪发亮，儿歌般的唱词，像清泉汩汩流出他的喉咙。每行的韵脚铿锵有力，像水下敲击的鹅卵石。唱着，唱着，便手舞足蹈起来，把听众引入故事的情境之中。

莎吐姬感到最大的遗憾是，她称之为大哥的我，空有一副好嗓门，不学波罗吉沙尔那样说唱，否则早已蜚声四海了。

夜深了，草席上的故事会散了。脊梁骨里装满对魔鬼的恐惧，我回到内宅母亲的房里。母亲正和伯母她们在打扑克。水磨石地板像象牙一样光洁，床上盖着床罩。我们几个孩子不停地捣乱，她无奈地掷下牌，说："伯母，您给他们讲个故事吧。"

我们在游廊里用陶罐里的水洗了脚，拽着堂祖母上床。故事从唤醒在地狱里沉睡的公主开始讲起，讲了一半，唉，谁来唤醒我哩！

午夜，远处传来胡狼凄厉悠长的嗥叫，好似加尔各答某些旧宅颓垣下的哀泣。

四

我小时候，加尔各答的夜晚不像现在这么热闹。如今太阳一落山，阳光就被灯光所代替。人们不再做正经的工作，但也没闲着，好似火焰熄灭后的木炭，仍旧保留着余热。榨油机停转了，轮船的汽笛沉寂了，工人们离开了工厂，拉黄麻的水牛也入厩了，但城市的脉搏依旧在燃烧了一天的思想的余热中跳动。虽然已像冒烟的灰烬，马路旁商店里买卖仍在进行。大街小巷里奔跑的摩托车发出不同的轰鸣，尽管已不如白天那么急迫。可是在我记忆中过去的那个年代，只要白天一结束，停止做的生意就把自己裹进夜晚的黑毯子里，在城市的一片静默漆黑中睡去。夜空静谧，周围如此沉寂，能听见在我家旁边街道上传来马车夫的吆喝，那些富翁在恒河边的伊甸花园里呼吸了新鲜空气回来了。

炎热的杰特拉月①和维沙克月②，卖冰的小贩们在街上四处叫卖。他们的锅里用冰块围拥着一小听一小听的盐冰水，如今它已被更流行的冰淇淋代替了。只有我自己知道，站在临街的阳台上，听到卖冰水的吆喝，我的精神是怎样的为之一振。紧接着，又传来了小贩卖茉莉花的吆喝声。现在不知何故很少听说园丁春天种那些鲜花了。以前，空气中充满了女人们绕发髻的茉莉花串散发的幽香。女人们去恒河沐浴之前，往往坐在屋外对镜梳妆。她们用黑色发带细心地把头发束成各种样式的发髻，穿上按当时流行款式打褶的镶黑边的昌特尔纳迦尔产的纱丽。理发师的妻子用磨圆的小石块为她们揉脚，并在她们的脚上抹红色虫漆，在女人中间传播小道消息也是她的一种爱好。

那时候人们下班或放学后，不像现在成群地涌进足球场，或聚集在电影院里。那时也演出优秀戏剧，可我还是个孩子，唉！

那个年代，儿童不能和成年人共同娱乐，在远处看看也不行。如果胆大的孩子走近一点，大人们就会说："走开，走开，自己玩去！"一旦我们自己玩得热闹了，他们又要说："安静点！"可他们娱乐谈话时一点也不安静。我们间或能感受到远处大人们的快乐，好像瀑布的小水花溅落在我们身上。我家举办大型聚会时，一辆辆马车停在门前。我几个哥哥负责把客人们从大门口引领到楼上，为他们喷洒玫瑰花水，并送上花束或别在胸前的小花。我们这些小孩只能徘徊在院子旁边的游廊里，望着灯火通明的客厅里的大

① 印历12月，公历3月至4月。

② 印历1月，公历4月至5月。

人们。演戏开始了，一位贵妇人的呜咽声传到我们的耳朵里，我们一直搞不明白为什么哭得那么古怪，越不明白越想知道，后来我们发现哭泣者原来是我姐夫。在那个年代，儿童与成人，就像男人与女人一样，被严格地分隔在各自的房间里。客厅耀眼的吊顶烛灯下，歌舞升平，男人们抽水烟，家里的女人手捧盛枸酱包的盒子，坐在屏风后的柔光里。来访的女宾们聚集在角落里悄声谈论着家庭琐事。这时，我们这些孩子已上床躺下，听女佣比娅丽或桑迦丽讲故事："在月光下，像盛开的花一样……"

五

我小时候，名门大户时兴筹建剧团。这些剧团需要大批嗓音甜美的男孩。我一个叔叔就是剧团的老板，他具有写剧本的天赋，而且对培养演员非常热情。在整个孟加拉，职业剧团就像贵族圈里的业余剧团一样风靡一时。在著名演员或豪富的赞助下，剧团像雨后春笋般涌现。赞助者或经理不一定都来自上层社会，不一定都受过高等教育，他们的声誉来自人格魅力。我家里经常举行戏剧表演，但不允许我们这些小孩参加。我想了许多办法只看过一出戏的序幕。院子周围的游廊里站满了剧团的人，空气中弥漫着烟草味。那些男孩个个留长头发，眼圈因疲劳而发黑，年龄虽不大但老气横秋，嘴角由于长期嚼槟榔染成了黑色。他们的演出服装和其他行头放在绘着图案的铁皮箱里。大门一开，观众像蚂蚁般涌进院子，到处是喊喊喳喳的人，叫嚷声甚至飘过胡同，传到吉德普尔的大街上。九点的钟声刚一敲响，萨莫就像老鹰捉小鸡般的扑向我，用他粗糙的手拉住我的胳膊，说："妈妈叫你去睡觉！"我对被当众拉走极为不满，但不得不屈服于大人的压力回到卧室。屋子外面喧闹嘈杂，一只只枝形烛灯把院子照得通明；屋子里面寂静无声，一盏桐油灯闪射出微弱的亮光。睡梦中，我好像隐约听见了铜钹敲击的舞蹈的节奏点。

成人们通常按照自己的意愿限制孩子的一切活动，偶尔出于某种原因想让孩子放松一下，就吩咐让他们也去看戏。有一回演出一部表现那罗王和王妃的爱情故事的戏，演出开始之前，我们被要求睡到十一点半。大人们一再保证在演出开始前叫醒我们，但我们并不相信他们的诺言，我们了解大人们的行事方式。大人就是大人，孩子就是孩子，不会错，可是这一天，虽然不很情愿，我主动上了床。因为，一是妈妈答应到时候叫醒我，二是九点醒了以后，我不停地使劲拧自己的腿，不让自己再睡着。演出的时候到了，我被带到外面，彩色烛灯放射出来的耀眼光线使我眼花缭乱。院子里铺了白布单，显得比平时大了许多，有一块地特意留给家族的长辈、他们的客人和一些显贵，其他地方挤满了自动跑来看戏的人。剧团由一位扎着金腰带的著名演员率领，观众不分长幼挤在一起，大部分观众被显贵们称为乌合之众。剧本是一位土生土长、没有学过英文的孟加拉作家写的，其中的曲调、舞蹈、情节源于孟加拉的农村生活，剧本未请学者修润。

我们坐到观众席上哥哥们的旁边，他们交给我一些用手绢包着的钱。在演出最精彩时把这些钱抛到台上是一种时尚。这是演员的额外收入，也为家族带来好声誉。

夜晚即将消逝，可演出还在继续。这时有人挟住我软弱的身躯，强行把我裹挟走了。我不知道他是谁，也不知道他要把我带到哪儿去，因为我已羞愧得不想去搞清楚。今天，我同大人们平等地坐在一起看戏，发小费，不久，就在全院子的人面前把我带走，真丢脸！我醒来时躺在妈妈房间里的沙发床上，太阳已经很高了，但我还没有起床，这样的事以前从来没有发生过。

如今，城市的娱乐活动像溪水一样淙淙流淌。任何人想看电影，花不多的钱就可以看一场。可是从前，娱乐活动是那么稀少，好似干涸的河床上相隔三四英里的水洼，旅人们焦急地围在水洼四周，掬水以缓解干渴。

昔日的生活好比国王的儿子，只在过年过节或自己高兴时给臣民们分发一些上好的礼品；而现代的日子好比商人的儿子，坐在街道的十字路口，面前摆着各种各样价廉物美的商品，吸引八方来客。

六

波罗吉沙尔是仆人的头目，他的副手叫萨莫。波罗吉沙尔老家在查索尔，他是个地道的乡下人。他讲一口让加尔各答人听起来费解的方言，经常把 tara、ora，说成 tenara、onara；jete 和 khete 说成 jati 和 khati。他曾亲切地叫我们 domani。波罗吉沙尔皮肤黝黑，大眼睛，头发油亮，身体健壮。他心地善良，对孩子们温和友善。他给我们讲强盗的故事，由于这种故事的流传，人们像害怕鬼神一样对强盗充满恐惧，即使在现在，强盗也杀人、抢劫，无恶不作，但警察却总是抓错人。不过现在强盗只在新闻报道中出现，不再带有任何冒险传奇的色彩。以前强盗被编进故事，在民间流传很广。我小时候，曾见过一些在青壮年时当强盗的人，他们都是挥舞木棍的好手，身边常围着想学棍术的徒弟。人们听见他们的名字，肃然起敬。强盗并不完全意味着冲突与流血事件，他们不仅身体强壮，武艺精湛，而且讲义气，心地善良。有的富豪家里专门辟出一块练习棍术的场地，那些身手不凡、颇有名气的师傅，连真正的强盗也畏惧三分，不敢接近他们。抢劫是某些地主的职业。我听过一个故事，一个地主命令他的喽啰埋伏在河流入海口，在月牙儿初升的一个夜晚，这些喽啰带回一颗祭祀女神的人头。地主看到人头不禁拍着自己的脑袋大叫："你们都干了些什么！这是我的女婿呀！"

我们还听过强盗罗古和毗苏抢劫的故事。据说他们在抢劫之前提前通报，从不偷袭。当远处传来他们的吼叫声时，村民全身的鲜血冷却了，但他们的纪律是不伤害妇女。有一次一个妇女竟然成功地劫掠了他们，这个妇女化装成迦里女神，挥舞着女神使用的弯弯的镰刀，喝令他们供奉祭品。

记得有一天，我家举行了一场抢劫的表演。参加者都是身材高大、皮肤黝黑、留着长头发的年轻人。一个人用布包裹一根很重的舂米的木杵，用牙咬住布，让木杵在他背上滚来滚去；一个人抓着另一个人的头发，转动他的头使他不停地旋转。他们站在长竹竿上，纵身跃上二楼。一个人低头站立，两手举起在头顶握住，两臂间形成一个圈，另一个人鸟一般穿过那个圈。他们还表演了如何在二三十英里外抢劫，当天晚上，像好人一样回到家里，安安稳稳地睡觉。

这些人个个有一副长竿，长竿紧绑着一块木板，用作脚镫。这种长竿叫做高跷。脚蹬高跷，手扶竿顶，走一步相当于步行十步，比马跑得还快。我曾鼓励圣蒂尼克坦学校的男孩们练习踩高跷，当然目的绝不是抢劫。在我的脑海中，抢劫的画面中掺杂萨莫讲的故事中的那些可怕景象，因此晚上睡觉时经常用手护着怦怦乱跳的胸脯，缩成一团。

星期天是休息日。前一天傍晚，在南花园灌木丛里蟋蟀的叫声中，我听了大盗罗古的故事。树影摇曳的屋子里，烛光昏暗，我的心久久不能平静。星期天，我走进轿子，轿子开始在我的想象中移动。我仍沉迷在昨夜神秘的冒险故事里，感到一阵阵诱人的恐惧的震颤。寂静的黑暗中，我的脉搏随着轿夫们有节奏的吆喝跳动，我的躯体冷冰冰的。

在一望无际的平原上，热气蒸腾，远处加里水塘波光粼粼，黄沙闪闪发光，河岸上菩提树的枝条垂向废弃的码头。故事中的恐惧，凝聚在那一丛丛茂密的芦苇和这陌生平原上的树荫下。越走近我的心跳得越快，芦苇丛中隐隐可见一两根竹竿的顶端，轿夫们要在那儿停下来换肩，喝点水，在头上裹湿毛巾，然后？……

杀啊，冲啊，惊心动魄的喊声响起，强盗向我们冲了过来……

七

从早到晚，学习像磨粉机一样枯燥地转动着。三哥赫蒙德拉纳特负责为这部吱嘎作响的破机器加油。他是一个严厉的监工，但现在已没有必要掩盖的事实是：他试图装进我们脑子里的那些好东西，已是沉船里的货物了。我学到的知识，无论如何都算不上有价值的东西。如果一个人试图把乐器的调子定得太高，弦就会因系得太紧而绷断。三哥为他大女儿的教育做好了一切准备。到了合适的时候，就安排她进入洛雷德修女学校。在此之前，她已在孟加拉接受了基础教育。三哥还让她接受了全面的西方音乐教育，但并没有让她丢掉印度音乐的表演技能。在当时的大家闺秀中间，唱印度歌曲，没有人能与她媲美。

西方音乐的价值，在于它需要勤奋练习以掌握音阶，它能培养敏锐的听力。钢琴训练容不得节奏韵律上的一丝懈怠。

她很小的时候就跟毗湿奴老师学习印度音乐，我也曾在这所音乐学校学习。现在没有一位音乐家，无论是著名的还是一般的，愿意接触毗湿奴老师教我们的歌曲，那都是些最流行的孟加拉民歌，例如：

一个吉卜赛女郎来到镇上，
为人文身，姐姐，
人们说文身没什么，
可她的咒符镇住了我，
她嘲笑我，弄得我掉眼泪，
因为她的文身，姐姐。

我还记得下面几句：

太阳和月亮承认失败，
萤火虫的吊灯照亮了舞台，
莫卧儿人和帕坦人退去了，
织布工读着波斯书。

以及：

你的儿媳是大蕉树，
葛内斯的妈妈，别打搅它，
只要花开，日日生长，
她就会儿女绕膝，
多得让你不知所措。

我还记得一些使人从中窥见已被遗忘的古老历史的歌词：

一片长满荆棘的丛林，
只有野狗在里面生活，
他为自己做了个王座。

如今学习音乐的程序，是先随风琴练习音阶，再学简单的印地语歌曲。以前教我们的老师不这样，他是个聪明的老师，明白儿童有自己的特殊需求。简单的孟加拉词汇，比印地语容易得多。而且，这些民歌的节奏不理睬手鼓，它能把自己的韵律舞动得像我们的脉搏。试验表明，幼儿从妈妈的儿歌中第一次懂得欣赏文学的同时，也从中第一次懂得了欣赏音乐。

风琴那时还未伤害印度音乐的特性。我是跟随贴着肩头的弦琴练习唱歌的，我无意成为键盘的奴隶。

没有什么能迫使我很长时间循规蹈矩地学习，这是由于我个人的原因，绝不是别人的过错。我随意闲逛，兜里揣满偶然学到的七零八碎的知识。如果那时我愿意专心学习，当今的音乐家就不会对我的作品不屑一顾了。我曾有很多机会。每当我哥哥监督我学习时，我就心不在焉地跟毗湿奴老师哼唱歌颂梵天的歌曲。有时候心情好，我躲在门廊里听三哥练习歌曲。有一次，他以贝哈格调吟唱：你缓缓地行走。我偷偷地记住了调子，晚上唱给妈妈听，使她万分惊喜，其实这是很容易的事。我家的朋友坎塔先生，成天沉迷于音乐。沐浴前，他坐在走廊里抹羼和了查梅尼花汁的香水，他手捧着水烟筒，蓝色的烟香四散开来。他嘴里老哼着歌儿，引得我们这些男孩围在他周围。他从不教我们歌曲，只唱给我们听，我们不知不觉便记住了。有时他抑制不住激情，站起来边弹琴唱边跳舞。他传神的大眼睛闪烁着兴奋的光芒，不停地高唱：哦，放下波罗兹的笛子。直到我们同他一起唱起来。

以前，人们热情好客，敞开着大门，受到款待的不一定全是熟人。家里任何时候都备有卧具，用餐的时候预备额外的菜肴，用以招待不期而至的来访者。有一天，一位陌生人来到我家，肩扛布包的弦琴。他在客厅的一侧坐下，打开布包，随意地伸直双腿。侍候客人抽烟的仆人赶紧把水烟筒递到他手中。

和水烟一样，枸酱包也是必备之物。上午家里的女人在内宅干的活儿，就包括为客厅准备成打的枸酱包。她们灵巧地把熟石灰抹在叶子上，用一根小木签将卡耶尔[①]涂在上面，再加入适量香料，最后把叶子卷起来用细茎扎牢。这些做好的枸酱包码在铜盘里，上面盖着潮湿的浸过卡耶尔的布。在楼下外屋，一些人在有条不紊地准备水烟。大陶盆里放着已有烟灰的烟锅，水烟管子像蟒蛇一般垂吊下来，散发着玫瑰香水味。这种味道的水烟，是主人欢迎沿楼梯走上来的拜访者的第一种礼节。这种习俗后来成为接待客人的固定模式。但是那码在盘里的枸酱包早就被淘汰了。侍候客人抽水烟的仆人也脱下了制服，成了甜食店里的伙计，制作橱窗里放三天卖不掉的圆形甜食。

那位陌生的歌手无所顾忌地在我家住了些日子，没有人对他提任何问题。早晨我把他从蚊帐里拽出来，让他唱歌给我听。一支晨曲：哦，我的笛子……便袅袅升起。我这个人对常规学习毫无兴趣，对非常规的学习却情

① 露兜树的果仁磨成的粉，加水调和，抹在枸酱叶上。

有独钟。

我稍大了一点后，家里来过一位杰出的音乐家贾都瓦达。他坚持要教我音乐是犯了个大错误，结果是什么也没教成。不过我倒是在不经意间从他身上偷学了一些知识。我非常喜欢那首歌：今天淅淅沥沥地下雨……这是一首卡菲调歌曲，至今与我雨季写的歌曲相伴。不巧这时我家又来了一位不速之客，他的名字叫猎虎者。孟加拉这位猎虎者在那个年代是个奇人，于是我大部分时间待在他的房间。我现在明白了，可当时竟然没有想一想，那只落入陷阱，被他描绘得令我们毛骨悚然的老虎，根本就没有咬过他，也许他的想象来源于博物馆里做成标本的老虎的血盆大口。

……

音乐就说到这儿。三哥还为我安排了其他学科的基础课。由于我先天不足，没有取得明显进步。致使罗摩波拉萨特·森见了我这样的人说道："天啊！你不懂耕耘的艺术。"我确实从未精耕细作过，不过我倒是可以讲一讲扶犁耕过的几块地。

少年泰戈尔

天没有亮我就起床练习摔跤，冷得直打寒战。城里一位有名的独眼摔跤手是我的教练。院外北侧有一块空地叫"谷仓"。这名字显然是城市还未完全取代农村时遗留下来的，几块空地保留了下来。城市年轻时，我家的谷仓用来储存一年的粮食，租地的佃户按规定缴粮。就在这片地上建了个摔跤场。先挖松半米深的土，再泼洒几十斤菜子油，搅拌后夯平，地面非常坚实。对于摔跤手来说，和我练习只不过是同小孩子玩耍，不过训练结束穿衣回家时，我已经浑身是土。

妈妈不喜欢每天早晨看到她的儿子脏兮兮地进门，她担心我的皮肤会变黑。于是一到休息日，她就细心地为我擦洗。（现今时髦的主妇从英国商店买一包包化妆品，当年的妇女自己动手制作润肤膏，它由杏仁粉、浓奶油、橘子皮和我记不清的许多原料制成。如果我当年学会制作方法，记住配方，一定开一家商店专卖这种女性高级润肤膏，至少能和甜食店挣一样多的钱。)星期天早晨,她让我坐在走廊里,为我擦呀搓呀,心儿难受得要逃跑。学校的同学中传说我们家的孩子一出生就用酒洗澡,所以我们的皮肤像欧洲人那样白皙。

我从摔跤场回到家里,只见医学院的一个学生正等着教我有关人体骨骼的知识,墙上挂着骷髅。这骷髅曾挂在我的卧室,夜里随风摇摆,吱嘎作响。与之长期的接触和已牢记在心的又长又难的骨头的名字,使我克服了应有的恐惧。

走廊里的时钟敲了七下。尼尔格穆勒·戈萨尔老师是个守时的人,从不允许一刻的偏差。他虽然身材单薄,却同他的学生一样健康,从未因病影响教学,连头疼脑热也不曾有过。我拿着课本和写字板在课桌前坐下,他就用粉笔在黑板上写字,数学、代数、几何,都用孟加拉语教授。至于文学,我一下子从悉多[①]的丛林生活跳到诗集《因陀罗伏诛》。此外,还要学自然科学。有时希塔纳特·达多来授课,我们用普通、熟悉的东西做试验,从中获取一些浅显的科学知识。有时赫龙姆波·达笃罗特诺来教我梵文,我开始死记硬背普玻得维写的梵文语法规则,尽管一个词也不懂。

如此这般,整个上午,各种学习任务堆在我面前,随着负担日益加重,我开始动脑筋舍弃一些东西;把细密的网眼捅大,跟鹦鹉学舌那样学的知识便从网眼中溜走了。关于开发学生的智力,尼尔格穆勒·戈萨尔发表的见解,是不宜公布于众的。

走廊的另一端,坐着一位老裁缝,鼻梁上架着镜片挺厚的眼镜,伏身专注于手里的活计。只在几个固定的时辰,他才去做祷告。我瞧着他不禁想:伙伴尼亚马特是多么幸运的人呀!我一边摇头晃脑地算数,一边用写字板遮住刺眼的阳光向下张望。大门口,看门的昌德拉·潘正用木梳梳理长胡子,他把胡子从中间分开,分别撩到两只耳朵上。他的助手,一个身材瘦长、胳膊戴臂镯的男孩坐在旁边切烟叶。不远处,马儿已经吃完了上午喂的谷粒,乌鸦在周围跳来蹦去,啄食零星散落的谷粒。看家狗查尼此时被唤醒了责任心,狂吠着驱赶乌鸦。

走廊一角有一堆扫拢的尘土,我在里面埋了一粒蕃荔枝的种子,激动而兴奋地期待它的嫩芽破土而出。只要尼尔格穆勒老师一离开,我就跑过

---

① 印度史诗《罗摩衍那》中的女主人公。

去看一看,浇点水。可是,最后我的希望落空了,正是那把将尘土扫拢的扫帚又把它扫掉了。

太阳缓缓上升,屋影斜盖着半个院子。时钟敲了九下,又矮又黑的格宾特,肩上搭着一条脏毛巾,把我拽起来去洗澡。大约九点半,我开始吃千篇一律的早点——定量的米饭、豆汤、咖喱鱼,不怎么合我的胃口。

时针指向十点。大街上传来的小贩卖生芒果的吆喝声,唤醒了我的梦想;卖铜器的商贩一遍又一遍敲击他的铜器,金属的撞击声在空气中回旋,尾随商贩渐渐远去。邻居家的主妇正在屋顶晒干她的头发,她两个小女儿在旁边无忧无虑地玩贝壳,没有人催促她们做任何事。那时女孩不上学,我想自己要是女孩多好呀!可是我还得像往常一样,被那辆摇摇晃晃的老马车送到"安达曼"①去,从十点到下午四点囚禁在那儿。

下午四点半,我回到家里,体育老师已在等我,我在双杠上锻炼近一个小时。体育老师尚未离开,美术老师就来了。

夕阳渐渐消失,夜晚各种朦胧的声音梦呓般笼罩着这个方砖水泥的冷酷的城市。书房里油灯闪亮,奥古尔老师来了,开始讲英语课。黑皮教科书摆在桌上,封面已经松脱,有的书页破损了,上面有墨迹。我想把自己的名字用英文写在书里,却分明写错了地方,并且全写成了大写。我一边读书一边打瞌睡,打着瞌睡又猛地醒来,于是没读的总比读过的多。当我最终跌倒在床上时,我终于有了点自己支配的时间。我听着没有结尾的故事:国王的儿子在一望无际、漫无人烟的大平原上艰难地前行……

八

当我看到现代楼房的平顶上没有人也没有幽灵活动时,我真切地感受到了新时代和旧时代的巨大差异。我前面曾谈到,我这个"中了邪"的小婆罗门,因承受不了现代学习的重荷而逃走。有关树妖踩着楼檐休息的传说已经泯灭,乌鸦在争抢我们丢弃的芒果核。如今人们幽禁在方盒子般的下层狭窄的房间里,在四壁中间消度时光。

我的思绪飞回了小时候内宅那围着栏杆的屋顶。晚上,妈妈坐在席子

① 印度关犯人的岛屿,这儿指作者烦恶的学校。

上，同她的女友们聊天。她们的闲聊不需要真实可靠的信息，聊天只是她们打发时光的一种方法。那时，没有各种价格的各种材料用来充实平淡的时光。日子不像缜密的织锦，而像一张网眼很大的一张网。因此，故事、传闻、笑话，以最轻松的方式充斥男人们的社交活动和女人们的聚会。妈妈的女友中最重要的人物是波罗兹·阿贾尔吉的姐姐，人称阿贾尔吉妮。她负责为大家提供新闻，几乎天天带来从四面八方搜集的(也可能是编造的)新奇的甚至不吉利的消息。为此，用于举行禳灾驱祸仪式的费用增加了许多。

我经常把刚从书本学到的知识带到妈妈的聚会上，我告诉她们太阳距地球九千万英里。我背诵了初级读物的第二部分中蚁蛭用梵文写的《罗摩衍那》的一段。妈妈对儿子的发音是否准确不作评判，只对儿子的知识面感到惊讶万分，在她看来这已远远超过了九千万英里。谁想得到，除了那罗达仙人，竟有第二个人也能背诵那些梵文诗句！

内宅的屋顶是女人们的领地，这里离储藏室很近，阳光充足，她们常在这儿挤做泡菜需要的柠檬汁，或者坐在盛满豌豆泥的铜罐边，一边晒湿头发，一边用灵巧的双手做豆丸子。女仆把洗干净的衣服拿来晾晒，所以洗衣工在那时没有太多的活儿。生芒果被切成片，晒干。芒果汁被倒进不同形状大大小小的黑石钵里，一层层摞起来。浇上晒过的菜子油，用生榴莲片做的泡菜就越来越酸。露兜树果仁碾成的粉末儿，用作枸酱包的原料。

我记住这种原料有一个特殊原因。当我的校长告诉我，他久闻我家的露兜树果仁粉末儿的大名时，他的意思是不难理解的。他一向希望亲眼目睹他听说的那玩意儿。为了保全家族的声誉，我三天两头爬上存放露兜树果仁粉末儿的屋顶。让我怎么说呢，“擅拿”听起来比“偷”好一点。国王、君主在需要甚至不需要的时候，也会采用“擅拿”这一招的。而偷窃的话，是要被关进牢狱，或绞死的。

在冬季宜人的阳光下，女人们通常坐在屋顶，聊天，驱赶乌鸦，消磨时光。我是家里唯一的小叔子，是嫂子挤的芒果汁的看守，以及她做其他许多事情的伙伴和朋友。我还给她们读《孟加拉国王的失败》。

切槟榔的任务经常落到我头上，我能把槟榔切得非常精细，嫂子从不认为我有其他优点，嫂子的这种态度，甚至使我抱怨上帝为什么让我长得如此难看。不过她发现，夸赞我切槟榔的技术不是件难事，因此切槟榔的工作得以正常进行。现今，已有很长时间，为了获得别人的鼓励、赞许，这双曾熟练地切槟榔的手被迫忙于做其他精细的工作了。

女人们在屋顶的一切劳作保留了乡村田园生活的气息。在这些活计所属的时代，院子里有磨坊，家里做圆形甜食，女仆晚上手搓棉花灯芯，邻居邀请我们参加庆祝婴儿出生八天的仪式。现在的孩子不听妈妈讲神话故事，自己看书自己欣赏。要吃泡菜和辣酱，就去商店买用木塞和蜡密封严的一两瓶来。

祭祀室，是已逝去的乡村田园生活留下的一个纪念，曾被家庭老师当作教室使用。不仅我家的男孩，邻家的男孩也在这里第一次辨认、朗读写在棕榈叶上的字母。我想我肯定也是在这里第一次拼写字母的。但我对那时的我已没有清晰印象了，他仿佛搬到了太阳系最远的行星上，而我又没有能望见他的望远镜。

后来，关于读书，我能记得的，首先是桑达玛尔格隐士创办的学校里的可怕故事，以及第四次转世下凡、人面狮身的毗湿奴刺破魔王希罗诺格斯普的胸脯的故事；我记得那本书里，有一幅刻在铅板上的画。另外我还记得我读过贾诺卡创作的梵文诗句。

我主要的度假场所，是外宅空荡荡的屋顶。从我的童年到成年，我怀着不同的心情与情绪，在屋顶度了许多日子。父亲在家的时候住在二层，我从屋顶楼梯口的藏身处远远地望着他。太阳还没升起的时候，他静静地坐在露台上，胸前双手合十，像一尊白色雕像。父亲时常离家进山，修行数月。那时节，爬上屋顶，我享受到穿越七大海洋般的欢乐。坐在熟悉的一层阳台上，我每天只能透过栏杆，观察街上来来往往的行人。但爬上屋顶，我的目光能越过住宅区的界限。每当我登上屋顶，思绪便骄傲地飞过加尔各答的头顶，奔向蓝天绿原的融合之处。我俯瞰地面上不计其数的大小房屋，它们形状各异，高低错落，其间夹杂着浓密的树影。

我通常在中午悄悄地爬上屋顶，中午这段时光总让我着迷。这时辰仿佛是白天的夜晚，是每个想出家的男孩的神魂渴望离开熟悉环境的时刻。我的手伸进百叶窗，拉开门闩，门对面有一个沙发，我坐在沙发上，心中充满了幽居的喜悦。看管我的仆人们吃饱喝足了，这时昏昏欲睡，他们又是打呵欠又是伸懒腰，已无暇顾及其他，在地铺上睡着了。午后的阳光渐渐变成了金色，风筝呼呼地飞上了天。卖镯子的小贩沿着大街叫卖，他突兀的喊声惊醒长发披散在绣枕上午睡的主妇，稍后便有仆人出来将他领进屋。这个卖镯子的老人握着纤手，为主妇戴上她中意的玻璃手镯。昔日中午的宁静现今已不复存在，小贩的叫卖声也听不到了。那时的小媳妇，若在今时肯定还没有出嫁，正读二年级的课本。也许那个卖镯子的小贩，在以前叫卖的大街上拉黄包车呢！

在我的想象中，屋顶是书中描述的充满疑惑与悬念的广袤沙漠。一阵热风呼啸而过，刮起的沙尘遮天蔽日，沙漠中有一片绿洲。水管至今未引到顶层，但已引进二层房间。像孟加拉一些孤独无助的年轻的李文斯顿①，我在偷偷进去的父亲的浴室里，发现了新的“尼加拉瀑布”。我打开水龙头，用自来水冲洗全身，最后用床单擦干身子，摆出一副什么事也没有做的样子。

我的闲暇就这样接近了尾声，走廊里的钟敲了四下。星期天傍晚的天空露出一张很难看的脸。即将来临的星期一张开了血盆大口，它脸上的阴影渐渐吞噬着这张难看的脸。楼下终于开始寻找成功地躲避了看管的男孩，因为加餐的时候到了。

每天这段时间对波罗吉沙尔来说是重要时刻，他负责购买点心。那时店主卖酥油赚不到百分之三十到四十的利润，出售的点心未受污染，色香味俱佳。每当我们有幸得到油炸豆馅包、油炸菜馅包，甚至还有炸土豆片时，我们会迅速吃掉它们。到了一定的时候，波罗吉沙尔伸长脖子对我们说：“少爷，看我今天给你们买什么了？”在他的一个纸包里，通常可以看到的不过是一把油炸花生米。我不爱吃花生米，它引诱我靠的是它的价格。这时，我一般不应答。即使棕榈叶包着油炸糖酥饼，我也一声不吭。

天色越来越昏暗，在冥冥之中神灵的指引下，我又一次在屋顶上徘徊，我凝视着下面的景物，一群鹅从池塘里爬上岸来，人们在池塘石阶上来来往往，榕树的影子遮盖了池塘的一半，马车夫在人行道上大声地吆喝着。

九

日子就这样一成不变地逝去。每天最好的时光由学校把持着，只有清

---

① 李文斯顿（1813—1873），苏格兰传教士、非洲探险家。

晨和晚上的零星时间，能从它紧握的指缝间逃逸。一旦进入教室，长凳和课桌就强行占据我的注意力，它们左冲右撞挤进我的脑海。它们始终是一副面孔，僵硬，毫无生气。晚上回到家里，书房里的油灯，这个严厉的信号，召唤我去预习第二天的功课。有一种蚱蜢因为全身是枯叶色，能够隐藏在草中不被发现。同样，我的灵魂在这些毫无色彩与生机的日子里变得苍白了。

那时候，常有流浪艺人带着会跳舞的小熊到我家里表演；耍蛇艺人吹笛逗引蛇翩翩起舞；有的民间艺人还表演魔术。如今吉德普尔大街上已听不见他们的击鼓声了。他们远远地向电影院深鞠一躬，从此远离城市。仅存的几种游戏极为普通，如弹球、类似板球的拍球、陀螺和风筝，城里的孩子玩的游戏都不用花很大的力气。足球——在大操场上又跑又撞的游戏，仍然只在它海外的家乡盛行。我被包围在死气沉沉、没有新意的生活中，好像被监禁在篱笆里。

有一天，这种单调乏味的生活被喜庆的笛声打破。有位新娘嫁到我家，她纤细的手腕戴着金镯子，转瞬间，一圈圈的篱笆消失了，熟悉的范围之外的神奇之国的一个新人进入我的视野。我在安全的距离之外打量她，不敢走到她跟前。她是大家关爱的中心人物，而我是个被忽视的孩子。

整座楼房被分成两部分，男人们住在外宅，女人们住在内宅，但过去奢华的外表依然存在。我记得姐姐和新娘肩并肩在楼顶上散步，说悄悄话。我一走近她们，就会因越过男孩的活动范围而受到呵斥，我看到自己沮丧地又回到了先前无乐的日子中。

季风带来的瓢泼大雨从天而降，不多时淹没了旧河岸，今年同样如此。新娘为这个大家庭带来了新法规。新娘房间的屋顶与内宅屋顶相连，于是整个屋顶被她控制了。就在这儿，分发用树叶包着的玩偶婚宴的食物。在这喜庆的日子，我成了特邀嘉宾。我的新嫂子擅长烹饪，而且乐于招待别人。我时刻准备去满足她扮演女主人的愿望。我放学回到家，她亲手做的美味佳肴已在等我。有一天她给我做了咖喱虾和米饭，外加少量调味的干辣椒，我觉得好吃得让我从此别无所求了。有时候她去亲戚家小住，我看不到她房门口的拖鞋很不高兴，心情烦闷，就故意到她房间拿走一些值钱的东西，作为同她吵闹的导火线。她回来后发现丢了东西时，我故意问："你想让我在你外出的时候照看你的房间吗？我是个门卫吗？"她也假装生气地说："用不着你照看我的房间，管好你自己的手吧！"现代的妇女会笑话她们的前辈如此天真质朴地与小叔子相处，我想她们是对的。现在的人在各方面比以前的人成熟了。以前无论老少，我们均像稚童。

十

不久，屋顶上我那阿拉伯贝都因人式的孤独生活揭开了新篇章，我有了游伴，获得了友谊。屋顶上一阵新风吹过，带来了一个新的季节。

我的五哥乔迪对这一变化起了重要作用。那时我父亲离开朱拉萨迦祖宅云游去了。乔迪哥哥就搬进了二层父亲的那间屋子。我在那儿也有了立足之地。

嫂子的房间里没有禁止他人进入的帷幔，现在无人觉得这多么奇怪，可在当时这听起来是有悖违常理的。很早以前，在我还是婴儿的时候，二哥从英国回国当文官。他前往孟买赴任，把妻子带在身边，令他的邻居惊讶不已。他不仅没有把妻子留在老家，还把她带到这个偏远的省份，而且在旅途中也不蒙上面纱，这在当时简直是大逆不道，连我家的亲戚都觉得好像天塌了一样。

适合外出的装束，当时在女人们中间是不流行的。也是我这位嫂子，第一个推广了如今盛行的纱丽和与之相配的紧身上衣。那时小女孩还没开始穿裙子、梳小辫，至少在我家是这样。她们通常穿肥大的灯笼裤，而不是传统的纱丽。教会学校刚成立的时候，我大姐还很年轻，她是开辟女性教育之路的先驱之一。她的皮肤白净，在孟加拉极为罕见。我听说有一次她坐轿子去上学的路上，被警察扣留了，因为警察怀疑这个穿灯笼裤的女孩是一个被绑架的英国女孩。

我前面讲过，在那个时代，成人和孩童之间没有互相沟通的桥梁。五哥往这旧习俗中注入了生机勃勃的新观念。我比他小十二岁，尽管有如此大的年龄差别，我仍然受到他的关注，这样的事是很不寻常的。更让人吃惊的是，在我们交谈时，他从不对我显露轻视或傲慢的神情。正是他对我的这种态度，使我从未缺少独立思考的勇气。如今我和孩子们生活在一起，我寻找各种话题与他们交流，却发现他们木讷、胆小，不敢提问题，好像仍处于从前那个家长讲话孩子只能静听的年代。敢于提问，应是新时代儿童的特征。以前的儿童个个是以谨小慎微、唯命是从的形象出现在世人面前的。

少年泰戈尔素描

带露台的房间里有了一架钢琴，还从“爱妻市场”买来了现代油漆家具。我为这个“穷人”眼前出现当今“便宜的奢侈”而感到骄傲。这段时间里，我的歌曲如泉水般喷涌而出。五哥双手按在钢琴键盘上，弹出各种新曲。这时他让我待在身边，为他的曲子作词是我的任务。

天色将晚，露台上铺好了垫子，放了靠枕，银盘里搁着湿手帕包着的素馨花串，一个托盘里放着的一大杯冰水，碗里还有几个清香的枸酱包。嫂子沐浴完毕，梳理好长发后，和我们坐在一起。五哥披着丝绸披肩，在露台上演奏小提琴，我亮开嗓子，用清脆的童音引吭高歌。上帝尚未收回赐予我的嗓音的天赋，我的歌声袅袅飘向夕阳西下的天空。从远方海边吹来阵阵南风，夜空繁星点点。

嫂子把整个屋顶变成了花园。她摆了一排栽在桶里的棕榈树，周围是栀子花、夜来香、夹竹桃、查梅利花、金色花。她一点也没考虑有可能给屋顶造成怎样的破坏——我们全像不注重实际的幻想主义者。

奥卡耶·乔德里先生几乎天天来参加聚会，他知道自己的嗓音不好，这点别人比他更清楚。即便如此，也没有什么能阻止他唱歌。他特别钟爱贝哈格调的歌曲。唱歌时他闭着眼睛，这样就看不见听众脸上的表情了。任何能敲出声音的东西，甚至是一本硬皮书，他都当鼓使用，用力敲击，最投入时咬着嘴唇，一副陶醉的样子。他天生是一个乐天派，人们看不出他工作和度假有什么不同。

晚间聚会结束了，与会者全走了，只有我这个夜猫子，仍然独自徘徊。

周围一片寂静，月光下，一排棕榈树在地面投下梦幻般的影子。露台旁希苏树梢在微风中摇曳，树叶闪烁着微光。不过，由于某种原因，更能吸引我目光的是街对面楼上一间尖顶空屋。它立在那儿，手指好像指着某个方向。

有一两天清晨，前方大街上传来呼唤保护大神毗湿奴的声音。

十一

那个年代，家家户户喜欢在笼中养鸟。我对此十分反感，听见邻居家传来的囚在笼中的杜鹃的叫声，心里特别难受。嫂子弄来一只中国鹦鹉，笼子的罩布下面不断传出它甜美的叫声，像歌泉一般。除了中国鹦鹉，西走廊里还挂着各种各样的鸟笼。每天早上，卖虫子和草籽的小贩，送来鸟食，他的篮子里还有蚱蜢和小米。

五哥善于解答我的各种难题，当然不能指望女人也有他那样的才华。嫂子一度喜欢将松鼠养在笼子里，我说这样做不好，她对我说不要把自己当做她的老师。这实在不能说是一个合乎情理的回答。但我没有再和她争论，私下将两个小生灵放生了。后来我虽然不得不忍受责备，可我没有回击。

我们之间经常发生不可弥合的争吵，事情是这样的。

有一个聪明的家伙名叫乌梅斯，他经常光顾英国人开的裁缝店，给他们唱歌，不花钱弄来各种颜色的丝绸下脚料，再加上一点廉价花边，做成女装。他在女人们面前小心翼翼地打开纸包，将衣服展开，声称是最新款式。女人们被他咒语般的花言巧语所迷惑，我却感到厌恶，好几次控制不住自己，表示反对，结果所有的反应是："你别自作聪明。"我曾告诉嫂子，旧式黑贴边白纱丽，以及达卡产的女装，比他推销的服装高雅得多，质量也好得多。

我与嫂子争论，往往惨遭失败，因为她从不合乎逻辑地回答我的问题。我同她下棋，也是输家，她是下棋的老手。

既然我已提到五哥，那就多介绍几句，以便让别人对他有更多的了解，因此话还得从更早的年月说起。

他以前经常去希拉伊达哈照看田庄，有一次他把我也带去了。这在当时是不合常规的，也就是人们所说的"这事儿做得太过分了"。五哥肯定觉得，离家到外面走走，与在流动学校里上课相似。他认为，我生来适合在广阔的大自然里漫游，从大自然汲取养料。后来，正是在希拉伊达哈，我的天性得以发展，渐渐趋于成熟。

旧日的靛蓝厂依然矗立着，远处流淌着帕德玛河。楼下是公事房，楼上是我们的居室，前面是很大的阳台，紧挨着高大的阔叶树。那些树是与做靛蓝生意的老爷的财富一起长高的。如今靛蓝厂老板的呵斥已经沉寂了，哪儿还有靛蓝厂那阎王的使者似的工头？哪儿还有肩扛粗棍的一群门卫？哪儿还有放着长餐桌的餐厅？那些老爷在城里做了生意回来，走进餐厅，曾把夜晚变成白天，享用美味佳肴，成双成对地旋舞，香槟酒加快了他们血液的流动，不幸的佃户流着眼泪苦苦的哀求声，传不到当局的耳朵里。统治他们的路，一直通到县城的监狱。那段时光的痕迹已经消失，留下的唯一印记是两位老爷的坟墓。高大的阔叶树的枝叶在风中摇曳，当年佃户的孙子、孙女，有时半夜里看见老爷的幽灵在废弃的花园里游荡。

在这里，我一个人愉快地生活着，我有一间小屋，我的闲暇像宽广的阳台一样充裕而轻松。在陌生的地方，我的闲暇，像古老的池塘里碧澄的水，深不可测。布谷鸟在啼鸣，我的想象插上了翅膀，不知疲倦地飞翔。与此同时，我的笔记本写满了诗句。它们像玛克月①第一批绽放的将谢的芒果花，不久便凋落了。

那时候，一个男孩，尤其是一个女孩，数得清十四个音节，写出两行诗，国内一些资深评论家，就吹捧那是空前绝后的成就。

我在报刊上见到过被称为诗人的小女孩的名字和她们发表的诗歌。后来，那些极为小心地拼凑十四个音节写成的"佳作"和幼稚的韵脚，一一隐逝了，在抹去了她们姓名的背景上，浮现了一批批当代女性的芳名。

男孩的勇气比女孩少，羞怯则比她们多。除了我，我不记得哪个小男孩写过诗歌。比我年龄大的一个外甥，有一天告诉我，把词汇倒入十四音节的模子，它们就能凝集成诗句。我亲自试用了这种魔法，十四音节的结构中竟然开了一朵莲花，甚至引来了采蜜的蜜蜂。我和诗人之间的鸿沟填平了，从此我奋力追赶他们。

---

① 印历10月，公历1月至2月。

记得我在不拿奖学金的低年级学习时，学监戈宾德先生听说我会写诗，有一天叫我写一首给他看看，他觉得这将为师范实验小学增光。我奉命写了一首，并为同学朗诵了一遍。听说有人怀疑我剽窃别人的作品，遣责者不知道，后来，我越来越聪明了，善于“偷窃”意象，但那些“赃物”是珍宝。

记得我用“波雅尔”体和“特里波迪”体写了一首诗，诗中描写我游向一朵我想采的莲花，我挥臂击起的波浪使莲花越漂越远，我在诗中抒发了采不到莲花的悲伤。奥卡耶先生把我带到他的亲戚家，让我为他们朗诵这首诗，他们听了称赞说：“这孩子有写诗的天赋。”

嫂子对我的态度完全相反。她从不承认我在写作方面有所成就，她嘲笑我永远达不到比哈里·吉柯洛波尔迪的文学水平。我沮丧地想，我若在比哈里先生低一些的层次占有一席之地，她就不至于否定她的小叔子暨小诗人就女装发表的不同看法了。

五哥酷爱骑马。他甚至带着嫂子，从吉德普尔大街一直跑到埃登花园。在希拉伊达哈，他让我骑的一匹矮种马，跑得不是很快。他吩咐我骑马在罗脱达拉旷野上奔跑。在那高低不平的田野上，我跑了几圈，差一点摔下来。五哥坚信我不会摔下来，我好歹未使他失望。不久，他又骑马带我在加尔各答的大街上奔跑，这回骑的不是矮种马，而是一匹矫健的骏马。有一天，它驮着我进门，径直走到院子里喂马料的地方。后来，我再也没有骑过它。

我以前说过，五哥是一位优秀射手。他一直渴望猎虎。有一天猎手毗斯纳特前来通报，希拉伊达哈的丛林里有老虎出没，他立刻拿枪出发了。奇怪的是，他竟然把我也带上了，他根本不曾考虑有可能遇到危险。

毗斯纳特确实是一位经验丰富的猎手。他认为，蹲在搭得高高的竹架上打猎，算不上英雄好汉。他能把老虎诱到跟前，一枪击中要害，据说他从未失过手。

浓密的丛林里，光影驳杂，不容易发现老虎。于是，把一根粗毛竹的枝丫砍去，做成简易梯子，五哥持枪爬了上去。至于我，由于没有穿鞋，没法举起鞋狠揍、驱赶老虎。毗斯纳特示意我们注意观察。可五哥许久未发现老虎的影子。搜寻了半天，老虎的斑纹终于映入五哥戴眼镜的双眼。他立刻举枪射击，子弹击中老虎的脊梁，它从此没有爬起来。它疯狂地咆哮，尾巴扫来扫去，撕咬周围的枝叶。我想了想起了怀疑，老虎这么长时间躺在那儿等死，这不符合它的本性。昨天晚上，是不是有人往它的食物里掺进了鸦片，使它睡得那么死。

另外一次，一只老虎窜到希拉伊达哈的树林里。五哥和我骑着大象，前去搜寻。穿过一块甘蔗田，大象拔起甘蔗大吃大嚼，左晃右摇，象背上仿佛发生了地震。一片树林出现在面前。大象用膝盖挤压、用长鼻子拔起小树，甩在地上。在这以前，我听毗斯纳特的哥哥查莫鲁讲过一个吓人的故事——老虎跳到大象的背上，乱抓狠咬，大象疼得嗷嗷地叫，在丛林里狂奔，象背上的人与树相撞，手脚折断，脑袋开花。那天坐在象背上，自始至终，脑子里萦绕着身躯支离破碎的凄惨模样。我为此感到惭愧，竭力按捺着心中的恐惧。我装作目空一切的样子，好像在说："让我看见老虎吧，然后……"

大象走进密林，突然站住了，骑手也无意催它前行。它对老虎的威力的信任，远远超过对我哥哥能力的信任。它最忧虑的是，哥哥能否一枪打死老虎。突然，老虎从树林中窜了出来，犹如云中的一道闪电。这不是我们看惯的猫、狗、狼什么的，这是一只凶猛、威武的老虎！然而它又是那么轻灵，在中午的阳光下，快捷地越过田野，它奔跑得那么轻松，那么优美。田里没有庄稼，阳光照耀的金色的旷野，是欣赏老虎奔跑的好地方。

此外，还有一个听起来很有趣的故事。在希拉伊达哈，花匠采来鲜花，插在花瓶里。我突发奇想，要用笔蘸花汁写诗。但是我用手挤出的花汁太少，浸不湿我的笔尖。我心想，需要制造一台机器——一只带孔的木碗，外加一柄石杵，石杵用绳子与转轮相连。我把这个想法告诉五哥，他可能肚里暗笑，但表情上看不出来。他吩咐木匠照我的想法制造这台机器。机器造好了，木碗里装满花瓣，转动石杵，花瓣碾成花泥，却没有花汁流出来。五哥看到，这台机器生产不出诗韵，但他没有当面讥笑我。

这是我一生中制造机器的唯一的尝试。印度的典籍中说：有一位天神，专门使那些不自量力的人丢脸。那位天神那天对我的机器投来讥嘲的一瞥。从此，我不再捣鼓任何机械，甚至不结一根琴弦。

我在《人生回忆》中写道，为使孟加拉的轮船航行在自己的河流上，与福洛迪拉公司竞争，五哥几乎倾家荡产。在那之前，嫂子已经去世了。五哥离开三楼的旧屋，后来在朗吉山上造了一幢房子。

十二

我家三楼的房间里,揭开我人生的新篇章……

早先,我是个"流浪汉",库房、轿子、三楼顶上的空屋,是我的流动住所,今天住这儿,明天待在那儿,没个准儿。

嫂子嫁到我们家之后,楼顶的空屋装饰得像花园似的。楼上的房间里搬进了一架钢琴,新曲之喷泉,喷出一股股姿态各异的水柱。

早晨,楼顶东侧的屋影里摆了喝咖啡的用具,乔迪哥哥一面喝咖啡,一面朗诵他新写的剧本初稿。他有时把我叫去,吩咐我用稚嫩的笔触为他的剧本写几句对白、诗句。太阳渐渐升高了,楼顶上几只乌鸦盯着散落的面包屑,急不可耐地呱呱地叫着。十点钟,屋影消失,楼顶上气温迅速上升。

中午,乔迪哥哥到一层公事房处理杂务。嫂子削了果皮,将水果片细心地码在银盘里,加上她亲手做的一些甜食,撒上玫瑰花瓣;玻璃杯里倒了新鲜椰子汁,或冰镇棕榈果仁汁,或其他果汁;食品上面盖一块绣花手绢。一点或一点半钟,用托盘送到公事房去。

当时,《孟加拉之镜》是深受读者喜爱的杂志。参与编辑的苏尔查穆吉和坎德南蒂妮常来我家走动。大家都想通过阅读这份杂志,了解孟加拉发生了什么大事,今后可能发生什么事。

《孟加拉之镜》一送来,我们家所在的胡同里中午谁也不睡午觉了。我从来不去争抢杂志,因为朗读是我的特长,而比之自己默默地阅读,嫂子更爱听我朗读。当时家里还没有电扇,我一面朗读一面可以分享她的蒲扇扇出的一阵阵风。

十三

乔迪哥哥经常去恒河畔的花园别墅休假,呼吸新鲜空气。英国贸易之手那时还没有伸到那儿,恒河两岸的"种姓"还没有丧失,岸上的鸟巢也没有受到骚扰,钢铁机器的鼻子还没有朝天空的阳光喷吐黑烟。

记得我们最初住在恒河边一幢两层楼的别墅里。雨季来临了,云影与波涛嬉戏着,在流水上漂荡。对岸的树梢上,云影越来越浓黑。以前雨季这样的日子，我时常写歌，可在恒河畔我没有写新歌。毗达波迪写的一行诗在我的脑子里浮现：阴雨绵绵的八月，我的庙堂里空无一人。我哼着曲子，用新的曲调把它变成自己的一首歌。在恒河畔，涂上乐曲的釉彩的雨天，至今保存在我雨曲的箱子里。

记得一阵阵风掠过树梢，起伏的树丫纠集在一起。渔船升起白帆，快速行驶，波浪哗哗地冲击码头的石阶。嫂子回来了，我把新写的歌唱给她听，她静静地听着，但没有说她喜欢这首歌。那时，我大概十六七岁，常因一些小事同她拌嘴，但我的脾气已不太急躁了。

过了几天，我们搬到了穆朗先生的一幢花园别墅里。这可以说是一座王宫，地基高低不一的房间的窗户都镶了彩色玻璃，铺了大理石地板，一级级石阶从恒河一直延伸到长廊。在那儿，我有了深夜创作的癖好。我踱步的速度，与在沙巴尔穆迪河畔踱步差不多。穆朗先生的花园别墅已不复存在，“丹地”公司的工厂的铁牙，已把它咬碎吞进肚里。

住在穆朗先生的花园别墅里，好几天在一棵巴库尔树底下做饭。佐料并不多，饭菜好吃靠的是手艺。记得举行宗教仪式，成为婆罗门的头几天，嫂子为我们兄弟俩做素饭，用的是酥油，那三天饭菜的色香味，使两个馋鬼的胃口陡增数倍。

最让我头痛的是，我不轻易生病。家里的其他孩子生了病，由嫂子亲自照料。他们不仅得到她的照顾，而且顺理成章地占有她的时间。我的份额自然就减少了。

那三楼里的岁月带着嫂子消逝了。后来，我住在三楼，但过的是截然不同的两种生活。

不知不觉转到了青春的门口。还是踅回到童年的界限之中吧。

现在回顾一下十六岁的情况吧。刚步入十六岁，迎面与我家的杂志《婆罗蒂》相遇。如今印度各地雨后春笋般的出版一份份报纸杂志。回首遥望当年办杂志的疯劲儿，我觉得那是一种痴迷的力量使然。我这样的孩子，既无知识，又无能耐，也在编辑室里占据一张桌子，别人居然不觉得刺眼儿。由此可见，我们周围刮着一股股幼稚的旋风。

《孟加拉之镜》是当时唯一成熟的杂志。我家的杂志处于半成熟的阶段。大哥迪琼德拉纳特就高深的问题撰写的文章，读者不容易读懂。我写了一篇小说《女乞丐》，由于年龄小，自己也不知道那是啰啰唆唆的句子拼凑而成的，别人也没有对它睁开鉴别的眼睛。

这儿，应该介绍一下我的大哥。三楼的房间是五哥乔迪的天地，而大哥的天地是南游廊。大哥一度潜心于玄奥的理论研究，那是我们高不可攀的领域。他深思熟虑后撰写的文章，听的人很少。谁要是甘愿当他的听众，他紧抓不放，绝不同意他离开一步。“听众”对他提出的要求，当然不仅仅围绕他的理论。后来大哥有了一位信徒，他的名字记不清了，大家叫他“哲学家”。其他哥哥取笑他，不啻因为他贪吃羊肉串，更重要的是他日复一日地提出急需解决的困难。

除了哲学，大哥对数学也饶有兴趣，游廊里，他运算使用过的纸张，在南风中飘扬。大哥唱歌不好听，可是会吹英国笛子，但他不为歌手吹奏，他吹笛是为了计算各种曲调的音程。他写了一首歌《梦逝》，他首先着手创造韵脚，他用孟加拉语音的砝码，称梵文的语音，安排一堆韵脚，最后保留了一部分，扔掉的一部分和废纸一起飘散了。不久，他开始诗创作。他扔弃的诗稿，比保留下来的不知多多少倍。他从不轻易满足于他写的诗行。我们当时缺少心眼儿，不曾拾捡他扔弃的诗行。他写成一首，就大声朗诵，周围聚集了不少听众。我们全家人陶醉于他作品的诗情画意之中，不时爆发出一阵阵笑声。大哥的大笑声震天动地，笑得得意忘形之时，猛拍一下身旁一个人的后背，吓了他一跳。

南游廊是朱拉萨迦祖宅的生活的源泉，自从他去了圣蒂尼克坦书院，便慢慢干涸了。我至今常常想起，明媚的秋阳照射着那南游廊前的花园，我哼唱着新写的歌词：秋风习习，晓梦中我的生命向往什么？我脑海里还时常浮现烈日炎炎的中午写的一句歌词：从早到晚，随随便便同自己做什么游戏。

游泳，是大哥颇为引人注目的另一个习惯。他一下池塘，就游五十个来回。他住在贝纳迪花园别墅时，有一天游了很远，横渡恒河。耳濡目染，我们很小就学会了游泳。我们没有人教，是自己学会的。我们把上衣浸湿，扎紧袖口，往里吹气。下水结在腰里，跟救生圈似的，就不会沉入水底了。成年以后，我住在帕德玛河的沙洲上，有一次也曾横渡帕德玛河，横渡听起来很惊险，其实不然。河中有沙洲的帕德玛河，当时并无令人畏惧的湍流。不过，对于旱鸭子着实是一个惊心动魄的故事，我确实也对他们讲过多次。

小时候，我跟随父亲到了达勒赫希山，他从不阻拦我一个人外出爬山。我手持尖顶手杖，沿着羊肠小道，从一座山峰爬到另一座山峰。最有趣的是假想恐怖的情景。有一天，我顺着陡峭的山路往上爬，在一棵树底下踩到一堆干枯的树叶，脚一滑，赶紧用手杖撑住。唉，我本可以不撑住的嘛，沿着山坡咕噜咕噜往下滚，看看滚入山下的小溪要多长时间！滚下去我是什么模样，我绘声绘色地对母亲描述了一番。此外，穿过浓密的松树林，突然遇见黑熊，那多来劲儿！那也是炫耀的资本！然而，应该发生的许多事没有发生，意外的历险全攒在我的脑子里了。我横渡帕德玛河的故事，与这类故事相差无几。

十七岁那年，我终于离开了《婆罗蒂》的编辑室。

这期间，家里已为我留学英国作了周全安排。长辈们认为，登船起程之前，我应该到二哥那儿住些日子，熟悉英国的风俗习惯。他当时在阿梅达巴特当法官，二嫂和侄儿、侄女已在英国，等待着二哥把我带去。

我像农作物，被连根拔起，从一块农田挪到了另一块农田，开始适应新的环境。起初，就任何一件事对人提问，我都不好意思。考虑最多的是，同陌生人交谈如何维护自己的尊严。融入一个陌生的世界，很不容易，可是没有回避它的道路，像我这样的孩子的心灵，在那儿磕磕碰碰，摔了一跤又一跤。

在阿梅达巴特，我的心灵在古老的历史景观中飞翔。二哥的寓所是一座旧式宫殿，白天他去法院上班，偌大的房间空荡荡的，我整天像着了魔似的到处转悠。前面是空阔的庭院，再往前，可以看见水深齐膝的沙巴尔穆迪河弯弯曲曲地流过沙地。庭院里有个浴池，一层层砌的砖石里，仿佛储存着昔日王妃们沐浴的华丽场景。

我们是加尔各答的居民，在城里从未见到历史昂首挺胸的雄姿。我们的目光被拘羁于极近的矮小的岁月里。来到阿梅达巴特，我第一次看到，历史在这儿停滞了，揭开了容它返回今时的巨大帷幕。它悠远的日子，像药叉[①]的财宝埋在地下，它给了我创作短篇小说《饥饿的石头》最初的灵感。

那是几百年前的事了。日日夜夜，乐队演奏八个时辰不同的乐曲，大道上回荡着得得的马蹄声，土耳其骑兵举行演习，他们的长矛尖闪耀着阳

① 印度神话中财神。

光。王宫的四周有些人在诡秘地窃窃私语。手持大刀的脸色黧黑的卫士，在内宫巡逻。王妃的浴池里喷着玫瑰香水，臂钏、手镯叮当作响。如今，默然矗立的宫殿，好似一个被忘了的故事；它的四周没有色彩，没有嬉笑声，交替着干燥的白昼和趣味索然的夜晚。

远古的历史露出了它的骨骼；头盖骨上没有了王冠。若说我为它穿上衣服，戴上面具，复修成塑像，置放在心中的博物馆里，那是太夸张了。我不过在心殿之前竖立了一个简陋的泥像，那是我心血来潮做成的玩具。有一些留在心里，大部分被遗忘了，所以这样胡拼乱凑倒是件容易的事。八十年之后的今天，眼前出现的自己的形象，与实际情况并不完全吻合，一大部分是虚构的。

在阿梅达巴特住了一段时间，二哥觉得，让我与一位能把本国的风情介绍给外国的女性交往，我别离亲人的心灵将得到一些快慰。这也是学习外语的捷径。于是，我住进了孟买一个大户人家。这家一个上过学的女性①，从英国舶来了五光十色的丰富知识。

我才学浅陋，她要是揶揄我，是无可指摘的。但她没有那样做。我没有值得炫耀的书本知识，但我不失时机地告诉她，我会写诗。这是我得到他人重视的最大资本。我对她说，我擅长写诗，她信了，没人进行审查。她请我这位诗人替她起一个小名，我满足了她的要求，她听了觉得很悦耳。我产生了把她的小名织入我诗韵的念头。我把她的小名插入诗句中，配以晨曲，唱给她听，她听了说："诗人，听了你的歌，即使躺在死榻上我也会苏醒过来。"从她这句话可以得知，女人对她所钟爱的人，总是夸张地说些掺入甜蜜的话，以博得他的欢心。

记得我从她口中第一次听到对我容貌的赞扬。她的赞叹常常用心良苦。比如有一次她口气特别认真地对我说："我必须对你提一个要求，任何时候你不要留胡子，不可掩盖你的面部轮廓。"大家知道，我没有满足她的要求。我的面部显露出不服从的标志之前，她就去世了。

好几年，其他地区的鸟儿突然飞到我们家的榕树上筑巢。刚刚熟悉它们的翅翎之舞，某一天我发现它们已经飞走了。它们带来遥远森林里的陌生歌曲。同样，人生旅途中，从世界陌生的所在，走来亲人的女使者，拓宽

① 指医生阿达罗摩的女儿阿娜达尔卡尔。

我们的心田，悄然离去。没有人叫她们，她们是自动走来的。最后呼唤她们，却再也找不到了。她们一面离去，一面为活着的人的生活的织锦缀上绣花贴边，年年岁岁提高着昼夜的价值。

十四

塑造我的造物主，最初用的是孟加拉的泥土。最初捏成的形体，我称之为童年，其中没有一点儿杂质。它的原材料，一部分是我本人的，另一部分是家庭和亲人提供的，塑造的工作时断时续。那些在学习的车间里，经过反复锻锤造成的人，在社会的市场上贴上特殊的商标，价格昂贵。

我幸运地躲过了那车间里塑造的每一道工序。那车间里特意聘用的学问很高的老师，一个个放弃了把我培养成才的希望。甘昌德拉·沃达查尔吉是阿难特·昌德拉·贝檀多巴格斯先生的儿子，大学的硕士毕业生。他已经看明白了，不可能带着我这个孩子在死板的学习之路中朝前走。然而，难办的是，必须把学生放在大学毕业的绅士们做的模子里浇铸，可是当时的长辈不曾想到浇铸是多么残酷。

当时，不曾把贫困、富裕家庭的孩子全关进学院里知识的樊笼里。我们的家族没有财富，但有名望，所以秉承家风，学习的压力不大。有一年，我们从没有奖学金的低年级班转入迪格罗兹先生创办的孟加拉研究院。长辈们希望我们无论如何应该养成讲英语的习惯，以维护家庭的尊严。

然而，在学习拉丁语的教室里，我是哑巴和聋子，各种练习本从第一页到最后一页，雪白的纸像寡妇穿的素服。看到我不肯学习的古怪的执拗，授课的教师去找迪格罗兹先生，诉说对我的不满。迪格罗兹先生劝他说，我们这些“纨绔子弟”来到这个世界的目的，不是求学，而是每个月按时把学费交给学校。

甘昌德拉·沃达查尔吉先生对我们有同样的看法。不过，他为我们开辟了一条学习的新路。他吩咐我背诵迦梨陀娑的名剧《鸠摩罗出世》，把我关在房间里，叫我翻译莎士比亚的剧本《麦克白》。而崇拜罗摩的老师，为我讲解《沙恭达罗》。他们让我在教科书之外的文学园地里漫游，获得了一些成果。那些课外书籍，是塑造我儿时心灵的材料，此外，还有不加选择随便弄来的许多孟加拉书籍。

后来我去了英国，塑造人生开始采用外国工艺，使用化学中称为化合物的材料。我目睹了一场命运的新游戏，我去英国是为了按部就班地学习知识，确实也向这个方向作了努力，但最终没有实现既定的目标。二嫂带着孩子住在英国，我落入了他们的家庭之网。我在英国学校的四周蹀躞；专门为我请过家庭教师，可我一味消极地应付，学习并不用功。英语方面我的收获，是与形形色色的人频繁接触的回报。从各个方面吹来的英国社会的交往之风，对我的心灵起了潜移默化的作用。

是塔罗格纳脱·帕里德先生帮我脱离了家庭的溺爱，他鼓励我搬到一位英国医生家里。这家人对我非常热情，使我忘了我来到异国他乡。斯格特太太对我的关爱，是极为真诚的，她每日像母亲一样为我的衣食住行操心。

当时我在伦敦大学读书，亨利·姆尔里教我英国文学，他传授给我的，不是教科书里的枯燥内容。英国文学装在他心里，他的喉咙里倾泻的活力，沁入我们的心底，是我们的生命期待的养料。他的教学中，不糟蹋一点儿文学趣味。回到家里，我阅读克拉任丹出版社出版的书籍，翻来覆去地体味作品的内涵。换句话说，我承担了自己教自己的任务。

斯格特太太常常无端地觉得我的脸瘦了，一脸的焦急，要我一日三餐多吃一些。她不知道，我的身体从小对疾病关闭了大门。每天早晨，我用冰雪化的水洗澡。依照那时的医生的观点，我这种不正常的生活方式，是悖违古训的。

我在大学里只念了三个月书，但我在外国受的教育，几乎充满了人的爱抚。我们的造物主，一有机会，就往他的作品中加添新型材料。在与英国人心心相印的三个月里，我这件作品中也掺入了新材料。我肩负的任务，是每日黄昏至深夜十一点钟，渐次学习诗歌、戏剧和历史。这么短的时间内，学习的内容很多，那不是课堂里的学习，而是学习文学作品的同时，与人的心灵的交流。

我留学英国，没有成为长辈所期望的律师，我人生底部的结构没有受到足以使之动荡的冲击，在我的身上，实现了东方和西方的握手。我在生命之中找到了我名字的涵义。

第二辑

人生回忆

我的生命之神，跨越所有的阻挠、矛盾和曲折，愉快而娴熟地把一个最隐秘的夙愿引向显露，我暂时尚无将它昭示的能力。

人生回忆

引　　子

我不清楚是谁在回忆的画布上画人生之画。不过肯定是擅长丹青的高手在作画。换句话说，他拿起笔作画，并不丝毫不差地临摹发生的事情。他按照自己的审美原则，删芟杂芜，保留精华；把大的缩小，把小的扩大；毫不迟疑地把前面的东西挪到后面，把后面的东西挪到前面。事实上，他的职业是绘画，而不是撰写历史。

于是，事件之河在身外潺潺流淌，与此同时，心版上画了一幅幅图画。两者之间有联系，可不是一码事。

我们没有闲暇去专注地端详我们的心版，只是偶尔扫一眼心版的一角。它的大部分不为人知地沉浸于黑暗之中。恐怕没有人讲得清楚，不断绘画的艺术家为什么作画，绘画完成，画作挂在哪座艺术馆。

几年前，有人问我，我的人生旅途中发生了哪些重要事情，为此我去了一趟"美术馆"，了解情况。我当时以为，找到人生历程中一些有价值的材料，任务就算完成了。不料推开大门，发现人生回忆不是人的历史——它是某一位不露面的艺术家亲手创造的作品。作品不同部位的不同颜色，并非外部的影像。那种颜色来自他自己的宝库，由他依据自己的情趣加以调和，所以心版上的形象，不能在法院里当做证据使用。

在回忆的宝库里，不辞辛劳发掘确凿的历史进程，可能一无收获，但我痴迷地观赏起了那些赏心悦目的画作。一个旅人在一条路上行进，在一家旅馆过夜，那条路、那座旅馆，对他来说，不是画；那时路和旅馆，是十分需要的，可以看得非常清晰。需要得到了满足，路走完了，路就成为形象在他的脑海里出现。人生的黎明，经过的城市、旷野、河流和山脉，在傍晚进入驿馆之前,回首遥望,在渐近的晚霞中全变成景象,映入眼帘。有了回顾那些景象的闲暇,凝目注望,我的思绪是非常集中的。

心中萌发的好奇,是不是仅仅来源于对昔日生活的天然的眷恋呢?当然,不可能没有一点儿眷恋,但昔日的情景更具吸引力。剧本《后罗摩传》的第一幕中,为了让悉多①心情愉快,罗什曼那②在她面前展开的几幅画,与她的生活有关,因而是迷人的,尽管并不完全真实。

在记忆中,没有什么值得永远纪念而需珍藏的东西。但文学并不依赖昂贵的素材;我深切感受的东西,把它变得可以让别人感受,就会受到人们的欢迎。在自己的记忆中浮现的形象,用语言表达出来,就有资格在文学殿堂里获得一席之地。

这种记忆中的形象,也是文学的素材。把抒写形象当做写回忆录,是错误的。用那种观点审视,这部作品是很不完整的,甚至可以不写。

初入学堂

我们三个男孩③是一起长大的。两个伙伴比我大两岁。他们师从马达波昌德拉,按部就班学习的时候,我也已开始读书,详细情况现在记不太清了。

记得当时吟诵的一句诗是:细雨霏霏,树叶战栗。那时节,我头顶着"玻、坡、摸、佛……"等字母的风暴,刚刚登上彼岸。"细雨霏霏,树叶战栗",是我今生读到的第一位诗人的诗句。后来每当想起当时是多么快乐,我就深刻地感到,诗为什么需要韵律。诗句押韵,诗读完了,却意犹未尽。诗的内容表达完了,却依然余音绕梁。诗意以韵律与耳朵和心灵继续做游戏。那一天,在家里走来走去,我满脑子是"细雨霏霏,树叶战栗"的意境。

童年时代的另一件事,深深地镌刻在我的心扉。我家有一位老账房,名叫格伊拉施·姆卡吉,他跟我家的亲戚一样,非常幽默,同我家每个人开玩笑。新女婿初次登门,他总是充分发挥诙谐的才华,把人家推进尴尬的

① 印度史诗《罗摩衍那》的主人公罗摩的妻子。

② 罗摩的异母弟弟。

③ 指作者和他的哥哥索蒙德拉纳特和外甥苏筥波拉萨特。

初入学堂的泰戈尔(左一)和老师及同学

境地。据说他死后,他的幽默感有增无减。过去,我家长辈喜欢使用制图仪器,与亡灵对话。有一天,他们用圆规的铅笔芯画的笔迹中,出现了格伊拉施·姆卡吉的名字。于是问他:请告诉我们,你居住之地的民风如何?传来的回答是:你们活着想骗我告诉你们我死了所知道的一切,别做美梦!

小时候,正是那个格伊拉施·姆卡吉以极快的速度,朗诵一首很长的儿歌,博得了我的欢心。我就是儿歌中的男主人公。儿歌中五彩缤纷地叙述的一位女主人公在不远的将来像我希望的那样,毫不踌躇地走到我身边。这位迷醉世界的姝丽,以容光照耀着守望者的命运。听着,听着,我的心被那种情景迷住了。从头到脚,她戴的价值连城的首饰,他一件件细细叙述。接着讲述男女主人公相会的缠绵情状,不少理智的成年人,听了也会怦然心动。我这个少年更是热血沸腾,眼前看到的是色彩缤纷的奇特的欢乐场面。之所以有这样的艺术效果,根本原因在于不停地快速朗诵诗句和抑扬顿挫的节奏。少年时期,品尝文学趣味浓郁的作品的情景,历历在目。我还记得另一首儿歌的两句诗:劈里啪啦下大雨,河里波涛汹涌。这首儿歌简直就是我儿童时代的《云使》①。

此外,第一天上学的情形,也记忆犹新。有一天我发现,哥哥和年长的外甥苏笃波拉萨特上学去了,可我还没有被认为有资格上学。除了放声大

① 印度古代著名诗人迦梨陀娑的名作。

哭，我没有其他宣传我也有上学资格的良策。在这以前，我没乘过汽车，也没有外出过。苏笃波拉萨特每天放学回来，极其夸张地讲述上学和放学路上的所见所闻，弄得我再没有心思待在家里。我的家庭教师为了扼杀我上学的热情，用学校暴戾的教鞭吓唬我，说了句后来被证实的话：现在你哭着要上学，日后你为了不上学，哭得更凶。那位家庭教师的姓名和模样，无论怎样搜索记忆也记不起来了。但我清楚地记得他那一针见血的话和那条可怕的皮鞭。今生今世，我还没有听到过像他那种灵验的预言。

凭借眼泪的力量，我终于提前进了东方学校。记不清楚在学校里学到了什么知识，但学校里惩罚学生的高招，依然记得。哪个学生背书结结巴巴，就勒令他站在长凳上，平直地伸出两条胳臂，两摞写字板压在他的两只手上。小学生娇嫩的身体和脆弱的心灵能否培养出承负如此沉重的石板的能力，是值得心理学家研究的课题。

就这样，幼小的我开始读书了。最初，我阅读仆人们爱看的几本书，踏上文学的探索之路。其中最重要的两本，是贾诺卡创作的诗歌的孟加拉译本和葛里迪巴斯改写的《罗摩衍那》。我至今记得某一天读《罗摩衍那》的情景。

那天天空阴云密布。我在外宅甬道旁的游廊里玩耍。记不清因为什么原因，苏笃波拉萨特为了吓唬我，突然大叫起来："警察！警察！"关于警察的职责，我大致有个印象。我知道，认定某人犯罪，把他交到警察手中的话，那么，就像鳄鱼用锋利的牙齿咬住猎物，消失在深水里那样，警察拧着不幸的犯人的胳膊，消失在高深莫测的警察所，是他们的天职。想不出什么办法，能让我这个无辜少年免受那种残酷的处罚，我撒腿就往内宅跑去；他们在后面紧追不舍——这种无根由的恐惧，诱发了我满背的鸡皮疙瘩。一见母亲，我向她报告了我的危急处境，她没有露出特别忧虑的神色。可我觉得外出很不安全。外祖母和一位远房婶婶正在读葛里迪巴斯改写的《罗摩衍那》。我把这本云石纸（Marble paper）封面已经污渍斑斑、书角破损的书抱在怀里，坐在母亲卧室的门口读了起来。前面是内宅环围花园的正方形游廊，从布满阴霾的天空，下午暗淡的日光费力地挤进游廊。见我读到《罗摩衍那》中悲伤的故事，扑簌簌落下眼泪，外祖母硬是把书从我的手中夺走了。

家庭内外

我们儿童时代的生活,可以说无享受可言。总之,那时的生活比起现在要朴素得多。看到当年的绅士用以维护名誉的物品,“今时”必然感到害羞,就想否认与往昔的各种联系。这就是过去的特点,尤其在我们家里,绝无给孩子过分关照的辛劳。事实上,所谓宠爱,不过是让家长得到心理上的满足,对于孩子,那是绝伦的洋罪。

我们处于仆人的管辖之下。为了简化自己的职责,他们完全停止了事无巨细的照看。家庭束缚非常严厉,可日常生活中的漠不关心,其实意味着给予我们广阔的自由。这样的自由能使我们心胸开阔。他们从不以刻板的穿着、饮食方式、坐立的姿势来禁锢我们的灵魂。

我们平常的食物中闻不到佳肴的气味儿。我们的衣服太少了,让现在的孩子看到那些衣服的清单,我们的脸面恐怕就丢光了。跨进十岁的门槛之前,我从未穿过袜子。冬天,白衬衫外面再套一件白衬衫就够了。为此,我从不责怪命运。只是我家的裁缝奈亚莫特·卡里发“玩忽职守”,认为为我们的衬衣加口袋是多此一举,着实让我伤心。因为,即便在家徒四壁的穷人家里,也没有出生过口袋里没有一点儿“动产和不动产”的孩子。由于天帝垂怜,穷人和富翁家里,孩子的“私有财产”并无太大的差别。我有一双木拖鞋,可它拢不住脚丫子,每走一步,就往前甩出去。于是,行走的时候,比起迈腿,甩鞋的次数多许多倍,制鞋的目的,一步步受到嘲弄。

地位比我们高的人的言谈举止、服饰、食品、娱乐,一切的一切,离我们很远,可以看到一些迹象,但不可企及。如今的孩子抑制了长辈的一些威风;他们无拘无束,不伸手要也能得到一切。我们从未那么轻易地得到一样东西。极为普通的玩意儿,对我们来说也是稀世珍宝。长大了某一天会得到的,怀着这种希望,我们把那些东西交给遥远的未来保管。结果,那时得到一样极平常的东西,我们必定掏尽其内在的趣味,从它的皮到内核,绝不丢掉任何一部分。可是你看如今家境富裕的孩子,轻而易举地得到的每一样东西,咬一口,就把其余的一半,甚至四分之三全扔弃了。他们世界的大部分物品,让他们浪费了。

白天,我们在外宅二层东南角仆人的房间里消度时光。

我家一个仆人名叫塞姆。这个小伙子皮肤黝黑，身材匀称，留着长发，他老家在库尔纳县。他叫我坐在固定的地方，用粉笔在四周画一个圈。大拇指指着我，神情严肃地说，走出这个圈子，必然大祸临头。我不清楚那种危险是偶然还是经常发生的，但心里惶惶不安。我读过《罗摩衍那》，知道悉多走出为她画的圈子，遇到了多么可怕的灾难。所以我不敢不信，不敢跨出为我画的圈子。

窗户下面是有石板台阶的池塘，挨着池塘东岸的石堰，有一株巨大的榕树，南岸矗立着一排椰子树。囚在圈子里的我，推开百叶窗，观赏画般的池塘，不知不觉度过几乎一天的时光。上午，我看见一个个邻居来洗澡。他们中间哪一位什么时候来，我一清二楚。每个人洗澡的特点，我也了如指掌。有的人双手捂住耳朵，嗖地一下，极快地蹲到水下，站起来就走了；有的人不蹲到水下，而是一次次用毛巾把水盛起来，往头上浇；有的人一次次击水，把水面上的浮秽击退，然后“咚”地潜入水中；有的人站在石级上，一句话不说，扑通一声跳进水中；有的人一面往水中走，一面一口气背诵七八行诗；有的人匆匆而来，马马虎虎地洗完澡，急匆匆地回家；有的人不慌不忙，慢吞吞地洗了澡，用毛巾擦干身子，抖开湿衣服前面的下摆，拧三四下，在花园里采几朵花，慢悠悠地摇晃着身子，一边把洗净的身子的舒畅，扩散到空气中，一边往家走去。不知不觉，十二点钟敲响了，不一会儿到了下午一点。渐渐地，石板台阶上杳无人影，异常安静。只有几只鸭子和鹅不时潜入水中，觅食螺蛳，勤快地以喙梳理清洗背上的羽毛。

池塘清静了下来，那棵榕树的绿荫摄走了我的神魂。它的枝丫衍生的气根悬垂下来，形成扑朔迷离的冥暗氛围。世界的法则，仿佛由于错误的引导，陷入世界那个混沌角落的幻境中。大概是神的旨意，那儿似乎有梦幻时代的一个不可思议的王国，躲过天帝的眼睛，至今留存在日光之中。我以心灵的眼睛望见那儿的人，他们从事哪些活动，现在说不清楚。我以这棵榕为题材写了一首诗：

哦，老榕树
你梳了个发髻，
日日夜夜站立着，
还记得那个男孩子？（《老榕树》）

唉，老榕树，如今你在哪儿？小巧的池塘——树神们的明镜，也不复存在了。许多当年洗澡的人，也跟随消失的榕树的绿荫远去了。那个男孩如今已年逾半百，在他的周围，悬垂各种生活的“气根”，他在庞杂的社会氛围中，点数交织着悲欢的岁月的光影。

小时候，不许我们走出大门，甚至在家里，也不能随心所欲地到处走动。为此，我们只好在大墙内遥望宇宙。外界，是我不可抵达的无限扩展的物体，而它的形态、音响和气味，通过窗户和门扉的大大小小的缝隙，从各个方向抚摸我，给我惊喜。它仿佛通过窗户的铁栅的空隙，想方设法以各种暗示和我做游戏。它是自由的，而我被囚禁着——没有办法幽会，因此，爱的引力非常强大。现在，用粉笔画的圆圈已经抹掉了，然而束缚仍未消失，遥远依然是遥远，外界依然是外界。长大了写的一首诗，反映我当时的心情：

笼中鸟囚在金笼里，
林鸟在树林里栖息，
有一天两只鸟邂逅相逢，
大概是上苍的意志！
林鸟说道：“我笼中的兄弟，
让我们在林野比翼齐飞。”
笼中鸟说道：“进来，林鸟，
金笼里何等安适。”
林鸟摇摇头说：
“不，我不愿铁链加身。”
笼中鸟叹了口气，
“唉，我如何飞进树林。”

《两只鸟》

我家内宅楼顶上的边墙比我高。年纪大了一点之后，仆人的管教随之松弛了一些。一位新媳妇进了我家的门，作为她闲暇时的游伴，我得到她的庇护，中午经常爬上楼顶。那时家里人吃完饭了；家务事告一段落；内宅处于憩息之中。洗干净的湿纱丽，在楼顶上晾晒。剩饭丢弃在花园的角落里，那儿，一群乌鸦的盛宴开始了。在那幽静的闲暇时分，通过墙缝，笼中鸟和林鸟以喙接吻。我站在楼顶上举目四望，看见我家内宅花园旁的一排椰子树；透过椰子树的空隙，可以看见名为“狮吼”村的一个池塘，池塘旁边是每天给我家送牛奶的养牛女人的一个牛圈。再往前，可以看见由绿树掩映着的加尔各答大小不一各种形状的楼顶，反射着中午白炽的阳光，渐渐融入东边地平线上苍白的蔚蓝之中。遥远的楼顶上昂首的小屋，仿佛直直地举着手指，眨巴着眼睛，以暗示向我讲述它们中间的奥秘。如同乞丐站在王宫外面，想象着国库里锁着的箱子里的无数珍宝，我也认为那些陌生的房屋里堆满的游戏和自由，是我永远数不清的。头顶上是满天炽热的阳光，鹰隼尖利的啼唳从天边传到我的耳朵里。“狮吼”村旁边的胡同里，小贩从白天昏睡的沉寂的楼前走过，大声叫喊着：“快来买手镯！买玩具！”听见叫卖声，我心里感到空落落的。

父亲一年中大部分时间在印度各地漫游，不待在家里，三楼他的房间总关着。有时我推开百叶窗，手伸进去，拔掉插销，开了门，进去在靠南墙的一张沙发上坐下，悄悄地消度中午的时光。这间屋关久了，平时不准别人进入，充满一种浓郁的神秘气息。此外，炽热的阳光照射着这间屋前面空无人影的楼顶，也使人心里感到落寞。

当时城里刚开始安装自来水管，对我们来说，这是件新鲜事儿。虽说孟加拉人居住的街道平常对时髦的新鲜事儿持冷漠态度，但对实用的东西向来是不悭吝的。所以城南城北，平等地享受到了自来水的便利。在自来水实实在在被享用的时代，自来水管通到了我父亲的浴室里。我拧开喷头洗澡，过早地实现了享受自来水的愿望。在父亲的浴室洗澡不是为了图舒服，而仅是为解开套住我欲望的笼头。一边是逍遥自在，另一边是受管制的担忧，站在中间，从喷头喷出的自来水公司的净水，朝我的心田射来密集的快乐之矢。

我与外界接触非常困难，也许正是由于这个原因，却容易获得外界的欢乐。玩物太多，心灵很快就感到厌倦，把责任全部交给外界，静坐休息，忘记了举行欢乐的盛宴，内心活动比外在活动更重要。这是儿童最初获得的教育。那时他们的私物很少，而且很不值钱，但从中可以获得快乐，用不着更多的东西。有些家庭中的“不幸”的孩子，得到过多的玩具，做任何游戏都觉得索然无味。

把我们家的花园说成是名副其实的花园,恐有言过其实之嫌。它的主要组成部分,是一棵柠檬树,一棵酸枣树,一棵李子树和一排椰子树。中间砌一个圆形石坛。各种野草、灌木野蛮地侵入石缝,竖起了占领的旗子。缺少照料的花木,无意死去,也不谴责花匠,毫无怨恼地、力所能及地履行自己的义务。北角有一间舂米房,内宅的女人常到那儿去做些家务活儿。这间舂米房承认农村生活在加尔各答城里的彻底失败,不知哪一天捂着脸,悄无声息地消失了。我不相信原始人亚当的天国乐园比我们家的花园拾掇得更整洁。因为原始人的天国,是无遮无掩的,它不用实际需求装点自己。他偷吃了智慧树之果,果子在肚子里完全消化之前,凡人的装饰需求,一直在扩大。祖宅的花园,是我心目中的天堂乐园,对我来说,这就够了。我至今记得,秋天的早晨,从睡梦中醒来,我下了床就往花园里跑,迎面扑来露水浸润的草叶的清香。我家东边的墙头上,由清新、柔和的霞光簇拥着的黎明,在璎珞般颤动的椰子树叶的缝隙间,探出头来。

我家北侧有一块闲置的地,至今被我们称作"粮仓"。它的名字证明,古时候,那儿用箩筐储存粮食。那时,城市和乡村,像幼小的姐弟,几乎以同样的面目出现,可如今很难找到姐弟容貌的相像之处了。

假日里,一有机会,我就去"粮仓"。要说是去玩耍,那不确切。那地方对我的吸引力,远远超过做游戏。究竟原因何在,很难讲清楚。也许,那是我家一个角落里一块幽静的"不毛之地",在我眼里,它有着有待揭示的奥秘。那不是我们的居住之地,不是可利用的房间,那儿做不了任何事,那是祖宅的外部世界,未留下日常需要的一丝痕迹。它是一块被抛弃的、不美的荒地,没人在那儿种花。所以,在那块空地上,我这个少年可以不受阻挠地、随心所欲地施展想象。从监护人的管教的空隙钻出来,哪天能到空地上溜达溜达,我就觉得哪天是我的真正假日。

祖宅还有一个有趣的地方,现在我说不出它的准确位置。与我年纪相仿、常在一起玩耍的一个女孩子,称它是"王宫"。有时候听她说,"我去那儿了"。但我从未有过陪她去游览的机会。听说那是个神奇之地,那儿做游戏很有意思,玩具也妙不可言。那地方好像很近,在一楼或二楼,可我一次也没有去成。好几次问女孩,"王宫"是不是在我们家外面,她说,在我们家里。我惊异地坐下沉思,我家所有的房间,我都看过了,那间房又在哪儿呢?我从未询问国王是谁,至今也没有发现王国在什么地方。仅仅知道,那座“王宫”在我们家里。

回眸童年,记得最清楚的是,那时的世界和生活充满奥秘。每天都觉得,每个地方都有不可思议的东西,说不定什么时候就能让我碰见。大自然仿佛握着拳头,笑着问:“你说说看,我握着什么?”而我不能肯定地说,哪样东西不可能存在。

我还记得,在南屋游廊的角落里,我把一颗蕃荔枝的种子埋在一堆土里,每天浇水。想到从那颗种子里能长出幼芽,长成大树,我感到既好奇又惊讶。现在蕃荔枝的种子照样能长出嫩芽,但我的心田已长不出惊奇之芽了。这不是蕃荔枝的种子的过错,而我心灵的过错。我们从哥哥古南特罗纳德的花园偷来石块,在我们的教室的角落里七手八脚堆了一座假山,把几株花苗插在石块中间,侍奉花苗得过分殷勤,使灾难很快降临到它们头上。它们悄悄地保持着萎缩的态势,并且毫不迟疑地“寿终正寝”。我们面对这座假山所表达的无穷喜悦和抒发的赞叹,是永远说不完的。我们坚信,我们这件“杰作”,也会令长辈们叹为观止。在验证我们信念的那天,书房角落里的这座假山,连同栽在它身上的花苗,不知被流放到了哪里。“教室的地板不是堆假山的合适地基。”——出人意料地受到这蛮横地训斥,我心里难受了好一阵子。想着我们的创造与大人的意志之间有如此尖锐的矛盾,地板上那些被铲去的石块,重重地压在了我的心上。

我经常想起,儿童时代,世界的乐趣是极其浓烈的。泥土、流水、树木、天空,一切的一切,都会说话,绝不让我们的心灵感到寂寞。其实,我只看到世界的表层,并未看见它的内部,我说不准究竟有多少日子那内部世界震撼过我的心。怎样做才能揭去世界那灰褐的表层,我曾经拟定许多计划。我曾想,一根竹竿接着一根竹竿往地下插,插下许多竹竿,也许能够触到地下最深的地方。

玛克月过节前,我家花园四周竖起一排排木柱,挂上彩灯。为此,玛克月初一开始挖坑。到处筹备过节,引起孩子们的浓厚兴趣。但对我来说,挖坑具有特殊的吸引力。尽管我每年看见挖土,看见土坑似乎一点一点大了,整个人可以藏在坑底,可土坑里从未出现一种神力,能帮助哪位王子或哪家孩子顺利地进入地宫。不过,我每次觉得,一只奥秘之箱的盖子打开了。总觉得再挖一点儿土,就能达到目的了。一年年过去,那一点点土,老是没挖掉。稍稍再用一点儿劲儿,泥土之幕就可以扯掉,但老是扯不掉。

我觉得,大人们想做的话,什么事都可以做成,可他们为什么挖了那么浅的坑就停工了呢?假如不折不扣地执行像我们这么小的孩子的命令,地球最深处的消息,是不会寂寞地被埋在地下的。

另外,天空的蔚蓝后面,藏着天空所有的奥秘,这种猜想,也常使我神不守舍。讲解伊舍尔昌德拉写的《启蒙》这本书时,老师说,天空这个蓝色球体不是障碍物,当时,我觉得这太不可思议了。老师说:“梯子架梯子,你们一直往上爬吧,你们的脑袋碰不到任何东西。”我心里想,使用梯子,他太吝啬了。我真想提高嗓门大声叫喊,加梯子,加梯子,加梯子!最后明白,加多少梯子也无济于事时,我呆呆地坐着思忖,并得出结论:这是一件怪事,世界上除了老师,别人谁也弄不明白。

奴仆之王的理论

印度历史上,奴才篡位执政的时期,老百姓过不上幸福的日子。回顾我一生的经历,仆人管教我们的岁月中,我也不曾发现一丝欢乐和荣耀。这些“王爷”的组成,经常发生变化,但命中注定,我们做每一件事可能面临的阻挠和体罚的措施,并未发生变异。那时候,不容我们剖析有关仆人管教的理论中的错误。我们只能逆来顺受,我们知道,这就是家庭法则——大人打人,小孩挨打。与其相反的情形,也就是说,小孩打人,大人挨打,大人、小孩都要花了很长时间才能逐步适应。

哪种鸟狡黠,哪种鸟憨实,猎手不是从鸟的角度,而是从自己的角度评判的。所以,中弹之前,警觉的鸟大声啼叫,于是群鸟轰地飞起,猎手必然咒骂那只鸟。我们挨了打哭哭啼啼,打人者不会认为哭鼻子是文明行为。事实上,那是对仆人这群“王爷”的“犯上作乱”。我依然记得,为了彻底镇压这种“暴动”,他们施展各种招数,使我们的哭泣夭折在盛水的大水缸里。哭嚎对打人者来说是很不悦耳的,很容易为他们招来麻烦,这一点,无人否认。

现在我常常琢磨,仆人为什么那么粗暴地对待我们。我绝对不能说,小时候我们的长相不值得呵护和爱护。根本原因在于,照看我们的全部责任交给了仆人。承担全部责任相当辛苦,对亲人来说也是一样。假如能让小孩永远是小孩,他能自己玩耍,奔跑,设法满足自己的好奇,事情就简单得多。但你想想，我要是不让他出门，妨碍他做游戏，硬让他直挺挺地坐着，那么势必促发严重冲突。于是，孩子以童心轻易地承担的责任，就会落到管教者的肩上。那时不让“马驹”在地上行走，而要把它掮在肩上，蹒跚而行。肩负重物的家伙，脾气肯定暴躁。对工钱的贪恋，给他扛重物的勇气和力量，但他每走一步都想方设法捉弄肩上的“马驹”。

对我们童年时代的多数管教者的记忆，是以拳打脚踏的形式，储存在我们心中。更多的记不起来了。只有一位仆人详细情况，依然记得清清楚楚。

他名叫波罗吉沙尔，早年在乡村当过教师。他生来严肃，知识渊博，有难以置信的洁癖。他用以保持圣洁的净土和净水，这世上太少了，为此他不得不时时与表层是泥土的地球进行不屈不挠的斗争。他闪电般的把陶罐摁到池塘的三四尺深处，灌满下面的净水再提上来。下池塘洗澡，两只手好一会儿拍推水面上他见到的脏东西，最后噌地潜入水中。他似乎想把池塘哄得注意力不集中，然后趁其不备迅速钻到水下面。走路的时候，他的右胳膊弯曲着，仿佛脱离了身体，给人的印象是，他的右手不相信身上穿的衣服。昼夜躲避渗进了水、泥土、空气和人的行为的空隙中的无数罪孽，是他持之以恒的努力。他不能忍受宇宙从任何方向向他靠近。

他整天板着脸，一副高深莫测的神态。他稍稍地歪着头，说话嘟嘟囔囔，好像诵咒似的。我家长辈背后常嘲笑他乱用文言文。我家里一度传说他把猪圈说成是“豕圈”。这可能是讹传。不过他不说“某先生坐着”，而说“某先生正襟危坐地恭候着”，这是我亲耳听见的。他平常说话使用过的古怪的文言文，很长时间储存在我家笑话的仓库里。当然，如今绅士家里的哪位仆人说“某某在恭候”，别人听了不觉得好笑。由此可见，孟加拉著作中的语言，正逐渐朝口语的方向下降，口语则正向著作中的语言的方向上升。以前两者之间的天壤之别，正一天天缩小。

先前的家庭老师想出一个绝妙办法，在黄昏约束我们这群孩子。天色暗了下来，他让我们围坐在用海狸油点亮的一盏破玻璃罩灯的周围，给我们讲《摩诃婆罗多》和《罗摩衍那》的故事。仆人中也有两三位来加入听众的行列。微弱的灯光，把身影反射到脊檩和椽子上，壁虎在捕食蚊子，蝙蝠像游方僧似的，在外面的走廊里飞着转圈子。我们聚精会神地坐着听故事。有一天讲到罗摩的两个儿子俱舍和罗波这两个少年英雄，把他们的父辈折腾得一筹莫展,黄昏暗淡的灯光里的故事会场,充满宁静而浓烈的好奇。那天的情景恍若昨日。

泰戈尔用过的床

夜渐渐深了,我们能使头脑保持清醒的时间即将告罄,可是故事离结尾还很远。在这"危急关头",我父亲的随从吉苏里·查笃则突然出现,说起了达苏拉耶写的快板书,极其迅速地把故事的剩余部分说完。葛里迪巴斯改写的《罗摩衍那》中采用质朴的"波雅尔"诗体所造成的缓慢的音调泯灭了,取而代之的快捷的节奏、铿锵的声调使我们万分惊诧。

有时候,关于往世故事,听众们就伦理道德展开激烈争论,最终常是波罗吉沙尔以其深邃的智慧使双方的观点统一起来。尽管作为年幼孩子的仆人,他在奴婢社会中地位很低,但他像俱卢王宫里的祖父辈的毗湿摩[①],在比他照看的小孩们低得多的席位上,坚定地维护着师尊的尊严。

为了尊重历史真实,在这儿不得不揭露我们这位睿智的"监护人"的缺点。他有吸鸦片的嗜好。为此他特别需要富于营养的食物。于是当他把给我们喝的牛奶端到我们面前时,在他心中,比起对牛奶的厌烦,牛奶的引力骤然强大了好几倍。只要我们坦诚表示我们不太喜欢喝奶,虽肩负增强我们体质的责任,他哪一天也不会第二次请我们或硬要我们喝完牛奶。

我们的食物,他向来设法克扣。我们落座用餐,桌上一只大木盘里叠放着空心煎饼。他开初高高地捏着一两张空心煎饼,扔到我们的盘子里,尽量保持身体的清洁。如同天神心中虽不乐意,凡人依凭苦修的功力,照样可以得到天国的恩惠,那种恩惠般的空心煎饼,历尽波折落到我们的盘子里;这件事并未显示侍者犹豫的右手本应有的慈悲。接着,波罗吉沙尔问道:"要不要再来一张饼?"我知道,哪种回答将被认为是最好的回答,我从未第二次再要煎饼,免得损害他享用的权利。

---

① 毗湿摩是史诗《摩诃婆罗多》中的重要人物,他是持国和般度的伯父。

波罗吉沙尔每天拿到从市场为我们购买点心的钱，就来问我们要吃什么。我知道，若说要便宜的食品，他心里特别高兴。我总是吩咐他去买爆米花之类没有营养的东西，或煮豌豆、炸花生米之类的算不上是营养品的东西。我发觉，他能一丝一缕地分析符合经典的行为准则，这方面他的热情非同寻常，可对我们的营养食品却没有一点儿兴趣。

师范实验小学

在东方学校读书的时候，我想出了一个消除学生地位卑微的良策。我在家里游廊的一个角落开了一堂课。栏杆是我的学生。我端来一张椅子，坐在它们面前，手执木板，一本正经地授课。那些栏杆中间，哪一位是好孩子，哪一位是淘气包，早已泾渭分明。甚至品学兼优的栏杆和顽皮透顶的栏杆，聪明的栏杆和愚笨的栏杆的面相的差异，我也一目了然。我的木板一次次重重地落在淘气的栏杆的身上，它们皮开肉绽，活着但求一死，以得到永久的安宁。木板的重击下，它们越是龇牙咧嘴，我越生它们的气。怎么做才能让它们受到足够的处罚，我一时想不出更好的办法。如今，已没有人能作证，当年在那宁静的教室里，我授课是多么可怕。那时的木头学生的位置上，最近安装了铁栏杆。我们的后辈中间，没有一人还会接受那样的教学重任，接受的话，采用过去的那种教学方式，决不会有好结果。

我看得很清楚，小学生学习老师讲的书本内容，很不用功，但模仿老师的神态动作，不觉得很困难。教学方面的种种弊端，诸如不公正、不耐心、粗暴、偏见等等，比起其他教学内容，更容易被我们学到手。所幸的是，除了像木栏杆之类的紧闭嘴巴、正襟危坐的物体之外，对其他物件施暴的办法，还没有为柔弱的我所掌握。然而，尽管栏杆与学生之间的差别甚大，我与某些心胸狭隘的教师在心理上却没有丝毫区别。

我在东方学校读书的时间不长。后来，我转入师范实验小学。那时我年纪很小。记得开始学习的几天，所有的学生坐在阶梯教室里，以歌的曲调朗诵诗歌。这种学习方法中间，包含着在学习知识的同时让学生身心愉快的尝试。可是歌词是英文，曲子亦是外国的。我真不明白，我们念经似的在朗诵什么，这算不算表演。每天参加那种莫名其妙的单调的活动，在我不是件快乐的事。然而，校方接受了一种特殊的教学理论，满以为他们在给孩子们提供欢乐；他们觉得通过观察每个学生的表情，来判断这种方法的成果完全是多余的。仿佛按照他们的理论得到快乐，是学生自己的责任，得不到快乐是他们的罪过。为此，他们从英文书中撷取理论，并以此为根据，找到相应的歌曲，便觉得万事大吉了。分析英文在我们的口中变成了怎样的语言，对于词学家来说无疑是有价值的。我还记得的唯一的一行是这样的：

格洛基普洛基兴戈尔梅拉令梅拉令梅拉令。

反复揣摸，找到了这行诗的几个英文词，但“格洛基”是哪个英文词的变形，绞尽脑汁也想不出来。其他几个词可能是：Full of glee ，singing merrily merrily merrily.

越过模糊的阶段，有关师范实验小学的记忆，渐渐变得清晰起来，可它的每一部分都不甜蜜。当时如果能与其他学生相处得非常融洽，学习知识的疲劳也许不会感到难以忍受。但实际情况是：大部分孩子对别人是那样的不真诚，同他们相处有一种蒙辱之感，放了学，我独自坐在二楼对着马路的一面窗前消度时光，只有服侍的仆人陪着我。我在心里暗暗地计算，一年，两年，三年……不知还要这样无聊地熬过几年。我至今记得给我上过课的老师中的一位①。他使用的语言那么不干净，引起我的反感，我从不举手回答他提的问题。一年到头，听他的课，我默不作声坐在最后一排。学生们一起念书的时候，我思考着如何解决世界上许多棘手问题。我记得其中的一个问题是：不使用武器如何在战场上击败敌人？这个问题很让我伤了一番脑筋。在同学们哇啦哇啦的读书声中，我在脑子里设计了解决这个问题的许多方案。我当时想，采取切实措施，训练狼狗、猛虎等凶残动物，如果把它们引到战场上，整整齐齐地排成三四行，大战的序幕，将是十分壮观的。接着使用自己的膂力，获胜决不会很困难。我在脑子里想象着在战场上毫不费力地布阵的情形，看到了我方稳操的胜券。手头没有什么事，我能找到做成大事的不少极为简单的办法。真做事的时候，我发现困难是实实在在的，有些难事，纵有三头六臂也做不成。其中某些障碍，你设法躲

---

① 指哈尔纳特·潘迪德。

避，它反而七八倍地扩大。

在这种烦人的教室里，一年终于熬过去了。在穆吐苏丹·巴贾斯波第的监考下，举行了孟加拉语的年终考试，我得了第一名。我们班的老师对校方说，监考老师偏袒我，于是让我单独考了第二回。这次校督拿一张椅子，坐在监考老师的身旁。由于命运的垂青，我仍然独占鳌头。

开始写诗

我开始练习写诗大约是七八岁光景。我的外甥乔蒂·玻罗格施[①]年龄比我稍大，他刚刚迈进英国文学的大门，每天兴致勃勃地背诵剧本《哈姆雷特》的独白。我一直不明白，他为什么突然鼓励像我这样的小孩写诗。有一天中午，他把我叫到他的房间，一本正经地说："你得练习写诗。"说罢，他耐心地为我讲解每行十四个音节的"波雅尔"诗体的特点和用这种诗体写作的方法。

在那以前，我只在印刷的诗集中见过诗这种东西，从未为它动过脑筋，不知何谓修改，诗中凡人的缺点的端倪，从未在我的眼前暴露。我做梦也不敢想，下工夫我自己也能写一首诗。

有一天我们家里逮住一个小偷，我胆战心惊但十分好奇地去看那个人。看上去，他和普通人没有什么两样。我家门房抓住他，狠狠地揍他的时候，我心里非常难过。对于诗歌，我差不多有过类似的心态变化。亲手把几个词拼成了一行"波雅尔"体的诗，我对高贵的诗歌创作的神秘感，荡然无存了。起初我觉得，我也不能容忍毒打"诗"这个可怜的家伙。可之后漫长的岁月里，对于刚写成的诗，虽然心存怜悯，也挡不住必要的"狠揍"，手感到痒痒的，我写的诗的背上落下那么多凶狠的拳头，其数量大大超过那个小偷的背上落下的拳头。

一旦消除了恐惧感，谁还能挡住我创作的步伐！在一位仆人的协助下，我弄到了一本蓝皮练习本，开始在纸上用笔写诗行长短不一、字母硕大的诗句。

如同小鹿长出了新角，到处乱拱乱撞，我也无所顾忌地大写特写，新作

---

① 泰戈尔的堂姐伽檀碧妮的儿子。

像雨后春笋般的问世了。在这儿尤其要提一下我的哥哥索蒙德拉纳特。他为我的新作感到无比骄傲,他寻找听众的热情搞得全家鸡犬不宁。记得有一天,我们兄弟俩在一楼账房里对经管田庄的账房先生们炫耀了我们的诗才,从里面出来时,《民族报》的编辑那波戈帕尔·米特罗刚跨进我们家的门槛。索蒙德拉纳特一把抓住他,说:"那波戈帕尔先生,罗毗①写了一首诗,请洗耳恭听!"我当即朗诵一首新作。那时我的诗集还不重,诗歌的成就,可以毫不费力地装在诗人的上衣口袋里。我既是作者,也是印刷者和发行者,三位一体。只有广告工作,由我的哥哥鼎力相助。我站在大门口,以高亢的声调,为那波戈帕尔先生大声朗诵了一首以莲花为题材的诗。他听了笑笑说:"不错,但'迪雷夫②'这个词是什么意思?"

"迪雷夫"和孟加拉语中的"Bromor"(蜜蜂),都由三个音节组成,用"Bromor"这个词,诗行念起来不会不顺畅。我记不清楚我是从哪儿挖到的那个生僻字"迪雷夫"的,全诗中,我对这个词寄予了最大的希望。在账房先生们的面前,我使用这个词,获得了突出效果。但这个词居然未能撼动那波戈帕尔先生一根毫毛,他甚至付之一笑。于是我坚信,那波戈帕尔先生不是我的知音,从此,再没有在他面前朗诵我的作品。后来,我渐渐长大了,谁是知音,谁不是知音,审查的方法似乎并未发生明显变化。那波戈帕尔先生尽管对我的诗一笑了之,但"迪雷夫"这个词,像吮蜜的蜜蜂,从此坚守在自己的岗位上。

初学各种知识

师范实验小学的老师尼尔格穆勒·戈萨尔先生经常来我家辅导我们学习功课。他异常瘦弱,皮肤干皴,话音尖细,让人觉得他是一根披着人皮的细藤条。从上午六点到九点,他履行教课的责任。我们跟他学习用的教材有奥卡尔库马尔编写的《美术入门》、《人性与事物》,沙特葛里·达多编写的《动物进化》,以及麦克尔·默屠苏登·达多的诗集《因陀罗吉特伏诛》。我的三哥赫蒙德拉纳特竭力主张传授给我们各个学科的丰富知识,

① 泰戈尔的简称,"罗毗"是泰戈尔全名的第一个音缀。

② 孟加拉语的一个生僻字,意谓蜜蜂。

所以，我们在家里学到的知识，大大多于学校里的教学内容。清晨，天麻麻亮，我们就起床，束上腰带，跟一个独眼龙拳击手学习拳击。接着，沾染尘土的上身，穿了衬衣，学习物理、数学、几何、历史、地理和诗集《因陀罗吉特伏诛》。放学回来，又有两位老师教我们绘画和体育。黄昏，奥古尔先生来教我们英语。九点以后，才能休息。

星期日上午，毗湿奴·昌德拉先生教我们唱歌。此外，希塔纳特·达多先生也经常以咒语般的生动语言，为我们上自然课。教学激起我们高涨的兴趣。点火加热，玻璃杯里下层的水变轻，向上流动，上层较重的水，向下流动，于是水咕嘟咕嘟地响起来。有一天，他用木屑点燃火，烧玻璃杯里的水，为我们演示。我记得当时见了那情景，万分惊讶。之后的一天，我又弄清楚了牛奶中水是另一种物质，加热的话，水可以变成气体，脱离牛奶，心里感到特别高兴。星期天上午他要是不来，那天对我来说就不是货真价实的星期天了。

此外，有一段时期，我们跟堪培尔医学院的一个学生学习过人体学。用铁丝串联的一个骷髅挂在我们的教室里。

这期间，赫龙姆波·达笃罗特诺为我们开了梵文课，要我们背诵“毗湿奴”、“梵天”等梵文名词，以及普玻得维写的梵文语法规则。各种骨头的专有名词和普玻得维规定的语法规则，这两者谁是赢家，我说不准。感觉是“骨头”稍微软弱一点。

孟加拉语学习有了一定的进展以后，我们开始学习英语。我们的英语老师奥古尔是医学院的学生。傍晚，他登门讲课。读书得知，木块摩擦生火，是人类最了不起的发明。我无意对此提出抗议。可是，黄昏时分，鸟儿从不点灯，这是雏鸟莫大的幸运，也是我每天无从忘怀的。它们在早晨学习语言，心情那么愉快，读者想必注意到了。当然，也应当记住，它们学的不是英语。

医学院这位当家庭老师的学生，身体强健得太不合情理了，他的三个学生由衷地希望他生病不能来上课，可他天天都让学生的希望落空。只有一次，医学院的洋学生和孟加拉学生之间爆发冲突，凶狠的敌人掷过来的一张椅子，击中他的脑袋，顿时血流如注。这件事是很悲惨的，不过那几天，我们并不因英语老师的额头被击破，上不了课而感到倒霉，相反，我们觉得他康复得如此之快，简直不可思议。

黄昏，下着瓢泼大雨，马路上积了齐膝深的雨水，我家花园后面的池塘里水快要溢出来了。花园里木苹果树的长发蓬乱的头颅，直直地挺在水面上。在雨季黄昏欢悦的氛围中，我们兴奋的心田仿佛盛开了一朵金色花。规定的上课时间，已经过了三四分钟，仍不见老师身影，但今天他究竟来不来，难下断语。我们把椅子搬到临街的游廊里，目光惶惧地望着胡同的转弯处。突然，胸膛里的心脏仿佛摔了一跤，直挺挺地倒在地上。那转弯处出现了恶劣的天气也不能将其打得狼狈逃窜的黑伞。别人能像他这样吗？不能，绝对不能！在这宏大的世界上，找得到维玻布提①的后辈，但那天黄昏，在我们楼前的胡同里，绝不可能出现像这位英语老师那样忠于职守的第二个人。

回首往事，我觉得，奥古尔先生并不是对学生很凶的老师。他从不以膂力管教我们。他有时说话嗓门很大，但可以说其间从无咆哮的成分。然而，不管他是一个多么好的人，他是在黄昏教书，而且教的是令人讨厌的英语。天气恶劣的日子过去之后，即使把在黄昏时分点燃暗淡的油灯，教孟加拉孩子学英语的任务交给保护大神毗湿奴的使者，毫无疑问，他也会被认为是阎王的索命鬼。

记得有一天奥古尔先生耐心地对我们解释，英语并非枯燥无味。为了说明学英语是很有意思的，他感情充沛地朗诵了一段课文，说不清那是诗还是散文。我们听了觉得很古怪，嘿嘿地笑了起来，打断了他的朗诵。他似乎明白了，英语好学还是难学，这是难断的公案。谁想获得学位，只能靠自己去奋斗十一二年。

家庭老师常常独辟蹊径，往我们学习内容的沙漠中，吹来印刷书本之外的温煦的南风。有一天，他出人意料地从口袋里掏出纸包着的一个“秘密”说：“今天我让你们见识见识上帝创造的一个奇迹。”说罢，他打开纸包，取出人的一个气管，详细讲述了气管所有的功能。我记得当时我心里受到了强烈震撼。我知道，每个人都能讲话，讲话这件事竟然可以如此精细地加以剖析，是我从未想到的。不管气管的功能是多么神奇，总归不会比人更重要。当然，我当时没有这样细想，可心情有点儿沮丧，说心里话，老师热情地讲解，可我表情冷淡。说话的真正奥秘在人的禀性中，而不在气管

① 梵文诗人，《后罗摩传》的作者。

里，解剖人体的时候，这位老师也许忘了这一点，所以有关气管的讲解，未能在少年的心中引起共鸣。

后来，他带我们去参观医学院的解剖室。解剖台上是一具老妇人的尸体，见了尸体我的心跳并未加快，但地板上放着的一条腿，使我震惊不已，肢解的人体太触目惊心了，太难看了！地板上那条发黑的刺目的腿给我留下的印象，久久挥之不去。

艰难地学完了贝利塞尔卡尔编写的两本初级朗读课本，麦克尔克斯编写的高级课本又塞到了我们手中。我们厌烦英语的原因，一是每天黄昏，我们全身已经疲惫不堪，思绪飞向内宅的卧室，二是那本书厚实的封面黑糊糊的，书中的语句艰涩难懂，内容中没有丝毫温情，我们从中看不到守旧的文艺女神母亲般关爱儿童的任何征兆。书页中也不像现在孩子读的书有那么多插图。每一部分课文内容的门口，一层层一排排由音节连缀而成的单词，端着重读符号的“刺刀”，在进行战术的演练，以便刺杀儿童。

头撞英语的城堡，撞得头破血流，也进不了城堡。家庭老师常表扬他另一个聪慧的学生，责备我们不像他那样用功。这种比较性的批评，未能诱发我们对那个孩子的钦佩。我们感到惭怍，但那本黑封面的课本，在我们眼里始终是一团漆黑。自然女神可怜生灵，在艰深难懂的事物中间，注入引人迷迷糊糊跌进睡乡的咒语。所以我们一开始学习，脑袋就耷拉下来。往我们的眼皮上喷水，叫我们在走廊里跑步，也没有恒久的效果。这时候大哥迪琼德拉纳特倘若在教室外的游廊里走过，看见我们昏昏欲睡的样子，总是吩咐下课。但一听到他的话音，我们又立刻清醒过来。

第一次出远门

加尔各答流行的病毒性感冒，把我们这个大家族的一部分成员赶到郊外的贝纳迪，暂时住在阿舒杜斯·德维先生家的花园别墅里。我们几个孩子也在这群人中间。

这是我第一次来到城外。恒河的沙滩像前世熟识的朋友，把我搂在怀里。别墅里仆人的屋前，有几株番石榴树。我坐在绿荫婆娑的走廊里，透过番石榴树的空隙，遥望着恒河的流水，消度白天的时光。

每天早晨从梦中醒来，我奇怪地觉得，我获得的新的一天，好像是装在烫金信封里的一封信。开启信封,可以得到极为新奇的消息。我老是怕弄不到应该获得的细小东西,急急忙忙洗了脸,走到外面,坐在椅子上观赏河畔的优美景色。恒河每日潮起潮落,大大小小的船只,以不同的姿势疾驰。那几株番石榴树的凉荫从西向东缓缓移动。在孔那卡尔附近的恒河畔,袒露胸怀的夕阳冉冉垂落时,一排排苍郁的树木上面,奔腾着血红的晚霞之浪。

日复一日,清晨,云朵在高空飘游,对岸的树木郁郁葱葱,黝黑的云影在河面上飘浮,看着看着,哗哗地下起阵雨,地平线变得模糊不清了。对面的河滩仿佛含着泪同我告别,河水快速地上涨,湿风随心所欲地在对岸的树林中穿行。

钻出房屋的巨腹,来到外面的世界,我好像获得了新生。重新认识所有的事物,覆盖世界面孔的一方窄小习惯的纱巾呼地飘飞了。早晨,就着粗红糖吃的剩空心煎饼,与天国的雷神因陀罗狂饮的甘露,在味道上当然已没有太大的差别。因为,甘露这种东西,不在甜汁之中,而在审美趣味之中。因此,凡是寻找甘露的人,个个空手而归。

我们居住的别墅后面,是一个石堰环围、砌有石阶的池塘,池塘旁有一棵高大的黑浆果树;池塘四周矗立着一棵挨着一棵的挺拔的果树,以浓荫为池塘蒙上一方面纱。这遮覆,这环围,后门外这小巧玲珑蒙着面纱的池塘的幽美,我觉得太迷人了。与前面空旷的恒河沙滩相比,这别墅显得纤小,她仿佛是内宅的小媳妇,在一个角落里,展开亲手绣上枝叶的绿色绸被单,在宁静的中午,喃喃地倾吐着心声。好几天中午,我一个人坐在查姆鲁尔树荫下的石阶上,想象着很深的池水底下,有一个令人望而生畏的药叉们的城堡。

多年来,我一直怀有深入考察孟加拉乡村的强烈愿望。想象中由村庄里的房舍、神庙、土路、杂耍、集市组成的特殊生活,一直磁铁般的吸引着我的心。恒河畔这座别墅的西面,就有一座村庄,但是严禁我去那儿。我虽说到了祖宅的外面,却仍享受不到充分的自由。我以前是一只“笼中鸟”,现在蹲在横杆上,脚上的铁链并未砸断。

有一天,我的两个长辈到那座村里去游逛。我按捺不住旺盛的好奇,悄悄跟在他们后面走了一段路。穿过村里树木掩映的一条胡同,沿着长满水浮萍和水草的池塘边往前走,我在心里画着一幅游乐图。我至今清楚地记得，日上三竿，一位光着膀子的农夫，还在用当做牙刷的苦楝树的一截细枝，上上下下刷他的牙齿。这时，我的“导游”突然发现，我跟在他们身后，立刻呵斥道：“回去，回去，你快回去！”他们认为，我没有穿出门该穿的衣服。我没有穿袜子，身上一件衬衣外面，没有罩高雅的制服。在他们眼里，这是我的罪过。由于我从不为袜子和服装与父母大哭大闹，所以，不光那天我失望地转身回去了，甚至连修正错误以便今后能出门的办法也没有找到。

出门的困难仍然存在，但是恒河排除了我面前的全部障碍。我的心灵随时可以不花钱登上扬帆远航的木船，可惜游历了哪些国家，任何地理书上未作详细记载。

那是四十年前的事了。之后，那盛开金色花、可以站在石阶上沐浴的别墅，我再也没有去光顾。那些树木和房屋肯定还在，可我知道，那座“花园”已不复存在，因为那“花园”不是由树木而是由一个少年发现新奇迹的欢乐构成的。现在什么地方找得到那新的奇迹呢！

不久，我们回到朱拉萨迦的祖居。我的日子，又像每天供应的美餐，倒进师范实验小学那张开的巨口。

练 习 写 诗

那本蓝色练习本，像昆虫的巢穴，渐渐塞满了弯弯曲曲的诗行和笔迹粗细不一的字母。在少年好动而充满活力的一双手的压迫下，练习本起了褶皱，接着它破损的边缘，像手指似的握着里面的尝试之作。不知是哪一天，仁慈的毁灭女神把练习本抛进了冥河的滚滚波涛。哈哈，它不用惧怕凡世了，它躲过了被送进印刷机的腹腔受折磨的痛苦。

我对宣传我写诗歌这件事，当然并不冷漠。实验小学的沙特卡里先生虽然不是我班的老师，但他对我非常关心。他正在写《动物进化》这本书。我希望，没有一位成熟的幽默大师，会根据他那本书的内容，来判断他关心我的缘由。有一天，他把我叫去问道：“听说你在写诗？”我没有掩盖我写诗的事实。后来，为了鼓励我写诗，他常常给我一两行诗，吩咐我补成一首整诗。我记得他曾给我这么两行：

折磨众人的是炎炎烈日，
雨霖的承诺消除了恐惧。

配这两行的诗句，我还记得两行。为了证明我早年写的诗绝对算不上是朦胧诗，特把还记得的两行节录如下：

受难的鱼儿潜入湖底，
此刻正快乐地戏水。

这首诗的暗喻是：湖水清澈透明。

此外，这儿节选了“特里波迪”诗体的四行诗，这首诗是描写某个人的。我希望，按照修辞学，这首诗的语言和内容，可被认为是朴素无华的。

芒果酱倒进牛奶里，再放进香蕉一只，
里面又放些甜食——
搅拌，咕哧咕哧，四下里一片沉寂，
蚂蚁哭着爬进盘子。

我们学校的戈宾德先生是个矮胖子，皮肤黝黑。他是校督，穿一件黑制服，坐在二楼办公室里，检查各班的点名册。他是学校里手执权杖的法官。学生们全怕他。

有一天，我受到别人的欺侮，惊慌失措地跑进他的办公室。被告是五六个高年级学生，没人仗义执言为我作证，我的证人是两行眼泪。这桩民事案件审理结束，我胜诉。从此，戈宾德先生总向我投来怜悯的目光。

一天刚下课，他突然派人把我叫到他的办公室。我怯怯地站在他面前。

“你会写诗？”他问我。

我毫不犹豫地承认：“是，会写。”

记不太清了，他吩咐我就高年级学生应遵循的道德规范的某一条写一首诗。像戈宾德先生这种极为严肃的人的口中，发出写诗的指示，声调的温和可谓史无前例，不是他的学生，是体会不到的。次日，写好的诗，请他过目，他把我带到享受奖学金的一班学生面前，说："念给他们听！"我立刻大声朗读起来。

以道德为题材的这首诗得到的唯一奖励是：允许它尽早地消亡。在享受奖学金的学生中间，结出的"道德果实"，是始料不及的。起码，我朗读的这首诗，在听众心里，未能培育出对诗人的一丝好感。大部分学生私下议论：这首诗不是我的作品。有一个学生甚至说，很可能是我剽窃了某部诗集里的一首诗，在他们面前炫耀了一番。没有人催促他去找来那首"原作"，让其他学生欣赏，从而揭露我的"真面目"。他们当然信他的话，真去找证据，必定是白费精力。后来，追求诗人荣耀的人越来越多。他们选择的道路，并非提高道德水平的康庄大道。

如今写诗的孩子，已不是凤毛麟角。诗歌的荣誉已经千疮百孔。记得当时有一两位女性偶尔写几首诗，大家视她们为天帝创造的奇迹。可现在如果听说哪位知识女性不写诗，会觉得不可思议，不愿意轻易相信。如今，即使在"鼓励"的旱季，升入能获得奖学金的高年级班之前，诗才的萌芽就破土而出了。所以，在这儿展示的当年一位少年的诗歌成就，现在的任何一位"戈宾德先生"听了不会感到吃惊。

坎塔先生

我刚开始写诗的时候找到的一位听众，是今后踏破铁鞋也觅不到的。任何人的任何作品，他都爱不释手，因而他肯定不能成为文艺批评家，不能切中肯綮地评论月刊上发表的任何短文。这位老者，像一只熟透的孟买芒果——里面没有一点儿酸味儿，他的性格中也没有一点儿杂质。他的头皮光亮可鉴，唇髭、胡须刮干净的脸是那么温善，口腔里牙痛已成为记忆，两只大眼睛闪烁着明亮的微笑。当他以天生浑厚的嗓门说话时，他的手、面孔和眼睛仿佛也在和你对话。他来自旧时代，学过波斯语，生性幽默、风趣。他从未沾过英语的边儿。一个水烟筒是他左边形影不离的"伴侣"，怀里抱着三弦琴，一天到晚哼唱歌曲。

认识也好不认识也好，依凭内心的真诚力量，在任何人面前，他都拥有一种不容置疑的权利，这一点，谁也不否认。记得有一天，他带我们去一家英国人开的照相馆拍照，他时而用孟加拉语时而用印地语同老板谈得十分亲热。他像极为熟悉的亲戚那样，用不容拒绝的口吻说："拍照嘛，我可付不了很多的钱哪——我是个穷人嘛……不，不，老板，您收那么多钱，不行噢。"老板无奈，打了很大的折扣，为他照了相。

在寸利必争的英国人的照相馆里，他提出似乎不太合理的要求，别人听了之所以觉得这并不丢份儿，原因在于，他与所有人的关系向来是融洽的。他在任何人面前从不露出拘谨的神情，因为他心中没有拘谨的温床。

有一天，他带我去拜访一位欧洲传教士。在传教士家里，他弹三弦琴，唱歌，与传教士的女儿逗乐，滔滔不绝地赞美她们穿靴子的小脚，使客厅里气氛极为欢乐，这是别人任何时候都做不到的。别人要是像他这么做，会被认为是胡闹。可他这么做，显得一点也不过分。所以同他在一起，人人开怀大笑，心情愉快。

此外，没有一个惯于欺侮弱小的恶棍能够伤害他。欺凌的言行，落到他身上，不知不觉就变质了。一位著名歌手曾在我们家住了一段时间，有一次喝醉了酒，对坎塔先生出言不逊。坎塔先生和颜悦色，听任他胡言乱语，不同他唇枪舌剑。事后，鉴于这位歌手对他很不礼貌，决定叫他立刻离开我们家。坎塔先生赶紧说好话，设法把他留下来。他一再为他说情："他喝了酒，没做错事嘛。"

不管谁蒙受痛苦，他都受不了。别人的痛苦经历，他更听不得。所以，我家的孩子中间谁想跟他捣乱，就跑到他那儿，为他念毗达萨格尔改写的《居住在森林里的悉多》或《沙恭达罗》[①]中悲伤的章节，他连忙摆手，加以阻止，或连声哀求，不让他继续念下去。

这位老人既是家父的至交，也是兄长和我的朋友。他与我们每个人的年纪"相同"。和他一样，听我们朗诵诗的如此真诚的听众，是不容易找到的。就像溪水遇到一小块卵石，欢快地围绕它跳一会儿舞，使卵石也兴奋不已，他一有机会，也以欢悦的情绪感染周围的人。

我创作了两首对天帝的颂诗，掏尽肚里的墨水，详细描写凡世的悲痛和人间的苦难。坎塔先生看了认为，这是两首"炉火纯青的佳作"，为我父亲朗诵，他听了一定非常高兴。他信心十足地去读给我父亲听，我幸亏不在场。但我后来听说，父亲从"波雅尔"诗的韵律中察觉到，人世间难以忍

① 迦梨陀娑写的名剧。

受的痛苦的大火，这么早就开始灼烧他的小儿子，禁不住哈哈大笑。深沉的内容丝毫未能打动他的心，可我敢断言，换成我们的校督戈宾德，他会觉得这两首诗应该受到称赞。

学习歌曲，我是坎塔先生最得意的一个徒弟。他教的一首歌名叫《哦，放下波罗兹的笛子》。他拽着我，到各个房间为长辈演唱这首歌。他弹三弦琴，我唱歌，音调上升唱到“哦，放下”时，他也情不自禁加入进来，反复地哼唱那几个词，摇头晃脑，以动情的目光望着每个听众的面孔，好像要以他的真情和爱感动他们。

他是家父的挚友，对家父钦佩得五体投地。他从印地语歌曲翻译的一首梵天[①]颂歌的两句是：他在我的心灵深处，不要忘了他。他为我父亲演唱这首歌，唱到激动之处，猛地从椅子上站了起来，嘭嘭地拨着弦丝，高唱：他在我的心灵深处！突然，他改了歌词，在父亲的面前一边挥手一边唱道：你在我的心灵深处！

这位老先生最后一次去见我父亲时，父亲住在恒河畔宗朱拉亚的一幢别墅里。当时坎塔先生身患重病，已经站不起来了，用手指捏拉眼皮，眼睛才能睁开。他一路上由他的女儿照料，从比尔普姆县的罗耶布尔来到宗朱拉亚。他十分吃力地对我父亲只行了一次摸足礼，随即回到宗朱拉亚的客房里。几天后，他溘然去世。听他女儿说，弥留之际，他声音微弱地哼着“主啊，你的仁慈多么甜蜜”，哼着，哼着，静静地安息了。

孟加拉语学习结束

在升入享受奖学金的高年级的前一年，我正在学习孟加拉语。我在家里学习的孟加拉语，已经大大超过学校教科书里的内容。在家里我们已学完奥卡亚·古玛尔·达多编写的物理课本，诗集《因陀罗吉特伏诛》也读完了。虽然学了物理学，但与物理书里的任何物体并未发生关系，只是读了书，有了一些抽象的概念。那段时间白白地浪费了。在我看来，它比浪费更坏，因为，比起无所事事地浪费时间，做事而浪费时间损失更大。诗集《因陀罗吉特伏诛》对我们来说也不是珍馐佳肴，拨到盘里的食品味道鲜

① 印度神话中的创造大神。

美，吃了脑子里才留下印象。教授语言，采用优秀的诗集，有点像用大刀刮胡子，大刀丢了脸面，面颊也伤痕累累。从审美趣味的角度而言，诗集完全应该当做诗歌艺术的教材使用，用它哄人，当做字典使用，讲解语法，艺术女神是永远不会满意的。

这时，我们在师范实验小学的学习突然结束了。事情是这样的：我们学校的一位老师想读格索里·莫罕·米德拉写的《我的祖父》的英译本。我的同学——外甥苏笃波拉萨特壮着胆子，到父亲的书房里跟他借这本书，他以为，和我父亲交谈，不能使用平常与老百姓说话用的那种带有方言色彩的孟加拉语，因此他用纯正的文言组织句子，以“无可挑剔”的语调对我父亲提出要求，我父亲这才发觉，我们所操的孟加拉语，朝前迈进，最终势必踢开自己的孟加拉特质。

第二天上午，我们照例在南屋走廊里摆了桌子，墙上挂了黑板，坐下听尼尔格穆勒讲课，父亲忽然派人把我们三个学生叫到他三楼的房间里，严肃地说：“从今天起，你们不必再学孟加拉语了。”

我们听了心花怒放。

这时尼尔格穆勒正坐在楼下；孟加拉语的几何课本打开着，可能还打算让我们背诵《因陀罗吉特伏诛》的篇章。然而，就像临终之前，各种家务事做得井井有条，对于走上黄泉路的人来说，已经毫无意义，对我们来说，从家庭老师到挂黑板的钉子，一瞬之间，全变得像海市蜃楼一样空幻了。如何面带恰到好处的庄重神色，向家庭老师通报我们解脱的消息，成了一道难题。我们克制着激动，把父亲的决定告诉了他。挂在墙上的黑板上的神奇的几何线条，呆呆地望着我们的脸。《因陀罗吉特伏诛》中的每个字母，一直是我们的敌人，此刻，老实地仰面躺在桌上，把它们想象成友人也不是不可能的了。

临别之时，尼尔格穆勒先生说：“为了尽责，我经常对你们非常严厉，你们不要记在心上。今后，你们会懂得我教给你们的知识的价值。”

后来，我们确实领悟了它的价值。小时候学了孟加拉语，日后才可能顺利地从事脑力劳动。应该尽量让教学成为像吃饭那样的一件事。第一口咬食物，就觉得味道很好，吃饱之前，肚子处于亢奋的状态，这样，方能驱散消化液的懒惰。

孟加拉人学习英语，却交不上这样的好运。咬第一口，两排牙齿就疼得颤动起来，口腔里发生一次小地震。此外，它不像泥粒那样容易溶解，而像需要大量唾液才能化解的硬邦邦的甜食，等到明白这个道理，孟加拉人的年寿已经耗掉一半。

英语的拼写和语法，拼命往口腔里塞，噎得流鼻涕，掉眼泪，心灵依然饥肠辘辘。之后费尽波折，很晚才尝到食物的滋味，解除饥饿。开初得不到发挥心灵作用的机会，心灵的动力必然趋于衰枯。当年，我们周围轰轰烈烈地掀起学习英语的热潮，是三哥大胆地安排我们学了几年孟加拉语，在这儿我要对在天堂的三哥表示真诚的感激之情。

离开了师范实验小学，我们进了洋人办的名叫孟加拉研究院的学校。入了学，我们脸上增添了几分光彩，仿佛一下子长大了许多，起码我们跨上了自由的第一级台阶。事实上，我们在这所学校里取得的进步，主要体现于享受自由。我浑然不知在那儿学了什么，学习不下工夫，不用功也没有人管。学生个个是调皮鬼，但不令人厌恶。感受到这一点，心里特别舒畅。有的学生在手心上反写“ass”（驴），冲别人喊一声“hello”（喂），假装亲热地在他的背上拍一下，“ass”便清晰地印在他的背上了。有的学生走着走着，冷不丁把剥了皮的香蕉往旁人的头上戳一下，一转眼不见了人影。也有学生咚地给你一拳，像老实巴交的好人似的扭头望着别处，看他那副样子，会错认为他是非常文静的人。这种种顽皮的行为，是针对皮肉的，并不伤害人的心灵。这些只能称作恶作剧，而不是侮辱。在我看来，这好比把脚从泥淖中拔出来，搁在石头中间，即使脚挤断了也是好的，脚终究摆脱了污泥的纠缠。

像我这样的孩子在这所学校学习的最大好处在于，没有人认为我们怀有今日苦读将来飞黄腾达的狂妄野心。这所学校规模很小，收入很低，我们使校长感动的一大优点是：我们每月准时交学费。所以，拉丁文语法未成为我们扛不动的负担，作业中有许多严重错误，我们的后背也未落下一块伤疤。也许，是那位老谋深算的校长严禁老师体罚，并不是因为老师有一颗慈母心。

在这所学校里虽然尝不到教鞭的味道，可它毕竟是一所学校。它的教室是冷酷的，墙壁像卫兵，教室里没有一丝家庭的温暖。整所学校像一只有许多小格的大箱子。哪儿也没有装饰品、图画和色彩，没有采取吸引孩子心灵的任何措施。学生喜欢什么，不喜欢什么，这是客观存在，对学生好恶的“考虑”，却早已经被逐出学门。所以，跨进学校的大门，走到窄小的庭院里，心里立刻感到郁闷，于是经常逃学，成了我与学校关系的基石。

我逃学有一个帮手。我的哥哥们跟一位先生学习波斯语，大家称他“蒙西”，他的全名忘掉了。这位中年老师瘦骨嶙峋。他的骨骼仿佛是用一块黑蜡布包裹起来的，体内既无血液也无脂肪。他精通波斯语，英语也能对付，但在外语方面他无意成为佼佼者。他坚信，他舞棍弄棒，技术异常娴熟，音乐艺术上也有非凡的造诣。他在我家院子的阳光下，嗖嗖地挥舞木棍，做出各种奇特的造型，他的身影是他的对手。不言而喻，他的身影从未战胜过他。当他大吼一声，木棍击中他的身影，他带着胜利的骄傲微笑时，他的身影垂头丧气，静静地蜷伏在他脚边。有人说，他唱的歌很不悦耳，听起来像阴间的曲子，如诉如泣，令人毛骨悚然。我们家的歌手比斯奴经常诙谐地对他说：“蒙西先生，你可夺了我的饭碗啦！”他不答话，极为鄙夷地报以一笑。

读者从上面的描述可以得知，讨得蒙西先生的欢心并不难。我们求他帮忙，他立即给校长写信，说明我们请假的必要性。校长收到他的信，从不深入调查，因为他心中有数，不管我们上不上学，我们在班上决不会是垫底的学生。

现在，我自己也办一所学校①，这所学校的学生也犯各种错误。犯错误是学生的天性所致，不原谅学生，则是老师的特点。我们的老师中间，如果谁对学生的举止感到愤怒或恐惧，面对学校里所谓的不祥的现象，坐卧不安，忧虑重重，急不可耐地要给他们严厉处罚，我们小时候做的错事，就会排队站在我们面前，瞧着我们冷笑。

我知道，我们总以大人的标准衡量孩子的过失，忘了小孩像清泉一样潺潺流淌，假如过错触及了水，是没有理由感到失望的。因为流动的水能够轻易地溶解过失，一旦停止流动，反倒很危险，千万要小心才是。事实上，学生不像老师那样害怕过错。

当年为了维护种姓的纯洁，孟加拉学生在单独的屋子里用餐。在这间屋子里，我与几个学生作过长谈。他们年纪比我大得多。其中一位喜欢用“伽费”调作曲，他更喜欢丈人家某一位未过门的女性。所以他时常作曲填

---

① 指作者在圣蒂尼克坦创建的小学。

词，学习期间也从不间断与那位女性的来往。

我的另一位同学，在这儿也需作详细介绍。玩魔术的嗜好，是他的特点。他甚至出过一本很薄的关于魔术的书，宣扬自己是一位教授。在这之前，我从未见过出版过署名书籍的学生。所以，至少在魔术技巧方面，我对他是十分佩服的。因为，我从不认为，一行行笔挺的字母中间，能够混进谎言。迄今为止，印刷字母作为师尊的象征，出现在我们面前，所以我对它是极其敬畏的。想想看，用抹不掉的墨水撰写文章，这岂是区区小事！不躲避，不蒙面，那些字母列队站在世界面前，展示他的才华！他的退路严实地堵死了，不相信他岿然不动的自信心，是件难事。记得梵社①或别的一个什么组织印刷的刊物上有我的名字，我千方百计用纸把它拓印下来，认为这是值得纪念的事件。

出过书的那位同学成了我们的朋友，每天乘我家马车上学。那一段时间，他是出入我家的常客。他对演戏也有浓厚兴趣。在他的帮助下，有一天我们在拳击房里竖起几根竹竿，糊上白纸，在上面画了彩图，搭了一个简易舞台。由于长辈的制止，未能如期演戏。

然而不用舞台，我们也曾表演一出喜剧，剧名是《错误的奢华》。读者从上面的记叙中对这位剧作家已有所了解。他是我的外甥苏笃波拉萨特。最近，见到他恬静、儒雅的模样的人，做梦也不会想到，小时候，他有那么多鬼点子，多么擅长做各种难办的事情。

他做的那些事，发生在上述时间之后，那时我大约十二三岁。我们的那位朋友，常就某些物品的特性发表惊人的高见，让我们听得目瞪口呆。我心里产生的进行验证的强烈愿望，搅得我寝食不宁。但是那些物品是稀世珍宝，不跟随水手漂洋过海，是无法找到的。有一次，“教授”注意力不集中，漏嘴说了做成一件难事的比较容易的方法，于是我决心亲自试一试。用蒙沙希兹的胶水，往种子上抹二十一遍，晾干，一小时之后，种子就能发芽、结果，这不是天方夜谭！出过书的“教授”说的这些话，是不能不信、不能嗤之以鼻的。

几天之内，我们叮嘱我家花园的花匠买了好几瓶蒙沙希兹的胶水，星期天偷偷地上了三楼顶上的“神秘之园”，进行往芒果核上抹胶水的试验。

---

① 罗姆·摩罕·罗易在1828年建立的一个宗教改革团体。

我全神贯注地往芒果核上抹了胶水，放在阳光下晾晒。关于试验结果，我敢肯定，成年读者是不会提问题的。但是，苏笃波拉萨特在三楼的一个角落里，一个小时之内，变出一棵枝繁叶茂的“神树”，我却一直不知道。据说，还结了许多果实。

那件事发生之后，“教授”内疚地疏远我了，可好几天我竟不曾察觉到。上了马车，他不坐在我的身旁，同我保持一段距离。

有一天中午，他在我的书房里提议道：“来，我们从这张板凳上往下跳，看看每个人跳的姿势如何。”

我心里想，创造的一串奥秘，掌握在“教授”手中，说不定他也深谙纵跳的玄奥理论。其他人一个接着一个跳了，我也跳了，“教授”严肃地摇了摇头，把憋在肚里“訇①——”模糊地哼了出来。求了他半天，也未能从他嘴里抠出一句更清晰的话来。

有一天，“魔术师”认真地对我说：“一群出身名门大户的孩子，想和你们交谈，到他们家去一趟吧。”

家长们未发现反对此事的任何理由。我们如约到了那儿。

屋里挤满好奇的人。他们热切地希望我唱歌，盛情难却，我唱了两首。当时我年纪还小，嗓音不像狮吼那么雄浑。不少人点点头说：“不错，嗓子很甜美！”

接着，与他们一起用餐，他们坐在我四周，观察我吃饭的方法。在那之前，我很少与外面的人接触，所以见了生人很腼腆。此外，前面已经说过，每日在我们的仆人波罗吉沙尔贪婪的目光下吃饭，吃得很少，已成为我常年的习惯。那批观众见我用餐如此局促，大为惊讶。那天众人注视受邀少年的一举一动的锐利目光，假如持续地扩展，在孟加拉，“动物科学”的研究将取得无与伦比的成就。

不久举行了第五次表演，从“魔术师”那儿找到了一两封泄露天机的信，真相大白，帷幕终于降落了。

听苏笃波拉萨特说，那天对芒果核使用魔法的时候，他对“教授”揭了我的“老底”——为了学习方便，家长让我穿小孩的衣服，送我去学校，其实那是我的伪装。看来，需要把真相告诉那些沉浸于臆想的科学研究中的

---

① 念咒语的声音。

人：进行从板凳上往下跳的实验，我先把左脚伸了出去，当时我不懂，那样跳犯了严重的错误。

父　亲

从我出生前的几年起，我父亲常年在印度各地游览。小时候，他在我眼里可以说如同陌生人。他常常突然归来，带着外地的用人。亲近那些用人的强烈欲望，立即在我的心里萌生。有一次，他带回一个名叫“雷努”的旁遮普省的小用人。他得到我们的关心，决不少于罗纳吉特·辛格①。他既是外地人又是旁遮普人，因而占据了我们的心。就像人们敬仰史诗《摩诃婆罗多》中英雄人物阿周那和怖军那样，我们心中对旁遮普人是十分尊敬的。他们是战士，虽然在某些战役中失利，我们也把他们的失败当做敌方的罪行。在家里有出生在旁遮普的这位雷努做伴，我心里甭提多高兴了。

泰戈尔父亲德本德拉纳特

我嫂子②房里有一只玻璃罩盖着的玩具船，鼓着腮帮吹气，花布波涛似的飘动，小船便和玩具风琴一起晃动。我好说歹说，跟嫂子借了这神奇的玩具，常常为雷努表演，使他惊叹不已。在家里我像一只笼中鸟，外面的一切，遥远的外地一切，都紧紧地吸引我的心。所以雷努的到来，使我忙碌多了。一位名叫迦波利亚的犹太小贩，身穿缀着小铃的犹太服装，到我家卖檀香油，同样激发了我的好奇心；穿着脏兮兮的肥大灯笼裤，身材高大的喀布尔小贩，在我眼里，也是令人畏惧的神秘人物。

然而，父亲回到家里，我们到不了他的身边，只能在他远处的用人中间转来悠去，满足难抑的好奇心理。

---

① 罗纳吉特·辛格(1780—1839)，旁遮普的藩王。

② 伽达摩波莉·黛维，乔迪宾德拉纳特的妻子。

记得在我们童年时代的某一年,人们私下惊恐地议论,英国政府的天敌——妖魔般的俄国即将进攻印度。一位好心的女亲戚跑到母亲房里,绘声绘色、添油加醋地对母亲讲述了这场即将来临的革命。父亲那时在喜马拉雅山修行。俄国人说不定越过西藏,沿着喜马拉雅山的羊肠小道,像彗星似的突然出现在印度,所以母亲心里十分焦急。当然,家里没人支持她的忧虑。试图获得家中成人帮助的母亲最后失望了,只好依靠我这个毛孩子。她对我说:"给你爸写封信,告诉他俄国人的意图。"我写给父亲的第一封信,充满母亲的忧愁。其实,怎样写信,怎样寄信,我一无所知,只得求助于账房里的穆哈南德·孟希。毫无疑问,按照传统的格式,信很快写好了。但大地主家账房里的萨罗萨蒂文艺女神,前往山区,乘坐的是破纸的干裂的莲花座,它的气息弥漫于信的语言之中。

不久,我收到父亲的回信。他在信中幽默地说,没有必要害怕,他亲自上阵,把俄国人赶走。可是我的感觉,父亲气壮山河的誓言,未能打消母亲对俄国人的恐惧。不过,我在父亲面前的勇气陡增了几倍。从此我每天去穆哈南德的房间,求他帮我写信。他被我缠烦了,事先打了几份草稿敷衍我。我没有寄信的钱,我以为,把信给了穆哈南德,其余的事情是不用我考虑的,信很快就抵达目的地。不消说,比我年长的穆哈南德诓哄我有一套办法,后来我写的信一封也没有飞到喜马拉雅山。

在遥远的山区修行了很长一段时间,父亲回加尔各答住几天。他一走进家门,全家就有一种庄严的气象。我看到,大人们全穿着白衬衫,干干净净、整整齐齐,嘴里有枸酱包的话,吐掉了才敢去见他。每个人规规矩矩,不苟言笑。

母亲亲自坐镇厨房,指挥厨娘烹调,生怕做的饭菜不对父亲的胃口。看门的老头儿基奴·哈尔柯拉头上缠绕标志鲜明的头巾,穿着洁白的制服,精神抖擞地站在门口。父亲回来之前就已告诫过我们,不得在游廊里大声喧哗、奔跑,以免影响他休息。我们走路蹑手蹑脚,说话低声细气,不敢窥视他的卧室。

有一天,父亲走进我们的书房,吩咐我们三个孩子拜师学习梵典。他亲自诵念吠陀经文,主持了我们拜贝檀多·巴吉斯为师的仪式。在这以前的许多日子,贝加拉姆先生坐在游廊里,以纯正的发音教我们一遍遍地背诵编入梵典的《奥义书》的经文。按照古代的吠陀程式,我们的受戒仪式结束了。剃了光头，戴了耳环，我们三个小婆罗门，一连三天被关在三楼的一间房子里。

我们觉得很有意思，拽拉彼此的耳环，摘下又戴上。屋角有一只长鼓。站在走廊里，看见下面仆人走过，就咚咚咚地敲起来。他们仰首看见我们，立即低下头，害怕做错事似的急忙跑开了。

事实上，我们那几天，并未像古代隐士的孩子，在师尊家里循规蹈矩，严格地约束自己。我相信，寻访古时的净修林，不会找不到我们这样的顽童，没有证据能证明他们是安分守己的。假如哪本《往世书》①里，描写沙罗达多和萨尔贡罗卜十二三岁的时候，只诵念吠陀经文，往祭火里抛扔祭品，以此消度时日，我们不得不完全相信。遗憾的是，名为《儿童品行》的《往世书》，是最古老的一部，像它这种可信的经典中，也没有关于沙罗达多和萨尔贡罗卜的详细描写。

成为新婆罗门之后，诵读黄昏祷词成了我的癖好。我以特殊的热忱专心地背诵祷词。年幼时期，我不可能深刻领会祷词的含义。记得读了梵文单词“天堂”和“凡世”，我力图无限扩展我的胸襟。很难说清楚我当时读懂了什么，思考着什么。但可以肯定的是，弄懂单词的意思，对人来说并不是最重要的。教学最重要的目的，不是十分透彻地讲解内容，而是撞击心灵。这样的撞击在心里激起的波澜，如果要哪个少年解释清楚，那么他说的一番话，一定非常幼稚。他所说的，只能是关于他心里激起的波澜的很少一部分。学校里的老师，只想通过考试鉴定学生的学习成果，他们不关心学生心中沉淀的东西。

回想起来，小时候不曾弄懂的东西，强烈地震撼了我的心。很小的时候，在恒河畔穆腊朱雷的花园里，面对天上的奔云，大哥背诵古代大诗人迦梨陀娑的不朽名作《云使》，我听不懂，也不必去弄懂，大哥那充满欢悦、激情、抑扬顿挫的朗诵，足够我享受的了。

小时候还不太懂英语，我就从头至尾读完了一本英语连环画《老古玩店》。百分之九十以上的词句，不知是什么意思。心里凝聚的许多模糊概念，用断了的思索的彩线串联起来，编织成了一幅幅画面。假如在监考老

① 《往世书》是印度古代的一类著作的共同名称，是历史、传说、神话、故事的汇编，共有18部。

师的跟前阅读,考试,毫无疑问只能得零分,但我自己阅读并非一无收获。

年幼时跟随父亲乘船游览恒河,在他的一大堆书中找到福特·威廉姆出版社出版的一本古书《黑天颂》。这本书用孟加拉语字母印制,没有排成押韵的诗行,而像散文一句连着一句,组成段落。那时我不懂梵文。由于懂孟加拉语,明白了许多词的意思。这本《黑天颂》,我不知读了多少遍。伽耶忒伯①的这部作品的主题思想,我未曾领会,但韵律和词句在我心中编织的东西,对我来说是非同寻常的。我记得,"安静的春夜,幽秘的花苑里浅吟低唱"这一句,在我的脑海里留下了极为幽美的意象。以优美的旋律只朗读了"幽秘的花苑",我仿佛就陶醉了。这本书行文采用散文的形式,伽耶忒伯运用的奇妙韵律,只能通过自己的反复吟诵,才能深切体会内蕴的情味,这在我是一桩其乐无穷的事情。

在正确地划分音节,有板有眼地诵读了梵文诗句"小别是爱情的花饰,久离是爱情的丧钟"的那天,我的欢乐是难以言表的。我未能完全理解伽耶忒伯作品的题旨,所谓的部分理解恐怕也未能做到,但我的心充满了美感,我太喜欢《黑天颂》了,我把整本书全抄了下来。

稍微大了一点,我阅读迦梨陀娑的另一部作品《鸠摩罗出世》:

溪水缓缓地流淌,
雪松轻轻地摇摆,
基拉多人搜寻麋鹿,
头上的孔雀羽毛被风撕碎。

读了这四行,我兴奋不已。当然,并没有完全读懂,可是"溪水缓缓地流淌,雪松轻轻地摇摆"构成的宁静意境,迷醉了我,心里勃生了品尝所有诗句的意蕴的愿望。然而,当通晓梵文的老师解释清楚了诗句的意思,我的心情坏透了。基拉多人上山搜寻麋鹿,头上插的孔雀羽毛已被风撕得粉碎——这样的细节描写,使我非常难受。在没有完全弄懂的时候,心情却十分愉快。

仍然记得童年生活的人,必然有这样的体会:里里外外,从根须到枝

---

① 《黑天颂》的作者。

梢,彻底搞清楚一件事,未必能有最大的收获。印度的说书艺人深谙此道。他们说的段落,夹杂许多撞击耳鼓的梵文字,其间蕴涵的许多哲理,听众并不能深刻理解,但能够意会,这意会中得到的收获并不小。

有些人分析教育,算账似的一分一厘地核算收支,其实已经付出的,是不能全算清的。少年或文化水平不高的人,居住在知识的第一座天堂,不明白事理也有收获。从那座天堂坠落下来,明白事理的痛苦的日子随之来临。当然,说人世间“不懂却有收获”的道路向来是最宽广的道路,也不完全正确。那条路堵塞的话,世界上的村落里,农贸市场确实随之关闭,不过就没有办法前往海滨,攀登山峰也不可能了。

我承认,小时候我没有领悟黄昏祷词的涵义,但是,人心里的有些情感,允许人不完全理解。记得有一天,我坐在大理石地板的书房的一个角落里,诵念黄昏祷词,念着念着,两眼流出了泪水。我不明白我为什么掉眼泪。所以,落到严厉的监考老师手里,我或许会胡编我落泪的缘由,而它与黄昏祷词风马牛不相及。事实上,内心之宫里的情感的消息,不会时时送到理性的显微镜下面。

前往喜马拉雅山

举行了削发、左肩挂圣线的宗教仪式,我急得整天抓耳挠腮,愁眉苦脸。挂着那玩意儿怎么去上学?洋人的孩子对印度的牛抱有浓厚兴趣,但绝不会看得起我这个年幼的婆罗门!即便不朝我的光头投掷什么破烂取乐,奚落嘲笑是免不了的哩。

正当我心事重重的时候,我被叫上三楼。父亲问我,我想不想跟他去喜马拉雅山。我若石破天惊地大叫一声“想”,这是道出我真实心情的回答。我就读的孟加拉研究院,岂可与神奇的喜马拉雅山同日而语!

离家的时候,父亲按照惯例,把全家人叫到游廊里,举行祈祷仪式。我向长辈们行摸足大礼,跟父亲上了车。

我一生中,第一次特意为我做了新衣服。该做什么颜色什么款式的衣服,父亲一一作了交代。一顶缀有金线的绒布圆帽,我拿在手里,因为我心里很不愿意把帽子戴在光头上。父亲上了车,对我说:“戴上帽子!”在父亲面前,子女们衣着不整洁是不允许的。于是我羞愧的脑壳戴上了帽子。登上火车,我一有机会就把帽子摘掉,但这一举动一次也未躲过父亲的目光,帽子马上又复归原位。

从青年到耄耋之年,父亲制订每一项计划,做每一件事,向来一丝不苟。他不允许对任何事情只有模糊的印象,做事从不马虎。别人为他承担的责任,或他为别人承担的责任,都非常明确。我们民族的习性历来十分浮夸。做事出了一些偏差,我们从不当回事。所以和父亲打交道,家里每个人是非常谨慎、惴惴不安的。有些事的结果与设想略有出入,未必有很大的损失,但整个计划因此略微受到影响,是父亲所不能接受的。策划的每一件事的细节,他以心灵的眼睛观察得清清楚楚。因此,举行一项活动,什么东西应该放在什么地方,谁坐在什么地方,让谁承担哪件事的几分责任,他默默地周全地作通盘考虑,不让任何环节出现细小的纰漏。做完一件事,他听有关的人汇报。他在脑子里把每个人的叙述串联起来,使自己对这件事一目了然。在他身上,看不到我们民族习性的影子。他的筹划、思考、行动和安排的活动中,不容丝毫的松懈。所以跟随他游历喜马拉雅山的日子里,我既享受到前所未有的充分自由,我的一举一动,也受到严格限制。在他允许我随便玩的地方,他不以任何理由阻止,但他订的规矩,也不允许有丝毫突破的余地。

前往喜马拉雅山之前,我们先得在波勒普尔住几天。

不久前,苏笃波拉萨特曾和他父母游览波勒普尔。我听他讲的旅行故事,19 世纪高楣名门的见过世面的少爷决不会相信。我那时尚未学会准确判断哪儿是可能与不可能的界线,葛里迪巴斯、伽斯罗摩达希[①]对我不肯鼎力相助,彩色连环画和小人书也不提醒我注意分辨真假。我是上了当,摔了跤,才晓得人世间凡事都有铁的规律。

苏笃波拉萨特煞有介事地对我介绍,没有特别的能耐,上火车非常危险,脚一滑就完了。火车启动时,必须使出吃奶的力气坐稳,不然让人一推,便没有影儿了。我走进车站,心里真有点忐忑不安。等我毫不费劲地上了火车,还猜想真正的"上火车"在后面哩。

火车轻快地启动了,我仍未发现任何危险的征兆,感到十分扫兴。

火车向前飞奔;列车两侧,一排排绿树镶嵌的广阔原野,葱郁树木掩映

---

① 伽斯罗摩达希于18 世纪用孟加拉语翻译梵文史诗《摩诃婆罗多》。

的一座座村落，画一般迅速往后滑动，仿佛蜃景里的湍流。日暮时分，我们准点抵达波勒普尔。上了轿，我立即闭上眼睛，我宁愿波勒普尔的一切奇迹明天闪现在我清醒的眼前，提前在苍茫暮色中窥见奇迹的影子，明天的乐趣将是不完整的了。

翌日清晨，我怀着怦怦跳动的心走到外面。先于我游览此地的苏笃波拉萨特告诉我，波勒普尔与世界其他地方最明显的不同之处，是当地的卧房与院里厨房之间的甬道上，尽管没有布篷什么的，走在甬道上，却完全感受不到阳光的照耀和清风的吹拂。我到处寻找这种甬道，读者听了大概不会觉得奇怪，我至今尚未找到。

我是在城里长大的孩子，从未见到稻田。书中读到放牛娃的故事，就在想象的画布上，一丝不苟地勾画放牛娃的容貌。我从苏笃波拉萨特的口中得知，波勒普尔遍野是金黄的稻谷。和牧童做游戏，是他每天必做的事情。主要的游戏，是把从稻田运来雪白的大米，煮成香喷喷的米饭，和牧童一起享用。

我急切地举目四望，唉，沙漠边缘地区哪有什么稻田！牧童可能在荒原的什么地方放牧，但一时无法和他们结识。

未遇见牧童的懊丧，转眼间云消雾散了。我观赏的景物，对我来说，已经够多了。这儿仆人不来管束我。司职方向的女神，用地平线在遥远的地方画了个大圆圈，我在圆圈里行动自由，不受干扰。

我当时还小，可父亲并不阻拦我外出游玩。旷野表层的土壤让雨水冲走，裸露出绛红的鹅卵石，形状奇异的小石堆，洞穴，一条条细流，颇似小人国的地貌。当地人称起伏的沙丘为"库亚伊"。我用衣摆兜着捡到的五颜六色的石子，欢天喜地地回到父亲身边。他没有现出不悦的神色，也不说我耐心地捡石子是可笑的举动。相反，他惊喜地赞叹："啊，这些石子真好看，哪儿捡到的？"我洋洋得意："还有好多好多，成千上万颗呢，我每天去捡。""很好，很好，用石子装饰那座土山吧。"他为我出主意。

当地人挖池塘，因下面土质坚硬而作罢。挖出的泥土堆在南边，形成土山似的高台。父亲拂晓上高台坐在蒲团上祈祷。旭日在他前面的地平线上冉冉升起。他鼓动我用石子装饰的就是这个高台。离开波罗普尔回家的时候，我未能带回我捡的一堆堆石子，心里很难过。我还不懂得运石子不容易，运费惊人。其实，并非要与攒积的东西保持关系不可。然而，心理上至今不愿接受那种事实。那天，天帝倘若大发慈悲，满足我的心愿，说："你可以一辈子捧着那些石子。"此刻谈及此事，我恐怕笑不出声来了。

沙丘地里有一个蓄满雨水的深潭，碧澄的水漫过潭口，汩汩流向沙地，几条小鱼神气活现地逆水游泳。我异常兴奋地向父亲报告："我发现了一股十分美丽的泉水，弄几罐来，可以喝，也可以冲澡。"

"太妙了！"父亲快活地附和，旋即派人去汲水，以此作为发现者的奖赏。

我常去勘探那片沙丘地，寻觅前人未发现的"矿藏"，我是面积不大、鲜为人知的这个小王国的李文斯顿。这是用倒置的望远镜观察到的国度：沙丘低矮，涧水细瘦，孤零零几株矮小的野黑浆果树和野枣树，几条游鱼约一寸长。不消说，发现者也很小。

大概是为了培养我的责任心和谨慎办事的习惯，父亲给我几块钱，要我学算账，并把他那只昂贵的金表让我上弦，全然不管可能蒙受损失。

早晨，他带我出去散步，遇见化缘的僧人，吩咐我布施。最后结算，账目怎么也对不上，剩余的钱比账面上的数字多出许多。父亲跟我开玩笑："看来我应该聘你当我的账房先生，钱在你手里会膨胀哩。"

我及时而认真地为他的表上弦，由于认真得过了头，金表不久不得不寄回加尔各答修理。

长大以后，我曾担任元始梵社的秘书，定期向他汇报的场面，依然记忆犹新。他那时住在公园路 52 号。每月二三号，我把详细账目念给他听。他眼花了，自己不看。我向他汇报一项项收支，并与上个月、去年作比较。他先听大位数，在心里作加减的运算。哪天要是觉得有问题，出入太大，再叫我念后面的小位数。有时候，账目上有些小毛病，我故意说得含糊一些，免得让他生气，但哪一天也未能蒙混过去。账目的基本情况，已被他刻在心版上，每一个小漏洞，他都能抓住。所以，每月那两天，是我提心吊胆的日子。

前面已经说过，包括账目、自然景色，或者举办的其他活动，以心镜观照一切事物，是他的天性。圣蒂尼克坦①新建的神庙等项目，他不曾亲眼目睹，但他向每个参观过圣蒂尼克坦又去见他的人，了解情况，把他未看到的

---

① 泰戈尔创建学校的所在地。

东西,完整地画在他的心版上,心里才踏实。他有过人的记忆力和接受能力。凡是他心里接受的东西,再也不会泯灭。

父亲有一本梵语《薄伽梵歌》,他喜欢的章节全划上记号。他叫我抄录那些章节及孟加拉语译文。我在家里是个无足轻重的男孩,此时受此重任,自然感到不胜荣幸。

送别了那本破旧的蓝色练习本,我搞到一本精美的日记本。从此,我的注意力集中在利用日记本及其考究的封面以维护诗歌创作的光荣上面。写诗的同时,努力在想象的面前,树立自己的诗人形象。在波勒普尔逗留期间,我爱坐在花园旁边一株幼小的椰子树下,伸直腿,在纸上写满诗句。我觉得这是诗人的风度。头顶烈日,坐在寸草不长的石榻上,我写了名为《大地之王的失败》的一首充满英雄豪情的诗,然而,充沛的激情未能使那些诗作免遭失传的下场,它们最合适的载体——封面考究的日记本,步它兄长(蓝色练习本)的后尘,也杳无踪影了。

离开了波勒普尔,我们先后在萨哈卜甘杰、达那普尔、阿拉哈巴德、坎普尔等地小住,尔后到达旁遮普省首府阿姆利则。

路途中发生的一件事,至今清楚地在我心幕上浮现。我们乘坐的火车停在一个大站上,检票员查了我的票,打量一下我的脸,他的眼神里闪烁着怀疑,可又不敢说出来。过了一会儿,又来了一位检票的,两人低声嘀咕了几句,走开了。不久,来了一位站长模样的人,他查了我的半票,问我父亲:"这孩子的年纪没有超过十二岁?"

"没有!"父亲坦然地回答。

那年我十一岁,可是我的个子看上去大于实际年龄。

"他得买全票!"站长的口气不容申辩。

父亲两眼冒火,他从钱箱里取出现钞,给了站长。补了全票,站长把剩余的钱递给父亲,父亲愤怒地把钱朝车下扔去,硬币在月台的石板上咣啷咣啷滚动。站长异常尴尬地走了,"为我省钱,父亲说了谎话",这种卑劣的怀疑,压低了他的头颅。

在我的心目中,阿姆利则的金庙和梦中的天宫一样。好几天早晨,我跟随父亲前去瞻仰湖中央锡克教的庙宇。那里经常举行宗教活动。我父亲坐在锡克教徒中间,突然声调悠扬地与他们一道赞颂神明。他们听见一个异乡人竟能唱他们的颂神曲,惊异之余,极为热情地对他表示欢迎。他

圣地金庙

归来时总带着他们馈赠的冰糖和甜食。

有一天，父亲把金庙里的一位歌手带回他的住处，请他唱祈祷歌曲。也许，父亲给他的赏钱，即使少一些，他也会满意的。多给钱造成的恶果是，想为我们唱歌的歌手朝我们下榻的旅馆蜂拥而来，需要采取严厉措施，才能把他们挡回去。在住处找不到我们，他们开始在街道上“袭击”我们。每天早晨，父亲带我出去散步，这时，常有歌手背着弦琴突然出现在我们面前。在街道的僻静处，冷不防看见他们的琴柄，我们如同不熟悉猎手的鸟儿，看到谁肩上扛的枪管，吓得魂飞魄散。然而，“猎物”也变得聪明起来了，他们的琴声起了开空枪的警示作用，远远地就把我们轰走，于是他们无法擒获我们了。

暮色降临，父亲坐在花园前的游廊里，叫我为他唱梵天颂歌。

月亮升上了天空，月光透过树荫，落在游廊里。我唱起贝哈格调的颂歌：

天帝啊，没有你谁能克服危机？

谁能穿越人世间的一片漆黑？

他低着头，双手交抱在胸前，静静地聆听。那黄昏的情景犹在眼前。

前面我已说过，听坎塔先生唱了我写的两首颂歌，父亲禁不住哈哈大笑。长大以后，有一天，再次唱歌我得到了奖赏。在此，顺便谈一下那件事。

那年玛克月过节，我一天写了几首歌，其中一首是《我看不见藏在眼中的你》。

父亲住在恒河畔的宗朱拉亚，把我和五哥乔迪宾德拉纳特叫去。他让五哥弹风琴，叫我一首接一首唱新谱的歌曲。有几首甚至唱了两遍。

唱完歌曲，他风趣地说："一个国家的国王如果精通本国的语言，具有欣赏文学作品的能力，他会重奖诗人。但从国王那儿无望得到奖品的话，本人愿意'越俎代庖'。"说罢，他把一张五百卢比[①]的支票递到我手上。

出发前父亲说要教我英语，带了《彼得·保利的故事》等几本英文书籍。他选定《富兰克林传记》[②]作为我的教材。他认为传记类似小说，我读了能提高文学水平。但他在教我的过程中发现他犯了个错误。富兰克林是著名的历史人物，他奉行的实用主义宗教政策的狭隘性，刺伤我父亲的心。父亲讲解了这本书的几章，看到富兰克林不乏机智地宣扬根深蒂固的世俗观念的例子，和他有关人世的说教，深感不快，忍不住当着我的面表示反对。

在这以前，除了背诵普玻得维编写的梵文语法书之外，我没有读过其他梵文作品。父亲开始教我由伊舍尔昌德拉编写的第二册梵文初级读本，叮嘱我务必熟记序言中的词形。我们学习孟加拉语，探究词汇的来源，不知不觉，在学习梵文方面有了很大的进展[③]。父亲鼓励我学习最古老的梵文作品。我把学到的梵文单词颠来倒去地摆弄，组成很长的复合词，随心所欲地在词尾添加孟加拉语的辅音字母"。\"，使先人使用的古代语言成为今人的语言。可父亲一次也没有嘲笑我怪诞的"胡作非为"。

---

① 印度货币单位。

② 富兰克林(1706—1790)，美国政治家、物理学家。

③ 孟加拉语的许多词汇来源于梵文。

此外,父亲为我讲解帕罗格托尔撰写的有关天文学的英文科普读物中的内容,我一面听一面用孟加拉语作笔记。

他随身带的一批要阅读的书中,有一种引起我的特别注意。那是埃特瓦德·基奔写的十二卷本的《罗马帝国的衰落和覆灭》。看了书名,觉得此书没有什么艺术趣味。我暗自思忖:为了增长知识,我不得不读许多书,因为我还是个小孩,除此别无他法。可是他想不读是可以不读的啊,干吗受那份苦呢?

我们在阿姆利则住了将近一个月,四月下旬,向达拉霍希进发。喜马拉雅山的召唤,已使我心神不定,在阿姆利则再也待不下去了。

我们乘坐滑竿上山,一路望见山谷里一片片早熟的春季作物,像蔓延的绚丽的火焰。我们早晨吃了牛奶、面饼起程,傍晚在一座客店里投宿。我怕漏看了什么,一整天眼睛睁得大大的。山路转弯处、沟壑里,挺拔的树木枝繁叶茂,浓荫匝地。山冈像千年修行的隐士,几泓涧水似他的女儿在他怀里撒娇,随后淙淙奔出冷寂的暗洞,穿过树荫,滑下苍苔斑斑的褐黑岩石。脚夫在阴凉处放下滑竿,稍事休息。我在心里贪婪地说:"为什么离开景色幽美的山区呢?在这儿定居多么快活啊。"

这是不断观赏新景物的一大好处。心儿不知道还有许多新的东西有待观看。假如知道的话,算盘打得很精的心儿势必设法节省"专注的神情"的耗费。当感到每样东西均为稀世珍品时,心儿改变吝啬的做法,赋予每样物品以极高的价值。为此,每天我在加尔各答的街上行走。我想象自己是一个外乡人。我感到,可看的东西不计其数,我看不见,是因为我不肯付出"关注"的代价。人们出国旅游,就是为了消释观看的饥饿。

父亲在路上让我保管他的小钱箱。显然,没有理由认为,我是保管钱箱的最合适的人选。这只钱箱里有一路上要花的许多钱。把钱箱给他的随从吉苏里·查笃则保管,他尽可放心。他让我挑起这副特别重的担子,是有目的的。有一天到驿馆投宿,我没把钱箱还给他,随手放在房间的桌子上,他见了生气地训了我一顿。

黄昏时分,父亲把椅子搬到驿馆外面坐下,山区透明的夜空,一颗颗星神奇而清晰地闪现了。他教我识别天上的星宿,为我讲解天文现象。

到了帕格罗塔亚,我们住在最高的山峰上。虽说已是五月,天气仍然寒冷,阳光照不到的阴坡,冰雪尚未融化。

即使在那儿,父亲也从不阻止我去爬山,从不害怕发生意外。

住所下面的山坳里生长着一大片雪松。我常常拄着铁尖顶手杖,在树林里玩耍。巍然矗立的雪松像巨大的魔鬼,拖着长长的身影。它们都几百岁了,那天一个渺小的男孩坦然地在它们身边走来走去,它们对他没说一句话!进入树荫产生的特殊感觉,很像触到阴冷滑腻的蛇皮。树底下枯叶上糅杂的光影,犹如原古巨蟒的奇特花纹。

靠外一间屋是我的卧室。夜里躺在床上,透过玻璃窗遥望,朦胧的星光下,山顶的积雪闪着暗淡的光泽。记不清多少天夜里,我睡眼惺忪地看见父亲身穿赭色道袍,端着蜡烛台,轻手轻脚走到外面镶玻璃的游廊里,坐下做宵祷。

不知睡了多久,我突然发觉,父亲把我叫醒了。夜色尚未全部消散。按照父亲订的课程表,这时候我应该背诵梵文初级读本中"nor、norou、nora"等变形词。寒冷的清晨,我第一次尝到了钻出暖被窝极其艰难的滋味。

凝望着红日喷薄升起,晨祷完毕,父亲喝一碗牛奶,命我肃立身侧,又诵念《奥义书》①中的经文,做一次祈祷。

之后,他带我出去散步。他走得很快,别说我,连成年仆人也跟不上他。途中,我只得走羊肠小道,抄近路赶回住所。

父亲回来后,我照例学一小时英语。十点左右,用冰冷的雪水洗澡,一回也不许少。仆人不敢违抗他的命令往雪水里羼一瓢热水。为了壮我的胆,他讲述年轻时如何在不堪忍受的冷水里洗澡的情景。

喝牛奶对我来说是一桩苦差事。我父亲能一连喝几碗牛奶,我不敢肯定能否继承他喝牛奶的本领。我前面已经说过,是什么原因彻底改变了我的饮食习惯。但在父亲身边,我必须跟他一起喝。无奈,只得求仆人做手脚,不知他们可怜我还是关心他们自己,往我碗里倒的奶沫往往比奶多。

用完午餐,父亲再次授课。但我已经支撑不住了,清晨丧失的睡眠开始报复过早的起床,我一面听课一面打瞌睡。看我实在不行了,父亲宣布下课。可一刹那我的困意冰消雪化了,精神抖擞地出了大门,朝众山之王——喜马拉雅山奔去。

中午,我经常拄着尖头手杖,独自从这座山爬到那座山,父亲对我单独

---

① 婆罗门教的古老哲学经典之一。

行动从不表示担心。我看到,一直到他生命的最后日子,他从未阻挠我们的个性发展。我们做了许多悖违他的志趣和观点的事,如果他想的话,他可以行使一家之主的权力,从中阻拦,可他从不那样做。他希望我们一心一意地履行赋予我们的责任。假如他看到我们只是表面上接受真理和美,他心里肯定不满意。他深知,不热爱真理,接受真理就是一句空话。他认为,暂时离开真理,有朝一日还能回到真理的身边。但是,受到人为的束缚,被迫或盲目地承认真理,回归真理的道路就会被堵塞。

刚进入青春期,我心血来潮,打算乘坐牛车,沿着主干道前往印度西部的白沙瓦①。家中无人赞同我的计划,讲了许多反对的理由。但我去找父亲寻求他的支持时,他大加赞赏,说:“这是个大胆的设想,乘火车旅行称得上是真正的旅行?”接着,他对我详细地讲述了他徒步和使用马车等交通工具旅行的经历。对于我可能遇到危险和路途的艰辛,他只字不提。

还有一件事值得一提。我当选为元始梵社的新秘书,前往公园路的住宅向父亲汇报:“除了婆罗门,其他种姓的祭司不准登上元始梵社的祭坛,我认为这样做不妥。”

他颇有同感地说:“是啊,你有本事,可以改一改嘛。”

得到他的赞许后,我发现,改变现状我无能为力。我能发现缺陷,却无力创造完美。哪儿去找脚踏实地的人?我哪有号召力,把志同道合者团结在自己周围?破旧立新,可创新需要的材料哪儿去弄?

对于这件事,父亲的想法是:在涌现胸怀雄才大略的改革者之前,只好维持现有的章程。但他一刻也不曾列举困难,阻拦我采取新的举措。就像他让我一个人去爬山,在真实的道路上,他一向给我确定自己目标的自由。他不怕我犯错误,不为我吃苦受累而担忧。他在我面前高擎生活的理想,从未举起制约的权杖。

在山上我和父亲常常谈论家里的事。一收到家里谁寄来的信,他让我给他送去。以前,他收到我画的许多画,从别人那儿当然是收不到的。

大哥、二哥从加尔各答寄来的信,他让我念给他听。潜移默化,我学会了应该用怎样的格式给他写信。父亲认为,特别需要学会外面待人接物的方式。

---

① 今属巴基斯坦。

记得二哥索登德拉纳特寄来的一封信中写道："繁杂琐事缠身，像脖子上绕着绳索，苦不堪言……"父亲问我此处几句话是什么意思，我如实谈了我的看法，出乎他的意料。他说是另外一个意思。但小儿子如此狂妄，竟不肯承认他的看法是正确的。就这几句话，父子俩争论了很久。换成别人，必定对我厉声训斥，吓得我大气不敢出一声。可他大度地听我争辩，耐心地为我解释，直到我口服心服为止。

前往喜马拉雅山

父亲对我讲了许多令我捧腹大笑的故事。有一次他讲了地位显赫的遗老的古怪的言谈举止、生活习性——达卡生产的制服的硬贴边碰擦他们娇嫩的皮肤，当年那些时髦人物把好端端的硬贴边撕掉，穿在身上觉得很神气。他还讲了一个牛奶掺水的故事——因为怕养牛人往纯牛奶里掺水，主人派一个用人去监督，不一会儿，又怕刚去的用人捣鬼，就派第二个用人去监督第一个用人。主人老不放心刚派去的用人，不停地派用人。派去的用人越来越多，牛奶也就越来越稀，最后透明得像乌鸦的眼珠子。养牛人为自己辩护，对主人说，监督的用人再增加，稀牛奶里可以养螺蛳、蚌和虾了。第一次听父亲讲这个故事，我的肚子都快要笑痛了。

在山区度过难忘的几个月之后，父亲吩咐他的随从吉苏里·查笃则送我返回加尔各答。

归　家

前往喜马拉雅山的途中，先前把我逼得谨小慎微的管教，自行消亡了。回家的时候，我拥有的权力迅速扩大。天天见面，人不会受到特别的关注。我远离家人的视野，过了几个月回来，他们的注意力不约而同全集中到了我身上。

乘火车回家途上，我开始交好运，成为引人注目的人物。我这个稚童，头戴绒布帽子，只带一个仆人旅行，身体竟健康结实得出奇。一路上，那些上火车的洋老爷、洋太太，见我气宇不凡，刨根问底问清我的身份才肯离开。

跨进我家的大门，这不仅仅意味着从外地归来。多少年来，我住在家里，却仿佛被流放了。现在，我从流放之地“衣锦还乡”。进入内宅的障碍不复存在，用人的房间不再是我的游乐园。母亲的房间里开家庭会议，我有了尊贵席位。从我家最小的媳妇①那儿，我也得到了特殊的关怀和爱抚。

小孩得到女性的爱抚，是天经地义的事。如同他需要阳光、空气，女性的宠爱也必不可少。可是包括我，我家无人察觉我也享受着阳光和空气，所以，我这个小孩不去考虑女性的关怀，是挺正常的，我甚至迫不及待地要冲破那样的爱抚之网。但是在某个年龄段得不到本应轻易得到的亲情，人就会沦为亲情的“乞丐”。我的处境与之相似。小时候我被置于仆人管教之下，在外宅一天天长大，突然某一天处于滚滚而来的女性的关爱之中，是我难以忘怀的。

幼小的时候，内宅离开我很远，在我心目中是想象的王国。在我们所说的禁地，我似乎看到各种障碍已经消失。以前我暗自思忖，那儿没有学校，没有老师，谁也不强迫谁做不乐意做的事，那儿幽静的环境充满神秘。谁也不用考虑如何度过一天的时光，整天可以玩耍。尤其我看到，小姐姐②和我们一起跟家庭老师尼乐格穆勒学习，为她制定的规章，如同虚设。十点钟，我们急急忙忙吃了饭，像顺民似的准备上学，而她晃动着两条小辫

① 指乔迪宾德拉纳特的妻子伽达摩波莉·黛维。

② 帕尔娜古玛丽。

子，无忧无虑地进内宅去了，见状，我们心里愤愤不平。

后来，一顶彩轿把戴着金项链的新媳妇①抬进我家，内宅里的神秘气氛便越加浓重了。她是外面来的，可她是我家成员，对她一无所知，可她是亲人，我心里产生了与她亲近的强烈愿望。然而，好不容易有机会走到她身边，小姐姐就轰我们："你们到这儿来干什么？滚，到外面去！"那时失望交织着羞辱，猛烈撞击我的心。

有时候，隔着玻璃，观看她们柜子里整齐地摆着玻璃制品和瓷器，那贵重物品的色彩、花纹漂亮极了！我们从来没有资格摸它们一下，更没有勇气跟她们要了。这些精美的工艺品，缤纷了不容进入的内宅的谜团。

就这样，我被挡在远处过了一年又一年。我家的内宅，恰似外面的自然界，离我很远。窥见的任何一小部分，在我眼里都和画一样美。晚上九点，在奥古尔先生辅导下做完功课，到后面的屋子里去睡觉。挂着百叶窗的游廊里，灯笼闪烁着暗淡的光，穿过那游廊，下了四五级黑糊糊的台阶，走进两边是庭院的内宅的走廊。从东方的天空，月光倾斜着射进走廊的西侧，其他地方黑黝黝的。朦胧的月光下，并排坐着的几个女用人，伸直腿，在大腿上搓灯芯，悄声说着家乡的新鲜事儿。那情景，印在了我的心坎上。

晚上，吃了饭，在外宅的游廊里用水洗了脚，我们三个学生躺在一张大床上，名叫森伽利、帕利或亭迦利的用人，坐在床头，给我们讲王子骑马在德邦达尔平原上奔驰，去寻找公主的神话故事。故事讲完了，床上一片寂静。我侧身转脸面对着墙壁，微弱的月光中，常常看见墙上的石灰剥落下来，形成黑白相间的各种线条，我在脑子里用那些线条拼组许多怪异的图画，渐渐坠入睡乡。有时半夜里迷迷糊糊地听见，年老的更夫大声吆喝着，从这条走廊走向另一条走廊。

有一天，在不太熟悉、弥漫着想象的内宅，我得到了期待已久的宠爱。有些情愫，只宜每天适量地获得，那样才比较自然，突然某一天，一下子得到剩余的一切，我不敢说，我能轻松地承负。

我这位小旅行家回到家里，一连几天从这间屋到那间屋，大讲特讲旅途见闻。一遍一遍重复，在想象的催化作用下，这次旅行渐渐膨胀了几倍，与真实的经历完全不吻合了。唉，与其他所有东西一样，故事也会变得陈

① 指伽达摩波莉·黛维。

旧，变得黯然失色。讲故事的人的骄傲的资本，日益减少。老故事的光泽越是变得黯淡，就越是需要在上面涂抹新的色彩。

从喜马拉雅山回来之后，母亲和其他家人在楼顶上纳凉时，我成为他们中间最重要的发言者。在母亲面前，拒绝成名的诱惑是很困难的，赢得赞誉却并不太难。

在师范实验小学读书，有一天在一本儿童读物中第一次得知，太阳比地球大 140 万倍。当天，在陪母亲乘凉的家人中间，我宣布了这一发现。我一本正经地向他们解释，有些东西，看上去很小，其实并不小。

我们的语法书中，关于诗歌艺术一章里的所有例句，我背得滚瓜烂熟，着实让母亲惊喜不已。我记得有如下几句：

啊，我的苍蝇，
你啊，一团和气，来吧，双手合十，
嗯，干吗伸出触角往前拱？

在南风吹拂的楼顶上纳凉的家人中间，我还自豪地传播了不久前从帕罗格托尔撰写的专著中获得的有关星辰的一些知识。

我父亲的随从吉苏里·查笃则曾是一个曲艺团的歌手。他在山区经常对我说："啊，小兄弟，当年你和我在一起演出，曲艺团一定名声大振，那种盛况简直不知道怎样描述！"

听他这样吹捧，我心里痒痒的，心想加入了曲艺团，到各地演出，何等风光呀。我跟他学唱的歌有这么几句：

哦，兄弟，跟着悉多走进丛林，
我有一双莲花般的眼睛，
我的生命快要枯萎。
盛开的蔷薇多么鲜艳，
无所畏惧的模样这时
小心翼翼地踩着花瓣。
……
想一想吧，毗湿奴转世投胎，

他有阎王一样狰狞的容貌。

听我唱这些歌曲，家庭聚会的参加者，大声叫好，讨论太阳的黑子爆发和土星放射的不祥之光，恐怕也不会如此热闹。

世界上的人读着葛里迪巴斯用孟加拉语改写的《罗摩衍那》，消度时日，而我跟父亲学的，是蚁蛭仙人①用沃努斯杜卜格律创作的《罗摩衍那》，这是我广为传播的一则使母亲最最激动的消息。她异常欢悦地说："啊呀，乖孩子，快念几句《罗摩衍那》让我们听听！"

唉，梵文初级读本中那可怜的几章，我只学了其中很少一小部分。念的话，忘记的诗行必然含混不清。可是，母亲感受到了儿子非凡的才华，急切地准备享受听儿子朗诵的快乐，我哪有胆量对她说"课文我已忘记了"。结果，我念了梵文初级读本的几段，蚁蛭仙人的原文和我的解释，相差十万八千里。慈悲的蚁蛭仙人在天堂，一定面带善解人意的微笑，原谅盼望母亲大加称赞的稚童的过错，但专门斩杀"傲岸"的马杜索坦②，决不会放过我。

母亲觉得，我做了件常人做不成的事。怀着让家里每个人都惊喜的愿望，她吩咐说："念给迪琼德拉纳特听听！"这时，我意识到了露馅儿的危险，以各种理由推托。可母亲充耳不闻，派用人去叫大哥。大哥一进屋，她说："罗毗学会读蚁蛭仙人写的《罗摩衍那》了，你听他念几段！"硬着头皮只好念了。仁慈的马杜索坦露一露斩杀"傲岸"的宝剑，我便露出了庐山真面目。大哥大概正忙于写一篇重要文章，对我用孟加拉语解释梵文诗句未表示丝毫兴趣。听我念了几行，言不由衷地说了声"不错"，转身走了。

从此，送我去上学比以前更难了。我以种种借口不去孟加拉研究院上课，隔三差五地逃学。后来，我转学到教会学校，可学习仍没有起色。

哥哥们常常耳提面命，鼓励我勤奋学习，可收效甚微，最后对我不再抱什么希望，也不再训斥我。

有一天，大哥丧气地说："全家人希望罗毗长大了是一个有用的人才，但我们的希望过早地破灭了。"

---

① 《罗摩衍那》的作者。

② 保护大神毗湿奴的名称之一。

我心里明白，在绅士社会的市场上，我的身价一落千丈。然而，同周围的生命和美隔绝的学校，是与监狱或医院相似的冷酷而恐怖的所在，我不能把自己拴在日夜转动的这部“榨油机”上。

教会学校给我留下的圣洁记忆，至今非常清晰。这是与有关教授相关的记忆。当然，所有的教授不完全一样。尤其在我们班的一两位老师身上，我感受不到《薄伽梵歌》中颂扬的老师的和蔼可亲。事实上，普通老师变成了教学的机器，在心灵方面折磨学生，他们并不比那些老师好多少。首先，教学的机器异常庞大；其次，为把人性烤干、碾碎，堂而皇之地使用的宗教仪式这部碾米机，在世界上可谓独一无二。从事宗教活动的人，在外面已被限制得很死，如果再在教学的机器的轮子下面每天转动，岂不成了“味道鲜美的食品”！在我们的老师中间，我感到有被宗教和教学这两种机器碾压的人。尽管如此，学院所有教授的生活理想，高高矗立在我的心田，至今形象鲜明。

神父德·贝那朗达和我们的关系并不密切。他好像是代课老师，临时教了我们几天。他是西班牙人，英语发音不是太标准。可能是因为这个原因，学生听他的课精神涣散。我觉得，他在心里感受到了学生冷漠地打击，但他每天宽容地忍受着。我不知道为什么心里有点同情他。他的脸不英俊，可对我有吸引力。见了他总觉得，他心殿里一刻不停地在对神祈祷。内心里博大而深沉的恬静，仿佛将他严密地包裹着。

每天给我们半个小时抄写《圣经》，我手里拿着笔，心不在焉，胡思乱想。有一天是神父德·贝那朗达教课。他在每张长凳后面走来走去，两三次发现我的笔不在纸上移动。他在我身后停住脚步，弯下腰，手抚着我的后背，极其温和地询问：“泰戈尔，你身体不舒服？”他没有说更多的话，但他温和的询问，我至今不曾忘记。我不敢说其他学生对他十分尊敬，可我看见了他那颗博大的心，每每想起他，我好像就有权进入幽静的神庙。

学生们非常喜欢另一位老教授。他叫亨利神父，在高年级授课，我对他不是十分了解。关于他，我至今记着的一件事，值得一提。他懂孟加拉语，有一次问他班上一位名叫尼罗特的学生：“你的名字原意是什么？”尼罗特对自己的名字一向是很放心的，从未对名字的原意感到丝毫的忧虑。所以回答亨利神父的这个问题，他毫无思想准备。不错，词典里确有很多玄奥的不认识的单词，可关于自己的名字说不出个所以然来，无异于被压倒在自己的车子底下。于是，尼罗特阴沉着脸，立刻答道：“过去没有阳光，尼罗特[1]——也就是说，天上布满乌云，阳光被遮住了。这就是尼罗特的原意。”

在家里学习

阿难特·昌德拉·贝檀多巴格斯的儿子甘昌德拉·沃达查尔吉是我们的家庭教师。当他发觉无法把我束缚于学校的教科书之中时，只得改弦易辙，另辟蹊径。他用孟加拉语教授梵文名作《鸠摩罗出世》。此外，还用孟加拉语讲解莎士比亚的悲剧《麦克白》中的某些对白，然后让我翻译，采用孟加拉格律译出对白之前，我被关在屋里。这个剧本译成了孟加拉语，谢天谢地，译本后来丢失了，为此，书房中苦修的功果的负担，大大减轻了。

名作《沙恭达罗》

罗摩萨尔波索·潘迪特负责教我梵文。鉴于学生对梵文语法深恶痛绝，他随机应变，不做吃力不讨好的事情，而为我讲解《沙恭达罗》。有一天，他把我带去见伊舍尔昌德拉·毗达沙葛尔[2]，叫我把翻译的《麦克白》念给他听。当时，罗兹格里斯诺·穆卡巴达耶[3]也在座。走进他汗牛充栋的书房，我的心怦怦直跳，我不能说，见了他的脸，我的勇气倍增。毗达沙葛尔是文坛巨匠，在这以前，我尚未找到像他那样通今博古的听众，所以，我心中，在他书房赢得赞誉的欲望异常强烈。我暗暗鼓励自己要镇定沉着。罗兹格里斯诺·穆卡巴达耶为我指点迷津：“与这个剧本的其他部分相比，达戈尼独

① 孟加拉语中尼罗特的意思是云。

② 伊舍尔昌德拉·毗达沙葛尔(1820—1891)，孟加拉著名文学家。

③ 罗兹格里斯诺·穆卡巴达耶(1846—1886)，孟加拉文学家。

白的语言和韵律的古怪特点，尤其要淋漓尽致地表现出来。”

在我们的童年时代，孟加拉文学相当瘦弱。值得和不值得阅读的文学作品，几乎都让我读完了。那时，供儿童和成人看的文学作品之间，没有太大的差别，这倒并未导致我们过多的损失。

如今，为哄骗儿童而写的书籍，其文学趣味中掺进了大量水分，这些书籍中把儿童当做长不大的小孩，而不把他们当作人看待。照说，孩子读的书，应该是有一部分内容读得懂，有一部分内容不能全懂。我们小时候读了一本又一本书，读得懂的和读不懂的，都对我们的心灵起了作用。世界其实也是这样对孩子起着潜移默化的影响。他们懂了的，可以全部吸收，暂时不懂的，也是他们前进的动力。

汀奔杜·米德拉先生写的喜剧《女婿巴利克》出版的时候，我还没有抵达完全读懂它的年龄。我的一位远房女亲戚买了这本书，读得津津有味。屡次三番地恳求，她横竖不肯把书借给我。她把这本书锁在箱子里。她的防范措施，更激起了我的兴致。我吓唬她说：“早晚这本书要落到我手里。”

中午，她玩纸牌，结在纱丽贴边上的一串钥匙，挂在身后。我特别厌烦玩纸牌，叫我玩牌向来是心猿意马。但这一天从我的举止很难看出我对纸牌的憎恨，我像画中人似的静静地坐在旁边观战。有一方差一张合适的牌就要赢了，玩牌的个个精神高度集中。我不动声色，慢慢伸出手去解拴在纱丽贴边的那串钥匙。可惜干这活儿，我的手指不够灵巧，加上过于慌乱，我的手被捉住了。钥匙的主人得意地笑笑，把挂在身后的这串钥匙挪到胸前，又专心地玩牌。

稍后，我又想出一个主意。我的这位亲戚有吸烟的习惯，我从别处弄来一盘枸酱包和纸烟，搁在她面前。之后发生了我预料中的事。她起身吐痰，一串钥匙从她胸前滑落下来，她习惯性地把这串钥匙又撩到身后。说时迟那时快，钥匙偷到了，小偷走运没有被捉住。

剧本《女婿巴利克》读完了，钥匙和书还给了它们的主人，没有按照有关偷窃罪的法律惩罚我。我的那位女亲戚责备了我几句，但脸上的表情并不严厉；她在肚里暗笑，我也一样。

拉琼德罗腊尔·米德拉曾编辑出版一种趣味性插图月刊《知识大全》，我三哥的书柜里有这种杂志的合订本。我至今记得把合订本拿来阅读时的喜悦心情。我仰面躺在卧室里的木板床上，胸前捧着十六开的合订本，饶有兴致地阅读关于捕鲸的报道,法官审讯的滑稽故事,格里斯纳·库马利的连载小说,不知不觉度过了假日的中午时光。

如今不知为何这种杂志一本也找不到了。现在的刊物不是充斥科学理论、考古文章,就是刊登大量小说、诗歌和枯燥乏味的游记。能让广大读者心情轻松地阅读的中等水平的杂志,一本也看不见了。英国的《商业》、《城堡》、《海滨》等大部分杂志是为广大群众服务的。编辑们为全国提供的是知识宝库中的"粗茶淡饭、普通服装"一类的科普知识。这些"粗茶淡饭、普通服装"是大部人最常用的东西。

小时候接触过的另一本封面较小的杂志,名叫《幼稚的朋友》。我在大哥的书柜里找到了它的合订本,坐在他南屋开启的窗户前,一连读了几天。在这本杂志中,我第一次读到了比哈里拉勒·查柯洛波尔迪的诗作。在我读过的所有诗歌中,他的作品最强烈地震撼了我的心。他的诗作以质朴的笛音,在我的心中演奏了原野和丛林的歌曲。《幼稚的朋友》登载英国痴男情女的爱情故事的孟加拉译文,我读到动人的情节不知流了多少眼泪。啊,那迷人的海滩,那海风吹拂的椰子林,那山羊踯躅的山谷!加尔各答城南一幢楼房的游廊里,中午的阳光下,以我为中心扩展的海市蜃楼,是多么令人心驰神往!在那幽静的海岛的葱绿的林径上,一位孟加拉少年①与英国靓女卿卿我我,情意绵绵!

后来般吉姆·钱德拉·查特吉②创办的《孟加拉之镜》有力地攫夺了孟加拉人的心。可是其一,我一个月才等来一期,其二,要等到兄长读完了我才能阅读,实在太让人焦急了!如今,读者乐意的话,一口气可以读完他的名著《毒树》、《金德尔谢克尔》。但当年我们一个月一个月地盼望、等待,好几个星期,在心里反复品味用很短时间就已阅读的一章,满足与不满足,享受与猜测,长时期交织着,这样的阅读机会,今人是不会获得的。

沙罗达贾郎·米德拉和奥卡耶·索尔卡尔先生编纂的《印度古诗选》,是令我垂涎欲滴的精品。我的兄长买了这套书,但不经常翻读,所以我毫不费力地就把它弄到手了。毗达波迪用马伊梯里方言写的诗句,晦涩难懂,我不得不用更多的时间钻研。我不依赖注释,自己反复吟诵体味。诗

① 指作者自己。

② 般吉姆·钱德拉·查特吉(1838—1894),著名孟加拉文学家。

中多次运用的生僻字，我记在一本小日记本里。特殊的语法现象，开动脑筋弄懂后也作了笔记。

家庭气氛

小时候，我最大的有利条件，是家中日夜吹拂着文学之风。记得在垂髫之年，每天黄昏，我手扶栏杆，默默地站在游廊里。前面的客厅里，灯光明亮，人影晃动，一辆辆开来的汽车停在门口。我不太明白那儿发生的事情，只是站在暗处朝明亮的客厅张望。相隔的距离不远，但那儿的灯光仿佛远离我的儿童世界。

我的堂兄葛那德罗纳特请罗摩那拉央·笃尔克罗特纳[①]写的一个新剧本，那几天正在客厅里上演。他们对文学和艺术有着无穷尽的热情，好像在各个方面正努力创造着孟加拉的新时代。在服装、诗歌、绘画、戏剧、宗教、爱国热忱等各个方面，他们的心中诞生了完整的民族主义理想。堂兄葛那德罗纳特研究各国历史，倾注了大量心血。他着手写的几本历史书，可惜都未能完成。他从梵文翻译的迦梨陀娑的剧本《优哩婆湿》，业已出版。他写的梵天颂歌，至今在宗教歌曲中占有最尊贵的席位：

> 他创造了世界乐园。
> 哦，歌颂他的圣名，
> 广袤的大地上飘洒着
> 他无穷的仁慈的甘霖。
> ……

这是他创作的一首广为流传的宗教歌曲。他和他的挚友是写爱国诗和爱国歌曲的先驱。几十年前，无数印度教徒在集会上演唱堂哥葛那德罗纳特写的歌曲《羞怯如何歌唱印度的光荣》。不幸的是，我很小的时候，年轻的堂哥葛那德罗纳特就永别了他热爱的祖国。然而，他那英俊的容貌，高大魁伟的身躯，是看一眼就忘不了的。他对社会的影响，极为深广。他

---

① 罗摩那拉央·笃尔克罗特纳(1822—1886)，孟加拉剧作家。

能吸引周围的人，并使他们紧密地团结起来。他的凝聚力，仿佛能使世上任何东西都不破碎。

印度不断涌现像我堂哥这样的人。他们依凭杰出的品格的力量，轻易地成为整个家庭或村庄的中心人物。他们假如出生在这样一个国家——那儿，国家事务、商业、福利事业等领域，均有庞大的组织，那他们必然成为群众的首领。把众多的人团结在一个组织里，是一项需要有特殊人格魅力的工作。在印度，这样的魅力只在一个个大家庭里默默无闻地起着作用，默默无闻地消逝。在我看来，这是才华的巨大浪费，好比让星星从天空陨落，扮演一个火柴的角色。

我记得他的小弟古能德罗纳特也是个人才。他热情好客，家里经常高朋满座。他以自己的慷慨大方，把投亲靠友的客人，聚集在自己的四周。在南楼的游廊和花园里，在池塘石阶上的垂钓活动中，他的身影，仿佛是乐善好施的生动形象。他气宇轩昂，相貌堂堂，丰润的身心焕发着灵气。戏剧表演、娱乐活动的策划，有了他的支持，不久就变为现实。

孩子的权利太小，我们不能参与他们的每项活动，但他们热情的波涛从四周涌来，不停地撩拨我们的好奇心。记得大哥写了一部荒诞的滑稽戏，每天中午在大哥的大客厅里排练。我们站在走廊里，打开窗户，听得见夹杂着狞笑的断断续续的古怪的歌声，隐隐约约地看见沃卡亚·马宗达先生在狂舞。他们唱的歌有如下几行：

别说，别再说那种话！
情人啊，你为什么絮叨？
这话太可笑了，太可笑了，
别人听了会嘲笑——
哈，哈，哈，哈，放声大笑！——

我一时不晓得他们狂笑的缘由，但终究会知道的——这种信念使我终日处于不安分的猜测之中。

通过一件小事，我深切地感受到了堂哥古能德罗纳特对我的爱护。我在学校里从未得到奖状，只有一次作为品德奖给了我一本《格律入门》。我们三个人中间，苏笃波拉萨特学习成绩最好。有一次考试，他成绩优秀，荣获奖状。那天从学校回来，一下马车，我径直跑去告诉堂哥古能德罗纳特。他正坐在花园里，我远远地就对他大声通报："古能①哥哥，苏笃②获奖啦！"

他笑着把我拉到身边，关切地问："你没有获奖？"

"没有，我没有得到奖品，苏笃得到了。"我如实相告。

堂哥古能德罗纳特听了非常高兴。我虽说没有获奖，却为苏笃波拉萨特获奖而如此兴奋，在他看来，这似乎是我的一大优点。他当着别人的面，夸了我一番。我压根儿不曾想到，这件事中有值得自豪的成分，乍一听他的赞扬，我暗暗惊讶，这莫非是对我未得奖状的奖励！可这并不是一件好事。在我看来，给孩子赏赐是好的，给奖品不好。孩子应该关心他人，而不应该关心自己，这是他们心理健康的标志。

午饭后，古能哥哥进账房记账。账房好像是他们的俱乐部，工作与说笑影形不离。古能哥哥坐在一张转椅上，背靠椅背，我抓个空子慢慢地进屋，坐在他的膝盖上。他常给我讲印度的历史故事。我听他说，克莱夫在印度建立了英国的霸业，最后回国用刀片割断血管自杀了，大为震惊。一方面，在印度书写新的历史篇章，而另一方面，阴暗的人心中，隐藏着多少痛苦的秘密！体外，是显赫的业绩，而同时，内心弥漫着失意！这一天，我浮想联翩，心情久久不能平静。

好几天，堂哥古能上下打量我一下，就猜到我的口袋里藏着日记本。受到一点儿鼓动，日记本就撩开面纱，不知害羞地露出脸来。不消说，他不是一位十分严厉的批评者；他的观点上了广告，或许能起点作用。然而，我的诗艺中包含那么多幼稚的成分，常常使他笑得前仰后合。

我写过一首关于印度母亲的诗。其中一行最后一个词是"nikot"（面前），我没有本事把这个词挪到这行的其他部位，又找不到与之谐韵的合适单词。无奈，在另一行尾部硬加了一个单词"sokot"（车）。按说，"sokot"是找不到路走到这个位置上的，但押韵的需要对任何抗辩置若罔闻；于是，我毫无道理地在这个位置上加上了"sokot"。在堂哥古能的大笑声中，连同拉它的马，"sokot"又踏上崎岖的来路远行，从此渺无踪迹，至今找不到它的下落。

---

① 古能德罗纳特的昵称。

② 苏笃波拉萨特的昵称。

大哥在南楼游廊里铺了席子，面前放张小书桌，创作《梦想破灭》。堂哥古能每天上午也到南楼游廊里坐一会儿。品味文学意蕴时，他表露的巨大欢乐，像温煦的南风，有助于诗歌艺术水平的提高。大哥写完一段，念给他听，他发出的一阵阵朗笑，震颤游廊。就像春天不适时的芒果花蕾纷纷扬扬落了一地，《梦想破灭》的数不清的草稿，扔得满游廊都是。作为诗人，大哥具有充沛而奇特的想象力，他写的草稿，大大多于发表的作品。他丢弃的许多文稿，拾捡的话，可以装满孟加拉文学的一只花篮。

那时我虽不能出席诗歌宴会，却也能品尝诗味。兄长丢弃的那么多文稿，是施舍给我们的佳肴。大哥的笔端奔腾着韵律、语言和想象的大潮——潮起潮落，两岸回荡着一排排新浪的声响。我们何尝读得懂《梦想破灭》的每一句诗！可我前面说过，有所收获并不意味着必须完全读懂。我不知道能否摸到海里的珍珠，摸到也未必懂它的价值，可是在浪里戏水，满足了我的心愿，在快乐之涛的冲击下，我的血管里流动着生命的活力。

回首往事，我深切感到，现在缺少当年的那种聚会。过去的社会关系非常密切，小时候我们只见过它的“落日”。当年人们的交往相当频繁，聚会必不可少，参加聚会的人，受到特殊的照拂。如今人们为工作而上班，为工作而见面，但不举行聚会。大家都很忙，没有空闲，彼此关系也不密切。当年我看见家里人来人往，游廊和客厅里充满欢声笑语。把各种人聚集在自己的周围，让他们畅所欲言，开怀大笑，是一种本领，如今它大概躲到爪哇国去了。现在人丁兴旺，可那些游廊和客厅，阒无一人。当年所有的家具是为大家购置的，活动是为大家举办的，有豪华的气派，但绝无粗野的举止。如今名门富豪的摆设比过去阔气多了，但总是一副冷冰冰的面孔，不肯不分高低贵贱，大方地邀请各种各样的客人。主人不点头示意，光着膀子，披着脏披肩，面带笑容，谁也别想进去占一席之地。在建造楼房、布置房间方面，我们眼下模仿的某些人，有着自己的社会和行为方式，他们的社会活动也相当广泛。我们发现，我们的麻烦在于，我们自己的社会生活方式已经绝灭了，又无力培植洋人的那种社会生活方式，处于两者之间的空当里，每间屋子里没有一丝欢乐。

如今，为了某件事，为了国家的利益，我们把大家召集起来开会。但是，没有任何目的，仅仅是为了同大家见面，与大家热闹一番；因为喜欢人，才努力创造把人们聚集在一起的机会——这样的主动性，已经绝种了。没有人觉得现在存在着称为“社会吝啬”的一样丑陋的东西。因此，也没有人认为，过去，以敞开胸怀的大笑声，减轻一个个家庭的精神负担的人，确实属于某一个国家。

奥卡耶昌德拉·乔杜里

小时候，奥卡耶昌德拉·乔杜里先生是经常和我一起探讨诗歌艺术的忘年交。他是五哥乔迪宾德拉纳特的同窗好友，曾获得英国文学硕士学位。他喜爱英国文学，对英国文学有很深的造诣。此外，在孟加拉文苑，他对毗湿奴颂诗的作者，对诗人贡坎、罗摩玻拉萨特、婆罗多昌德拉、赫鲁泰戈尔、尼杜和罗摩巴苏，以及民间艺人斯里达尔，怀有无限敬意。

奥卡耶·乔杜里先生能唱许多民间流传的孟加拉歌曲。悦耳也罢，刺耳也罢，他一唱起来就如醉似狂，不能自已。即便听众起哄，他的热情也丝毫不减。与此同时，他打拍子，在身心内外素不受干扰。桌子也罢，书也罢，合法地用自己的物品也罢，非法地用他人的物品也罢，手边不管有什么，他把它啪哒啪哒地敲个不停，把大家的激情煽动起来。他具有非凡的享受欢乐的能力，心中不汲满歌曲的琼浆，绝不罢休。敞开心扉，高唱颂歌，付出精力他从不吝啬。

奥卡耶·乔杜里先生写诗写歌词，速度之快，无人可比。可是他从不像守财奴似的守护自己的作品。他从不关注他扔掉了多少张用铅笔写的撕碎的稿纸。他有超常的写作能力，对写就的作品却又视同草屑。他以“冷漠者”为笔名写的一首诗，发表于《孟加拉之镜》，受到广泛赞誉。我唱过他写的多首歌曲，没有一个听众知道这些歌是谁写的。

欣赏文学的真挚热情，比文学造诣更珍贵。奥卡耶·乔杜里先生那充沛的热情，唤醒了我们的文学感悟力。

他挚爱文学，也珍惜友情。在不熟悉的人的聚会上，他宛若涸辙之鲋。但在熟人中间，年龄、学识、才智，他全置于脑后。他在少年中间是少年。有几回参加了兄长的聚会，已是深夜，他起身告辞，又被我们几个顽童抓住，拖到我们的书房里。书房里亮着油灯，他一屁股坐在我们的书桌上，侃侃而谈，解答我们提出的各种问题。在欢乐的气氛中，我听他声情并茂地讲解英文名诗，有时也就某些作品同他展开激烈争论。我以稚嫩的笔写的习作,大都念给他听过,习作中略有可取之处,逃不过他的眼睛,他挑出来大加赞扬一番,让我听得心里特别舒畅。

练 习 写 歌

在广泛猎涉名篇佳作、培养形象思维方面,五哥乔迪①从小是我最重要的导师。他本人充满朝气,激励他人上进是他的一大乐趣。我无拘无束地同他讨论过文学作品的内容和其他学科的问题。他从不因我年幼而小觑我。

他给予我广阔的自由。在他身边,我与生俱来的拘谨荡然无存。家中谁也不敢像他那样给我那么多自由,为此,还有人责备过他。但如同炎热的夏天之后,需要雨水充沛的雨季,对我来说,受到管教之后,享受充分自由是十分必要的。那时候,假如没有摆脱束缚的自由,我的一生很可能是残缺不全的。强硬者历来谴责别人随心所欲地享用自由,极力压制自由。但如果没有随心所欲地享用自由的权利,那种自由就不可称为真正的自由。从随心所欲地享用自由到懂得恰当地享用自由,是一个不可避免的学习过程。至少,我敢说,正是那种自由造成的纷扰,之后把我送到了消除纷扰的道路上。通过管教,通过体罚,通过拧耳朵,通过往耳朵里灌输大道理,强迫我接受的东西,一样也未被我接受。在我完全驾驭自己的命运之前,除了无谓的苦恼,我一无所获。五哥乔迪允许我自由自在地穿过是非曲直,进入自我认识的领域。从那时起,我就准备以自己的力量展现自己的刺儿和鲜花。我的切身体会是,我学到

《泰戈尔歌曲选》

① 乔迪宾德拉纳特的昵称。

的许多东西包含的某些“谬误”，我不害怕；我畏惧的是将它们铲除干净的麻烦——这意味着要向宗教和国家政策的“警察”叩首施礼，这是又一个受奴役的事例，世界上没有比这种奴役更可悲的灾难了。

有一段时间，五哥乔蒂忙于拉小提琴、谱曲。每天，随着他的手指翩翩起舞，乐音泠泠地流泻。我和奥卡耶昌德拉·乔杜里先生争分夺秒地创作歌词，以便锁定他拉出的新曲。这是我歌曲创作生涯的起点。

我们是在家庭中的歌曲创作和演唱中长大的。这给我带来的好处是，歌曲很容易进入我的秉性。当然也有负面影响。由于没有按部就班、由浅入深地学习，没有系统地掌握乐音知识，基础不太牢固。所谓乐音艺术，它的任何权利，未为我们获得。

文学之友

从喜马拉雅山归来之后，我的自由日益扩大。仆人的管制崩溃了，学校的禁锢，被我用各种“斧子”砍碎了，家庭老师，我也不放在眼里。我们先前的家庭老师甘昌德拉·沃达查尔吉教了《鸠摩罗出世》和其他乱七八糟的作品，又当他的律师去了。接替他的是玻罗兹纳特·德。第一天，他让我翻译哥德史密斯[①]写的《不眠之地的牧师》。我觉得这是不坏的作业。之后，看到我接触的作品面越来越广，有效地驾驭我，他感到力不从心了。

家人已对我失去信心。对于某一天我能够成才，我自己和其他人都不抱希望。所以，我撇开宏志大愿，一心一意把一首首习作写满日记本。那些诗作与我的境况相似。我心里没有别的，只有热气——那些充满热气的水泡，那些热情的泡沫，在慵倦的想象的牵引下滚动着，迷惘地旋转着。其间没有意象的营构，只有快速地跃动。只听见水泡咕噜噜地浮起，啪啪地破裂。其间的一些东西，不是我的，是对其他诗人的模仿。属于我的只有浮躁和情感的狂野的宣泄。技能尚未圆熟，速度已经积储，我必然处于一种盲目的运动状态。

嫂子酷爱文学。她阅读文学书籍，不是为了消遣。她专注地品尝文学趣味，我是她汲取的文学趣味的分享者。

---

① 哥德史密斯(1728—1774)，英国作家。

她极为推崇和喜爱长诗《梦想破灭》。我也很喜欢这首诗,尤其是我们曾沐浴于这首诗的创作和讨论的和风之中,所以它的诗美轻易地浸润了我的心弦。当然,它与我的模仿之作有天壤之别,我从未有过我也能写出与之比肩的作品的念头。

《梦想破灭》仿佛是一座形象的宏伟宫殿。里面有厅堂轩阁、亭台楼榭、雕梁画栋,有壁画、雕塑等艺术珍品。它的布局非常奇特。它四周的花园里有造形神奇的假山,有一股股喷泉,有爬满青藤的长廊。

长诗《梦想破灭》不仅内容丰富,而且写作手法繁多。它显示了作者以各种构件建造大厦的能力,这实在不是一件简单的事。在我的遐想中,也未产生过我下工夫亦能写出这种佳作的奢望。

这时比哈里拉勒·吉柯洛波尔迪写的《艺术女神颂歌》,开始在《雅利安之镜》上发表。这首诗的读者——我的嫂子完全陶醉于诗句中洋溢的浓郁情味之中了,许多诗段,她背得滚瓜烂熟。她多次请来诗人,盛情款待,还把亲手织的一个坐垫送给他。

经嫂子介绍,我认识了这位著名诗人。他对我关怀备至,中午,我经常到他家去玩。他身材高大,心胸宽广。他的心灵四周诗情的光环,时刻伴随着他,他仿佛有一个充溢诗意的丰润的躯体——这是他的本相。他全身洋溢着诗人的快乐。每每走到他的身旁,我就沐浴于那快乐之风中。

好几天中午,我走进三楼他那间清静的小屋,看见他趴在大理石地板上,一面写诗一面摇头晃脑地吟诵。我是个孩子,可他那么热情地同我打招呼,使我心里一点儿也不紧张了。接着,他以满腔的激情朗诵他写的诗,有时也为我唱歌。他的嗓音不很清亮,但也不难听,用他特有的嗓音唱歌,歌词大致听得清楚。他闭着眼睛,用浑厚的声调唱歌。嗓音表达不出来的东西,充盈于他的情绪。我依然记得他唱的三行:

美女在月光下嬉戏,
头放祥光、步履轻盈,
姑娘你究竟是谁?

我偶尔也为他写的歌词配曲,唱给他听。

他为迦梨陀娑和蚁蛭仙人的诗才所折服。记得有一天,他亮开嗓门,为我朗诵《鸠摩罗出世》的头几行。他每隔几个词，重读多个长元音“a”，并不出人意外。为了通过长元音“a”，夸张地渲染喜马拉雅山的雄伟壮丽，从单词“debtatta”（神性）到“nogaddhiraj”（喜马拉雅山之神），他网罗了一大堆“a”。

当时我心中的志向，就是能像比哈里拉勒先生一样写诗。也许某一天，我自以为我写出了他写的那种诗，但我自鸣得意之路上的最大障碍，是比哈里拉勒先生虔诚的高足[①]。她一再提醒我：我这位做梦也想成为名诗人的懒鬼，终究免不了成为讪笑的对象。她肯定知道，一旦放纵我的傲气，控制我的傲气就难乎其难。所以，她从不赞扬我写的诗，更不夸我的嗓音洪亮，把我与其他人作比较，她必定说他们的声音怎样甜美怎样悦耳。于是，我心中产生的根深蒂固的想法是，我的嗓音确实不太好听。至于我写诗的功力，我在心里也竭力加以贬低。但是，对于自尊心而言，诗创作是我唯一的领地，不管别人怎样说三道四，也绝不能放弃。此外，内心那种野性的冲动，更是任何人无从压制的。

发表作品

迄今为止，有关我作品的宣传，局限于我个人的活动范围。也恰恰是在那个时候，月刊《知识的萌芽》出版了。这份月刊的负责人，接受了一位与月刊名称相近的破土而出的萌芽般的小诗人，他们力排众议，连续几期发表了我的处女作《林花》。当时，我最担忧的是，在岁月的审判庭上，审查我的成功之作和败笔的时候，某一天会传唤他们出庭作证，某位劲头十足的听差也会从被遗忘的这份刊物的内宅，无耻地把他们拖到众人面前，毫不理会蒙着面纱的一位女性[②]的求情。

我写的第一篇散文，也是在《知识的萌芽》上发表的，这是一篇评论。现简单介绍一下这篇文章发表的经过。

当时，出版了一部名为《迷醉凡世的女天才》的诗集。大家的看法是，

---

① 指作者的嫂子。

② 指作者的嫂子。

这是一位名叫普斑茉希妮[1]的女性的作品。奥卡耶·索尔卡尔先生在发表于《普通女性》的文章中,普德波先生在《教育通讯》中,敲响胜利的锣鼓,欢呼孟加拉诗坛冉冉升起了一颗新星。

当时比我年长的一位朋友,隔三差五地给我看由"普斑茉希妮"署名的信件。他被"普斑茉希妮"的诗作深深地打动了。他时常用"普斑茉希妮"的地址,寄去花布和书籍,作为忠诚的礼物。

这部诗集的许多章节里,内容和语言很不文雅,想着这是一位女性的作品,我心里别扭得很。看了她写的信,也不能想象作者是一位女性。但我的怀疑动摇不了朋友的忠诚,他继续膜拜他的偶像。

于是,我就《迷醉凡世的女天才》、《痛苦的伴侣》和《宁静的荷塘》三部作品写了一篇评论,刊登在《知识的萌芽》上。

这篇评论锋芒毕露,咄咄逼人。收入那三本书的,管它是什么短诗,什么抒情诗,我以前所未有的机智作了剖析。我的有利条件是,这篇文章所有的字母,全是一副冷冰冰的面孔,端详它们的容貌,根本看不出作者是何许人也,他的学识和才智究竟达到了怎样的高度。

不久,我的朋友慌慌张张地跑来对我说:"一位文学学士撰文反驳你的文章啦!"一听"文学学士"四个字,我吓得目瞪口呆,天哪,文学学士!此刻,我的神情,和前几年苏笃波拉萨特在走廊里无由来地大叫"警察,警察",我被吓蒙了一样。

眼前,我清楚地看到,关于短诗、抒情诗,我竖起的评论的成功之柱,在文学学士的大段引文的无情轰击下,訇然崩坍了。在广大读者中间,我露脸的道路被堵塞了。"你生不逢时,还狂妄地评论!"我暗暗地骂自己,愁眉苦脸地熬着时光。所幸的是,这位撰文反驳的文学学士,像苏笃波拉萨特叫喊的"警察"一样,一直没有露面。

《帕努辛赫诗抄》

前面已经说过,我像被磁铁吸引住了似的,阅读由奥卡耶昌德拉·索尔卡尔和沙罗达贾郎·米德拉编纂的《印度古诗选》。掺杂马伊梯里方言

---

① 孟加拉语中"普斑茉希妮"的意思是迷醉世界的美女。

的古诗语言，对我来说是很深奥的。但正因为深奥，我才持之以恒地刻苦钻研。我对印度中世纪毗湿奴虔诚诗歌，就像我对树木的种子里隐藏着的嫩芽和泥土下面未发现的秘密，有着强烈的好奇心。一层层地揭开遮盖的厚布，不熟悉的宝库中的一两件珍品，必然映入我的眼帘——这种灿烂的前景，给了我苦读的巨大动力。当我坠入迷宫，在伸手不见五指的黑暗中，摸索着寻找珠宝时，揭开罩在我身上的神秘，裸露真貌的欲望，也在我心中勃生了。

在这以前，奥卡耶昌德拉·索尔卡尔对我谈到过英国少年诗人汤姆斯·贾达尔顿。我不知道汤姆斯的诗歌水平有多高，奥卡耶昌德拉先生对他也未必很了解。很了解的话，谈起他恐怕就不会津津乐道了。但他绘声绘色地介绍，不知怎的使我的想象展开了翅膀。许多人不曾发觉，汤姆斯抄袭了古代诗人的作品。16岁时，这位不幸的少年诗人自杀身亡。关于他无端自杀的经过，暂且先放在一边，我得赶紧扮演第二个汤姆斯的角色。

有天中午，天空乌云密布。云影稠密的闲暇时分，我悠然地趴在里屋的床上，写了一行诗：在浓密的花丛里。写的同时，我似乎读给一个触摸不到的人听了，而他认真地点点头说："好，写得很好！"

几天后，我对前面提到的那位朋友说："我在梵社的图书馆里找到一本破旧的古书，从中抄录了一位名叫帕努辛赫的诗人的诗句。"说罢，我朗诵了一遍。他听了万分惊讶，说："我太喜欢这本古书了！你念的诗，毗达波迪①、昌迪达斯②也未必写得出来。我去请奥卡耶·昌德拉出版这本古诗选。"

我赶紧翻开日记本，对他说了真话："实话告诉你吧，这是我写的，毗达波迪、昌迪达斯怎么能写出来呢？"

"确实不错！"朋友真诚地说。

《帕努辛赫诗抄》在《婆罗蒂》上发表的时候，尼希甘特·贾达帕达耶正在德国学习。他写过一本专著，把印度抒情诗与欧洲文学作了比较。他在书中给予"帕努辛赫"这位古代毗湿虔诚诗歌作者以极高的荣誉，这是任何一位现代诗人无望得到的。他因这本著作而获得了博士学位。

---

① 毗达波迪系印度中世纪诗人，曾创作大量爱情歌曲。

② 毗湿奴颂歌的第一位作者。

现在我可以拍着胸脯说，不管帕努辛赫是谁，他的作品落到我的手中，我肯定不会上当。他的语言是像古代诗人的语言，不是不可能那样运用。因为，这不是那些诗人的母语，而是一种人为的语言，在不同诗人的手中它稍有变化。但他们的情感中没有虚假成分，可帕努辛赫的诗作，用诗歌创作的原则检验一下，它的马脚就露出来了。它中间没有古代宫廷艺人弹奏的令人心醉神迷的轻柔乐音，而只有当今廉价的英国乐器弹出的叮当声。

爱国情怀

从外表看，我家接受了不少外国习俗。可在我们家庭的心中，一直闪耀着民族气节的光芒。父亲的拳拳爱国之心，在他一生许多危急关头，显得更加珍贵，激发了我家每一个人的爱国热情。

事实上，那时培养爱国精神不是件易事。受过西方教育的文化人，把本国语言和情感抛到九霄云外，可我的兄长一直讲母语，并用母语进行文学创作。我父亲收到哪位新亲戚用英文写的信，立即退回。

我家曾出资赞助举行印度教徒集会。诺卜古帕尔·米德拉先生被推荐为集会的召集人。这是孟加拉的第一次规模较大的活动，旨在使孟加拉人虔诚地认识到印度是生养自己的祖国。二哥专门为这次集会创作了著名的爱国歌曲《印度的儿女们团结起来》。大集会期间，演唱了歌颂祖国的歌曲，朗诵了爱国诗，举办了民族工业产品展览会，为杰出的孟加拉学者颁奖。

那时，适逢印度新总督拉尔德·利登伯爵上任，我在这次集会上，朗诵了我写的一首爱国诗《献给印度教徒集会的礼物》。后来，伯爵卡尔逊上任后，针对他在德里举行大摆排场的会议，我写了一篇散文《多余的话》。当时英国政府畏惧俄国，但不害怕一个十四五岁的少年诗人的笔。所以，出自少年之手的这首诗，虽在集会上引起巨大轰动，但从当时的总司令到警察局长的脸上，未显露丝毫惊慌的神色。《泰晤士报》的专栏作家，在他们的文章中，没有因印度统治者对这位少年的大逆不道熟视无睹而喟然长叹，对英国殖民统治的稳固性表示深深的失望。我是站在一棵树下朗诵爱国诗的。纳宾·森先生是当年的听众之一，多年以后，他还对我提起我朗诵诗在集会上引起的热烈反响。

由五哥乔迪牵头，我们成立了一个名为“新兴社”的组织。年过半百的拉兹纳拉衍当选为主席。这是一个爱国组织，经常在加尔各答一条胡同破旧的房间里举行会议，它的一切活动蒙上了神秘的色彩。事实上，它中间的秘密，是唯一令人胆战心惊的武器。从我们的举止，看不出有使国王或平民惊恐的东西。中午，我们去什么地方做什么，连我们的亲戚也一无所知。我们关着房门，里面一片漆黑，我们诵念《梨俱吠陀》的经咒，低声说话，在屋里感到毛骨悚然，除此没有更多的行动。

我这个年幼的孩子也成了这个组织的成员。在这个组织内部的狂热气氛中，我老觉得兴奋得快要飞起来似的，绝无一点儿羞怯、忸怩。会议上，我们的主要事情是烤激情之火。英雄主义有时带来鼓舞有时带来麻烦，不过人们向来仰慕英雄。我们看到，各国都以各种体裁的文学作品尽力唤醒对英雄的尊敬。所以，不管人处于怎样的环境，他心里难以摆脱文学作品给他的震撼。我们举行会议，讨论社会问题，高唱歌曲，前瞻未来，极力保持受到的那种震撼。凡是属于人的本性的，凡是对人来说永远值得珍爱的，破坏它的发展道路，堵死它的各种孔隙，毫无疑问必然造成心理扭曲。一个庞大的社会制度中，只开辟一条让印度人当文书的小路，当然不可能给人性中无穷的潜力以自然而健康的发展领域。每个国家需要英雄精神之路，否则，人性就会被折磨。缺失英雄精神之路，势必导致狂热泛滥，它的流向极为怪异，后果不堪设想。我相信，当年政府的怀疑假如达到疯狂的地步，我们组织里几个小孩演出的英雄主义的“丑剧”，就难免变成惨痛的悲剧。演出结束，福特威廉姆堡的一块砖头也不曾落下。此刻，回忆当年的行动，不禁哑然失笑。

五哥把一种又一种式样的衣服带到会场上来，请大家提意见，以便确定一种民族服装。穿长袍劳动不方便，而制服是舶来品。他采取了折中的办法，为此，长袍自然要受点委曲，制服也欢快不起来。具体地说，他在制服外面系了一条长布，像拳击手似的把两头束在腰里。在索拉尔帽上又缠了缠头巾，这样的装束，连最热心的人也不能认为是一种头饰。他设计的这种式样的民族服装，为民众接受之前，没有人敢试穿。乔迪哥哥从容地穿上新装，冒着中午的炎热，上了马车。亲戚、朋友、车夫和门房，全惊诧地望着他，可他连眼皮眨也不眨一下。为国慷慨捐躯的英雄，不计其数，但为了国家利益，身穿“新式民族服装”，乘车驰过加尔各答街道的人，寥若晨星。

每逢星期天，乔迪哥哥带队出城打猎。长长的队伍中，应邀和不请自来的大部分人，我不认识。他们来自各行各业，甚至有木匠和铁匠。打猎过程中，猎物中弹流血，微不足道，起码在我的记忆中没有一点儿血的印象。与打猎有关的其他活动，安排得满满的。我们从未为打死打伤的禽兽的数量太少而感到懊丧。早晨出发，嫂子把炒的蔬菜、烙的几盘空心饼交给我们。这些食品无须靠狩猎获取，因而我们一天也没有挨饿。

马尼克多拉附近不缺少破败的花园。我们随便进入一座花园，不分高低贵贱，坐在池塘石级上，狼吞虎咽地吃嫂子烙的空心饼，几分钟工夫，风卷残云，只剩下几只空盘了。

波罗兹纳特先生是我们非暴力狩猎活动的一位最热心的参与者。他是首都学院院长，当过我们的家庭老师。有一次，打猎结束，在回家的路上，他大摇大摆地走进一座花园，叫来花匠，煞有介事地问道："喂，我舅舅这几天来过花园没有？"花匠手足无措地回答："回您的话，老爷没有来。"波罗兹纳特随即下令："听着，快上树给我们砍鲜椰子！"这天吃罢空心饼，大家痛痛快快地饮了鲜椰子汁。

我们中间有一位中产阶级的地主，他是虔诚的印度教徒，恒河畔有他家一座花园。有一天，不分种姓，我们全体成员，在他的花园里野餐。下午，突然起了风暴。我们站在恒河码头的石级上，面对狂风暴雨，吼叫般的唱起了《来吧，狂风！》。拉兹纳拉衍先生唱不准一个音符，也放开喉咙跟着乱唱。如同讲经说的话多于经文，他伸手蹬脚的豪放，把他微弱的声音远远地甩在后面。他跟着节拍，摇晃着脑袋，狂风把他的白胡子吹得如同一丛乱草。

深夜，我们乘车回家时，风暴已经停息，天空现露疏星。四下里是浓密的黑暗，夜空沉寂，村径上阒无人影，只有路两边的树林里，一群萤火虫在无声地播散着火星。

建立火柴等日用品的工厂，是我们组织的任务之一。为此，组织的每个成员捐了本人收入的十分之一。火柴必须生产，可火柴棍很难弄到。大家知道，在印度，威武的手举起贴着标语的便宜小木棍，显示巨大的力量，但用之点不着火。经过多次试验，生产了几盒火柴。它们虽然是印度儿女火一样忠诚的象征，却并无实用价值。生产一盒火柴的成本，相当于一个村庄一年的柴火费。还有一个较小的麻烦是,近处没有火源,火柴就不容易划燃。火焰般的爱国热情,假如能够提高它们的可燃性,现今的市场上大概能大批销售了。

后来又听说,一个年轻学生正全力以赴地造一台织布机,我们立刻赶去参观。我们没有能力弄懂,它是不是一台实用的机器,可我们的坚信和期盼的能力,谁也不比谁的低。制造这台织布机所花的钱,由我们支付。

过了一些日子,我看见波罗兹纳特先生头上系着一块头巾,走进我家位于朱拉萨迦的祖宅。他无比兴奋地说:"这条头巾,是我们那台织布机织的布做的。"说罢,他举起双臂,狂舞起来。那时他的头发已经花白了。

后来,一两位头脑清醒的饱学之士加入我们的行列,让我们吃了知识之树的甜果,我们的天堂才轰然塌毁。

小时候刚刚认识拉兹纳拉衍先生时,无论从哪个角度,我们都摸不透他的脾性。在他身上凝聚着许多对立的因素。他的须发几乎全白了,可他与我们中间最小的成员在年龄上似乎并无区别。他外表的老态,像个洁白的纸口袋,里面永远有一颗富于生气的年轻的心。他渊博的知识,也无助于改变他的风度,他一生像一个普通的老百姓。直到生命的最后一刻,他依然谈笑风生,不理会可能迫使它收敛的因素——老年人的庄重、对健康不利、家中生活的艰苦等等。没有任何办法阻止他纵情大笑。一方面,他把他的生命和家庭托付给了天帝,另一方面,为了国家的繁荣昌盛,他不知制订了多少有望和无望实现的计划。他是利查德逊的得意门生。他从小学习英语,是在外语环境中长大的,尽管如此,他排除重重不习惯的障碍,怀着满腔的热情和敬意,进入孟加拉文学的殿堂。他是个安分的人,但全身充满的活力中,培育了炽热的爱国精神。把印度的委顿、屈辱、贫困焚烧殆尽是他的抱负。他两眼炯炯有神,有一颗滚烫的爱国之心。他挥舞双臂激昂地与我们一起唱歌,不管走调不走调:

> 千万颗心,息息相通,
> 为共同的事业献出生命。

这位虔信《薄伽梵歌》的老者,一生年轻,朝气蓬勃,面带甜笑,病痛中依然焕发着圣洁、明灿的青春活力,毫无疑问,这是值得珍藏在我国记忆宝库中的。

《婆　罗　蒂》

在我的人生旅途中，那是我近乎疯狂的一段时光。记不清多少天，我夜里故意不睡觉。虽无熬夜的必要，可大概夜里睡觉是一件易事，诗人便故意反其道而行之。我在灯光微弱、寂静的书房里读书，从远处的教堂，每隔十五分钟，传来当当的敲钟声，每个时辰仿佛被拍卖了，吉德普尔路苦楝树底下来往的行人，时断时续地喊着“哈里波尔”[①]。多少个夏夜，三楼楼顶上一排排栽在盆里的硕大花树的枝影，与溶溶月光糅杂，我像孤独的幽灵，在影影绰绰的月光里无端地踱步。

如果谁认为这是诗人的天性，那他就大错特错了。地球在生成的初期，频繁地发生地震，喷发火焰。如今，地球已步入老年，常常也出现骚动的迹象，使人震惊；但地球年轻的时候，它的表面还不坚硬，腹中胀满炽热的气体，时时发生不可思议的猛烈喷发，天摇地动。人进入青春期，也有类似的情状。只要人生的塑造尚未趋于稳定，塑造人生所用的材料，少不得给人制造一点儿麻烦。

五哥乔迪决定出版家庭杂志《婆罗蒂》，请大哥任主编。这是让我们激动万分的又一重大事件。当时我刚好 16 岁，却并未被排除在编辑部之外。在这以前，血气方刚的我，以激烈的措辞写了一篇评论《因陀罗伏诛》的文章。就像生芒果的液汁是酸的，我这篇浮浅的评论中充斥漫骂。缺少切中肯綮的批评能力，就只得依赖于刻薄的挖苦讽刺。我也在寻找用指甲在这部不朽的名著上划几道浅痕，从而名垂千秋的最简便的办法。这篇不知天高地厚的评论，是我在《婆罗蒂》上发表的第一篇文章。

《婆罗蒂》问世的第一年，发表了我的诗作《诗人的故事》。作者尚未进入审视世界万物的年龄段，只会察看自己放大了的模糊身影，《诗人的故事》就是那时的习作。习作的主人公就是诗人本人。这位诗人算不上名副其实的作者，他不过是回忆昔日的喃喃自语、并想把自言自语散布的作者。从笔端流泻的，也并非说出来就可以理解的东西。凡是应该主动倾诉的，

---

① 印度教徒祈求神明保佑的呼唤。

换句话说，随便写成哪种样子，大家点点头说，不错，确实是诗人的创作，他们这样糊里糊涂首肯的，便是我写的那种作品了。其间世界恢弘的爱情，对于少年诗人来说是最精美的珍馐。因为，它听起来是很大的题材，叙说起来却很容易。当真实尚未在心中绽露，别人嘴里说的话是我创作的主要源泉时，保持作品的质朴和节制是不可能的。本身已是崇高的，还妄图从外部把它拔得更崇高，这样势必歪曲它，把它弄得滑稽可笑。少年时代读着自己的作品，感到忐忑不安时，我心中暗暗猜测，成人的作品中，肯定也有拔苗助长带来的许多歪曲和不真实，不过是更隐蔽罢了。我扯大嗓门侈谈重要的事情，无疑经常损害事件的严肃性和气氛的宁静。可以肯定地说，自己的声音脱离谈论的内容，越来越高，这种“伎俩”早晚要被岁月之手抓住。

《诗人的故事》是我出版的第一部诗集。我当时在我二哥的工作地点阿梅达巴特，一位热心的朋友自作主张印了这本诗集，通过邮局寄来样书，令我大吃一惊。我不认为他做了一件好事。不过它诱发的我的感慨，无论如何不能说是要给他惩罚的强烈愿望。他的确受到了惩罚，但惩罚不是来自诗集的作者，而来自图书的批发商。听说，一大堆诗集长期原封不动地坐在书架上，压痛了书架和他的心。

我开始写作之后的几年中在《婆罗蒂》上发表的作品，是不宜出版的。出版少年时代的作品是可怕的灾难，是为成年的我生产一批批后悔药的绝妙办法。所幸的是，看自己付诸印刷字母的作品的旺盛的梦想，飘过少年时代便烟散了。谁看我的作品？哪位读者发了什么议论？猜想搅得人辗转不宁；书的哪一页有两个印刷错误，发现了如鲠在喉——出版这类作品的种种弊病，在年轻的时候就已治愈，之后便有了心境比较平静地写作的历程。我觉得，从在众人面前挥舞出版物的陶醉中摆脱出来，越早越好。

年轻的孟加拉文学尚不发达，影响尚不深广，以至于文学创作的审美原则约束不了作者。文学生涯中，培养内心的平和需要很长时间。时间一长，难免堆积许多文字垃圾。少年时期，资本微薄，不获得突出的成就，又不甘心，所以动作过于夸张，每一步极大地超越自己正常的功力，以及伤害真实和美的行为，在作品中暴露无遗。随着时间的推移，才慢慢地走出那种迷乱，恢复自然状态，实事求是地看待自己的语言功力。

《婆罗蒂》的一页页纸上的黑字里，印上了我少年时期的很多惭作。惭怍不仅来自作品的幼稚，也来自狂妄自大、古怪的矫揉造作和华丽的虚假。

尽管我为当时写的大部分作品感到惭愧，可心中喷涌的激情的价值肯定不低。那是犯错误的年月，可童年也是期盼未来、充满自信和欢呼雀跃的岁月。把那些错误当做柴薪，点燃激情之火，该成为灰烬的任其成为灰烬，但火焰不会不照亮我的一生。

阿梅达巴特

《婆罗蒂》创办的第二年，二哥对父亲建议，他要带我去英国学习，父亲欣然同意。目睹命运之神再次对我大发慈悲，我又惊又喜。

漂洋过海之前，二哥先把我带到阿梅达巴特。他在那儿当法官，二嫂和侄儿、侄女先去了英国，所以他的寓所空无一人。

位于萨希巴德的法官官邸，是莫卧儿时代的一座建筑，当年国王的行宫。行宫的墙边，夏天细瘦、透明的沙巴尔穆迪河，沿着它宽阔的沙榻边缘，缓缓流淌。行宫前部宽大的露台，对着河滩。二哥每天去上班，宏大的建筑里，除了我没有第二个人，中午，只能听到鸽子咕咕地啼叫。我怀着莫名的好奇，在空荡荡的宫殿内走来走去。一间大屋的壁柜里整齐地摆着二哥的书籍，其中一本是用大字体印刷、有许多插图的田尼逊①诗选。在我眼里，这本诗集，与这座宫殿一样，缄口不语，我的目光只在它的插图中间流连。诗句并非完全读不懂，但朗读的声音，听起来跟鸟啼差不多。二哥的私人图书馆里，还有一本由医生赫玻林编辑、斯里罗摩普尔出版社出版的古代梵文诗选。我读不懂那些梵文诗，但一天天中午，特殊的梵文语音和韵律，仿佛让我听见诗人奥穆鲁用他的笔触在梵文诗中敲响的震天动地的锣鼓声。

我住在这座宫殿顶部一间小屋子里，只有一巢黄蜂与我朝夕相伴。晚上，我躺在清寂的屋里，有那么几天，一两只黄蜂飞出蜂巢，栖息在我的薄被上，我一翻身，它们面露愠色，它们的亲近也令我大为恼火。上半个月每天深夜，独自在面对沙巴尔穆迪河的宽大露台上踱步，成了我的一大癖好。在这露台上踯躅，我完成了由我配曲的第一首歌《你看这月光溶溶的静

---

① 田尼逊(1809—1892)，英国诗人。

夜》。另一首歌《我说呀她是我的玫瑰花姑娘》,在我的诗集中获得了一席之地。

由于英文水平很低,我开始借助字典,整天阅读英语作品。我从小养成的习惯是,哪怕不完全懂得,也硬着头皮继续读下去。读懂了一小部分,就用它在心中创造意境,并陶醉于意境之中。我至今承负着这种习惯的利弊。

留学英国

在阿梅达巴特和孟买住了六个月之后,我们乘船前往英国。在不太吉利的时刻,我先后给亲人和《婆罗蒂》寄去了有关旅英见闻的信件。眼下销毁这些信件,是我力所不逮的了。

在英国写的大部分信,是年轻时恣意妄为的产物。这些信点燃了宣泄不尊、四处攻击和激烈争论的爆竹。当时我还不懂,彬彬有礼,虚心接受指教,获得进入外国社会的权力,是最圣洁的权力,只有事事处处谦虚谨慎,才能最大限度地扩展这种权力。热爱、赞扬他人,似乎是曲意奉承,低三下四,是懦弱的表现。假如当年那样的狂妄和狡黠不曾给我带来痛苦,以挖苦讽刺来证实自己非常高贵的行为,今天,我可能会觉得是可笑的。

小时候可以说我与外部世界没有什么接触。在那种状况下,十七岁的我,冷不丁坠入英国的人海里,难保不咕噜咕噜喝水,伸手蹬足,在水中挣扎。幸亏二嫂和侄儿侄女们住在波雷伊顿,和他们住在一起,初次出国的窘迫没有在我脸上显现。

前往英国时的泰戈尔

到了英国,天气越来越冷。一天晚上,我们在家里一面烤火一面聊天。孩子们突然激动地大叫着跑进来:“下雪喽!”走到户外一看,寒气袭人,满天皎洁的月光,大地覆盖着白雪,与我往常看到的世界迥然不同。这好像是梦境,又像是别的什么,近处的景物退到了远处,宛如一位洁白的修士,一动不动,身穿沉思之袍。到了户外,看到的一种令人惊愕的宏阔的美,以后再没有这样欣赏的机缘。

在二嫂周到的照顾和孩子们登峰造极的调皮捣

蛋带来的欢乐中，日子快速地流逝。听到我讲英语的古怪声调，他们觉得可乐。我参与他们的各种游戏，无拘无束，但我不能全身心地分享他们的欢悦。英语单词“Warm”（温暖）中的字母“a”，读起来像“o”，而英语单词“Worm”（虫）中的“o”，读起来像“a”，这绝对不是轻易能掌握的，我真不知道怎样对孩子们说清楚。怨我时乖命蹇，只能让他们嘿嘿的笑声在我的头上飘过去，其实，他们应该嘲笑很难掌握的英语发音规则。

我每天拿出新招，哄骗侄儿苏伦德罗和侄女英迪拉，逗他们发笑，让他们开心。发明哄骗孩子的新招的能力，后来也曾有必要多次运用。这种必要性依旧存在，只是能力锐减，精力也感到不敷使用了。那是我第一次对孩子袒露心胸，而且袒露得那么彻底，富于那么多奇妙的乐趣。

然而，我出国，不是仅仅为了走出大海此岸的祖宅，走进大海彼岸的一幢楼房。我的志向是学习，成为一名出色的律师，回国有一份体面的工作。于是，我进入波雷伊顿的一所公立学校。第一次与校长见面，他盯着我的脸，脱口说道：“你的头太美了！”我之所以一直记着他这句话，原因在于，家里执著地要消灭我“傲岸”的那个人，特别认真地提醒过我，与世界上大多数人相比，我的额头和容貌，只能被认为达到了中等水平。我完全信他的话，对于造物主在各方面对我如此吝啬，我感到懊丧，一向寡言少语。我希望，读者会认为这是我自知之明的优点。日子一天天过去，我发现在某些方面，英国人的看法和他的看法不同，为此我多次陷入沉思，也许，是因为两国评判的方法和标准不一样的缘故吧。

波雷伊顿这所公立学校的校风令我惊叹。英国学生对我的态度一点儿也不粗鲁。他们常常把橘子、苹果等水果塞进我的口袋，转身跑开。我相信，因为我是外国人，他们才对我这样友好。

我在这所学校里学习的时间不长，这不是学校的过错。塔罗格纳脱·帕里德先生当时恰好在英国。他认为，我老和兄嫂住在一起，是长不大的。他说服了二哥，把我带到伦敦，先让我一个人住在一所公寓里。公寓与里津德公园隔街相对。

天气奇冷，里津德公园里的树木落尽了叶子，直挺挺地矗立着，仰望着天际，弯曲瘦弱的枝条挂着雪花，朝那儿一望，一股寒气仿佛渗进我的骨头。在我这位初来乍到的外国人的心目中，没有第二个城市比冬季的伦敦更冷酷的了。周围没有一个熟人，街道也不太熟悉。一个人默默地坐在屋里望着窗外的日子，重又回到我的生活中。可是，外面的大自然并不赏心悦目，它的额头紧蹙着；天空灰蒙蒙的，白昼像死人的眼珠暗淡无光；四个方向蜷缩成一团，听不见世界热切的呼唤。

屋里没有像样的家具。摆着的一架手风琴，大概是天神恩宠的象征。下午天很快就暗了，我全神贯注地弹琴唱歌。偶尔有几个印度同胞来看望我，以前我与他们只见过一两面。但当他们起身告辞走出大门时，我真想挽留他们，拉他们到我房间里再坐一会儿。

住在公寓里的那段时间，一个英国人每天来教我拉丁文。此人瘦骨嶙峋，身穿的衣服破旧，如同冬天赤裸的树木，他也躲不过寒风的袭击。猜不准他有多大年纪，不过看一眼就明白，他比实际年龄老得多。每天教我的时候，他似乎找不到合适的词汇进行讲解，一脸阢陧不安的神情。

他的家人都知道他爱钻牛角尖儿。他正着迷地研究一种理论。他对我说："世界上一个个时代，在同一年，不同国家的人群中，产生相同的情感。当然，由于文明程度的不同，情感发生一些扭曲，但他们处于相同的社会氛围中。人们相互见面，不一定导致相同情感的传播，而互不见面的所在，未必没有传播的例外。"

为了证明他的理论，他埋头于收集资料，撰写文章。可他家里经常揭不开锅，没有换洗的衣服。他的女儿们不相信他那套理论，大概经常嘲笑他是在装疯卖傻。有时从他的表情可以看出来，他又找到了有力的证据，写作有了新的进展。我主动对他提起他的理论研究的那天，他的热情陡增了数倍。大多数日子，他心情郁闷，没精打采，仿佛再也扛不动他肩负的重任。有时讲解莫名其妙地卡壳，他两只眼望着空中，似乎无力将他的神思重新拉到初级拉丁文语法中来。看着被精神负担和写作的重任压得佝偻了的、饿得形容枯槁的这位老师，我心里充满怜悯。尽管我心里明白，他对我学习拉丁文毫无帮助，但总不忍心开口说"你别再来了"。

住在公寓里的时日，是在学习拉丁文的幌子下度过的。同他告别，按照规定付给他酬金的时候，他嗫嚅着说："我浪费了你的时间，没有教给你什么知识，我不能收你的钱。"我费了不少口舌，才说服他收下酬金。

我的拉丁文老师虽然没有强迫我接受他的理论和论据，但我至今也并没有不相信他说的话。我至今相信，人类的心灵之间存在一种深邃的割不断的联系，某一个地方受到冲击，必然隐秘地影响其他部位。

搬出公寓,塔罗格纳脱·帕里德先生安排我住在名叫帕尔格尔的一位教师家里。帕尔格尔先生在家里辅导学生温习功课,准备考试。他家里除温和善良的太太以外,没有几样惹人喜爱的物件。可怜的学生根本没有机会复习自己喜欢的内容,所以我不明白为什么这位老师居然找得到学生。这位脾气古怪的老头儿,竟有一位如此善良的妻子,想起来我真为她难过。帕尔格尔的妻子的唯一安慰是一条名叫泰尼的狗。可帕尔格尔只要想惩罚妻子,就折磨泰尼。为了这条狗,帕尔格尔的太太多受了不少煎熬。

正当我度日如年的时节,二嫂从英格兰西南部德芬希亚尔州的达尔吉市寄来一封信叫我去度假,收到信我高兴得跳了起来,立即乘车直奔目的地。那儿的山峦、大海、鲜花盛开的原野、大片绿荫婆娑的松树林,两个活泼可爱的侄儿侄女,给我带来的无穷欢乐,是难以言喻的。我着迷的双目、沉浸于喜悦的心和充满闲暇的日子承负着毫无苦恼的愉快,每日在无垠、蔚蓝的天海中荡漾,但不知为何心中并未勃生写诗的激情。想到这一点,心里有些内疚。之后的一天,我撑着伞,拿着练习本,来到怪石林立的海边,履行诗人的责任。我选择的地方很美,它不是抽象的韵律,也不是抽象的情感。一块巨大的岩石,像永恒的期盼,斜悬在水面上,它的前面,沤沫点缀的涌动的蓝色波浪上,白昼的轻漾的天穹,听着海浪的欢歌,含笑在打瞌睡。它的后面,一排排松树清香的绿荫,像森林女神松开的飘曳的裙裾。我坐在斜悬于水面的巨石上,写了一首诗《沉船》。那天若把《沉船》沉入海底,今天我坐在这儿也许可能暗暗地庆幸,它找到了理想的归宿。然而,它的归宿之路被堵塞了。不幸的是,它至今抛头露面,证明自己的存在。它被逐出诗集,但传唤的话,不难找到它的下落。

出国深造成才——这位扈从,对我一直不放心。他不断地催促我,不得已,我又回到伦敦,搬到名叫斯格特的一位德高望重的医生家里。

那天我拎着箱子,走进他的家门。家中只有这位银髯皓首的医生、家庭主妇和他们的大女儿。两个小女儿听说一位印度客人要住在她们家里,吓得要命,逃到亲戚家去了。直到她们获悉,我并未为她们的家庭带来严重危险,心上的一块石头才落地,回到家里。

几天后,我成了他们家庭的新成员。斯格特太太像对自己的孩子一样疼爱我。她的女儿真心实意地给予我的关照,从我的亲戚那儿也未必能得到。

住在斯格特先生家里，我深深地感到，在世界各国，人性是一样的。过去，我坚信，也经常说，印度女性忠于丈夫的美德，在欧洲是找不到的。然而，我在印度的贤妻良母和斯格特太太之间，未看到什么差别。她全心全意侍奉丈夫，家庭未被中产阶层雇用多名仆人的疾病传染，几乎所有的家务事，都由她做。丈夫日常生活的每个细节，她考虑得十分周全。傍晚，丈夫下班回家之前，她亲自把他的一双毛拖鞋放在他的转椅前面。她一刻也不曾忘记，丈夫喜欢什么不喜欢什么，哪种言行在他眼里是高雅的或粗俗的。上午，她率领唯一的女仆人，打扫楼上的房间、楼下的厨房，把楼梯和嵌铜纹的房门擦得锃光闪亮。接着是各种交际和应酬。做完全部家务，黄昏时分，她检查我们的功课，和我们一起弹琴唱歌。闲暇时让孩子们玩得开心，是这位家庭主妇的职责之一。

我和这家的女孩子常玩推茶几的游戏。我们几个人手扶着茶几，一边推一边满屋子蹦跳。后来，手头不管有什么，几个人抓住就跳。斯格特太太不太喜欢这种游戏。她经常神情严肃地摇摇头说："我觉得，这没有什么意思。"但她从不强行阻止我们这种幼稚的行为，而是宽容地看着我们胡闹。有一天我们抓住斯格特先生的帽子跳了起来，她急忙跑过来说："不行，不行，不能拿着这帽子瞎跳。"据说，做这种游戏时恶魔降临，她不能容忍恶魔碰一下她丈夫的帽子。

她的言谈举止中，最引起我注意的是她对丈夫的忠贞。回忆她对丈夫那充盈自我牺牲精神的温柔之情，我深切地感到，忠贞，是女人情爱的必然归宿。在她们的爱情日益深厚的家庭中，爱情自行演变为对丈夫的崇拜。在穷奢极欲、灯红酒绿的场所，淫乐玷污昼夜的时光，爱情扭曲，女人的本性得不到应有的充分的快乐。

在斯格特家里，一晃几个月过去了。二哥归国的日期渐渐临近。父亲特意给我写信，要我务必跟他一道回国，读着信我高兴极了。祖国的阳光、天空呼唤着我的心。离别之际，斯格特太太握着我的双手，流着泪说："既然你这么快就要走，你为什么到我们家来呢？"

听说，他们在伦敦的那幢楼拆掉了。医生一家，有的已经谢世；在世的不知搬到了什么地方，但他们一家人对我的真挚感情永远铭记在我心中。

冬季的一天，我在坦波里兹·威尔士市的街上行走，看见一个贫穷的英国人站在路边。他的鞋破了，露出了脚趾头，他没穿袜子，胸脯稍稍袒露着。当地禁止行乞,他瞟了我一眼,不敢和我说话。我扔给他的一块硬币,面值出乎他的意料。我朝前走了一段路,他在后面追上来说:“先生,您错给了我一块‘金币’。”说着,他要把那块硬币还给我。

如果不发生类似的一件事,上面这件事可能早忘了。有一天,我到达塔尔吉车站,一位搬运工把我的行李搬到出租车上,我打开钱包,未找到便士一类的零钱,只有半“克朗[1]”,我把半“克朗”给了他,上了马车。不一会儿,我看见他一面跑一面叫马夫停车。我暗自忖度,他准以为来了一个外国傻瓜,追上来跟我要更多的钱。车停了,他气喘吁吁地对我说:“您把半‘克朗’当便士给我了。”

在英国期间,我不能说没有人骗过我,但那不值得放在心上,把它夸大更是不公正的。我感触颇深的是,不放弃信念的人,总信任别人。那里的商店、市场里,没有人怀疑我们,也没有人认为我们是那种经常骗了东西就溜之大吉的陌生的外国人。

从抵达英国到起程回国,我的旅英生活曾被一出丑剧所搅扰。我在英国结识了一位英裔高级印度官员的遗孀,她亲切地叫我“鲁毗”。她丈夫去世后,他一位印度朋友用英语为他写了一首挽歌。我无意多费笔墨评说他的语言技巧和诗才。值得一提的是,我是多么倒霉地用贝哈格曲调唱了这首挽歌。有一天那位遗孀找到我说:“这首歌你用贝哈格曲调唱给我听听好吗?”我勉为其难地唱了一遍,算是给了她面子。这首古怪的诗和贝哈格曲调的结合,是多么可笑,在场的除了我没有第二个人听得懂。寡妇听了用印度曲调唱的挽歌,欣喜万分。我当时以为,这幕戏到此结束了,谁知道仅仅是开场。

我在聚会上常常碰见这位高贵的寡妇。用餐完毕,应邀来的男男女女刚走进客厅,她马上请我用贝哈格曲调唱那首挽歌。在场的心里暗想,大概可以听到一首富于特色的印度歌曲,于是也七嘴八舌地请我唱歌,这当儿高贵的寡妇已从口袋里掏出那张歌片。接过歌片,我害臊得连耳根都红了,低下头,以羞怯的声调唱了起来。我清楚地知道,这挽歌之果的滋味是多么苦涩,除了我,没有第二个人能品尝到。唱完歌,我听见有人极力按捺着讪笑对我说:“非常感谢你,太有意思了。”虽然是冬天,我全身已经大汗

[1] 英国货币单位,一克朗等于五先令。

淋漓。这位绅士寿终正寝，给我招来多大的灾难，他死后和我活着时，谁能想象得到啊！

后来，住在斯格特家，进入伦敦大学上学的期间，一直未见到这位寡妇。她的家在伦敦远郊，她常写信来请我去做客，我惧怕那首挽歌，不敢接受她的邀请。有一天，我收到她拍来的一封盛情邀请的电报，当时我正去学院。我归国的日期快到了，心想离开英国之前，应该见她一次，向她告别。

我没有回家，直奔车站。那天天气很坏，异常寒冷，下着雪，天空白茫茫的。要去的地方，是这条铁路的终点站，所以我放心地坐在车厢里，不觉得应该打听一下几点几分下车。

我发现一个个车站在列车的右侧往后疾驰，就坐在车厢的右窗户旁边，在昏暗的灯光下看书。天黑得早，黄昏来临了，看不清外面的景物。在伦敦上车的旅客，在各自的目的地全下车了。

列车即将驶向终点站。不久，在一个地方停了。透过窗户往外看，一片漆黑，没有人，没有光亮，没有月台，什么也没有。车厢里的人，无从看清外面的真实情况。旅客无法知道，火车为什么不适时地在不该停的地方停下，所以我又专心读我的书。过了一会儿，火车往后开了。我在心里认定，试图弄清楚火车的脾性是白费力气。但当我发现，火车又回到了刚才离开的那个车站，我再不能熟视无睹地坐着了。

我问车站上的人，列车什么时候到达某某站，他说火车刚从那儿开到这一站。我惊诧地问他，这车往哪儿开。他回答说，伦敦。我恍然大悟，这是回头车，急忙从车上跳下来。我又问他，何时有往北开的火车。他说，今晚没有了。

“附近可有客栈?”无奈，我打算在那儿过夜。

“五英里之内没有。”令人沮丧的回答。

上午十点钟出门，到现在还没沾一点水。但既然除了“苦修”别无他路，就咬紧牙关忍一忍吧。连同脖子下的纽扣，我把厚大衣的纽扣全扣上，坐在灯柱下的长凳上，又读起书来。这是刚出版的赫波尔德·斯奔塞①写的伦理学参考书。我自己宽慰自己：虽然今天到不了目的地，但有充裕时

---

① 赫波尔德·斯奔塞(1820—1903)，英国哲学家。

间全神贯注读这本书了。

稍时，一位搬运工走过来对我说，今天有一班加车，半小时之内到达本站。喜从天降！我兴奋得再也没有心思读这本伦理学参考书了，

本应七点钟抵达目的地，实际上到那儿已是九点半了。贵妇人吃惊地问："哎呀，鲁毗，出了什么事？"我没有骄傲地对她讲述这趟奇特的旅行，我实在太累了。

她邀请的客人早已用餐。我暗自思忖，我的过失不是故意的，因此不会受到严厉的惩处，尤其是今天，手执权杖的法官，全是漂亮的女人。

一度身居要位的印度官员的这位遗孀不无爱怜地招呼我："来，鲁毗，喝杯热茶暖暖身子！"

我平时不喝英国茶。但想到热茶稍稍有助于扑灭饥火，便就着几块饼干，喝光了那杯浓茶。

走进客厅，看到来了许多老态龙钟的贵妇人。她们中间一位娇美靓女是美国人，正同家庭主妇年轻的侄子谈恋爱，听说两人情投意合，如胶似漆。

家庭主妇宣布："舞会现在开始！"

跳舞对我来说是多余的，疲倦的身体和懊丧的心情，绝对不适宜于跳舞。但是世上那些成人之美的好心人，往往拼命地做超负荷的事情。所以，尽管这种舞会一般是为痴男情女举办的，饿了十个小时，只吃了两块饼干，我仍与这些经历了三个朝代的雍容华贵的女人跳了会儿舞。

苦难到此还未结束。特意请我来的女主人问我："鲁毗，今天你在哪儿过夜？"我没有回答这个问题的思想准备，当我茫然地看着她的脸时，她为我出主意似的说："这地方客栈十二点关门，别磨蹭了，快去吧。"女主人对我不能算不讲礼貌，找客栈不用我费神，她的一个仆人提着灯笼，一直把我送到客栈里。

我在心里自我解嘲似的说，"祸兮福所倚"，客栈里说不定可吃到美味佳肴哩！我对老板说，不管是荤的还是素的，新鲜饭菜还是残羹剩汤，快给我拿些来！老板不无歉意地说，只有酒，没有其他食物。我心里感慨万端：睡眠女神心地善良，她不赐予食品，赐予忘忧。可大千世界她宽大无边的温怀里，今夜竟不给我安身之地！洋灰地屋子里冰冷冰冷的，所谓家具，只有一张旧床，一张洗脸用的破桌子。

次日早晨,英裔印度官员的遗孀派人叫我去她府上用早餐。按照英国人的饮食标准,这是冷餐。具体地说,昨晚宴会剩下的饭菜,变凉了,让我这位贵宾当早餐吃。假如昨天能有一小碗温的或热的饭菜下肚,世上无人会蒙受惨重损失。于是我跳的舞,也就不会像涸辙之鲋的舞蹈那样让人看了心中悲伤了。

用完早餐,女主人对我说:"请你来为之唱歌的人,患病躺在床上,你站在她卧室门口为她唱支歌吧。"

我被带到楼梯口,女主人指着关闭着的门,说:"她就在这间屋子里。"我面对着看不见的"奥秘",用贝哈格调唱了那首挽歌。后来,这位女病人的情况如何,没听人说起过,从报纸上也未得到关于她的任何消息。

回到伦敦,我病倒了,躺了两三天,默默地为至纯的善行作"忏悔"。斯格特的女儿们对我说:"求求你,千万别把那位寡妇的失礼当做英国的待人接物的典范。你的所作所为,生动地体现了你们印度人助人为乐的优秀品质。"

洛肯·帕里特

我在英国的大学里学习英国文学的时候,洛肯·帕里特是我的同学。他比我小四岁。在我写回忆录的年龄,四年的差别是不引人注目的,但跨越 17 岁和 13 岁之间的明显差异,建立友谊是一件难事。年少气盛的洛肯·帕里特不承认年龄的光荣,力图维护自己的尊严。不过,我与他这位少年交往,没有心理障碍。唯一的原因,是我从不认为他的智力比我少一分一厘。

文学院的男女学生在图书馆里自习。我们两个在那儿海阔天空地神聊。假如我俩交头接耳,窃窃低语,或许不会受到别人的非议。可是大量笑声的热量,涨满了我朋友年轻的心,稍微一碰,就哈哈地迸发出来。各国女学生学习的刻苦,无不达到不近情理的程度。周围不少自习的女学生的蓝眼睛,把无言的指责无效地投向我们大声的说笑。此刻回想起来,心里真的有点愧疚。然而当时,对于自习的习惯受到干扰的苦恼,我心中从不产生丝毫同情。我从未为自习伤脑筋,由于天帝垂怜,也从未为在学校里学习受到打搅而烦恼。

若说我俩儿在图书馆里一刻不停地说笑，那是夸大之词。我们也讨论文学。评论文学作品，我不曾感到我的少年朋友是个稚童。虽然他读的孟加拉书比我少很多，可他的理解力轻而易举地弥补了这方面的欠缺。

孟加拉词学，也是我们的话题之一。讨论这个话题的原因，是医生斯格特先生的一个女儿表达了跟我学习孟加拉语的强烈愿望。我教她孟加拉语字母的时候骄傲地说，孟加拉语的单词拼写有章可循，它的拼写规则绝不允许违反。我还对她说，英语单词的拼写不循规蹈矩，令人啼笑皆非。为了通过考试，我们只得死记硬背，苦不堪言。

然而，我的骄傲未能维持多久。我发现，孟加拉语单词的拼写，也不受束缚。由于长期形成的习惯，我们一直没有发觉它突破了自己的框框。在英国，我们着力于寻找它突破界限的某种规律。坐在文学院的图书馆里，我们经常就孟加拉语单词的变异交流看法。洛肯·帕里特在这方面给我的启示和帮助，使我惊叹不已。

几年后，洛肯·帕里特回到国内，在民事机关中供职，当初在文学院图书馆里那欢笑之涛中展开的讨论，范围逐渐扩大了。他神采飞扬地对文学作品表述的真知灼见，使我的写作像鼓满劲风的帆船疾驰起来。

不知不觉，我已是朝气蓬勃的青年了，被委以《求索》杂志编辑的重任。当我驾驶着韵文和散文这双轮马车奔驰时，洛肯·帕里特不断地鼓励，使我每日精力充沛，从不感到疲劳。《五行集》中的许多文章和一束束诗，就是在郊区他那间平房里写成的。多少日子，我们的诗艺切磋和歌咏会，在黄昏星的照耀下拉开帷幕，由启明星迎送，随着晨风中黑夜之灯熄灭而结束。在萨罗莎蒂①的莲花丛中，友谊之莲受到女神最多的照拂。莲花丛中，不太容易发觉飘扬的金色花粉，但我从未听到对芳香的友情之蜜的一句怨言。

《破碎的心》

在英国期间，我动笔写一首长诗。它的一部分是在归国途中完成，另一部分是回国后写完的。取名为《破碎的心》的这首长诗，后来在《婆罗蒂》

① 印度神话中的文艺女神。

上发表了。当时，我自以为这是上乘之作。作者持这种看法，不足为奇。不过，这部作品确实并未受到所有读者的冷淡。记得这部作品发表几天后，特里普拉邦的已故藩王比尔·昌德拉·玛尼克的私人秘书拉达罗蒙·高斯专程来拜访我。藩王此举的动机，是想让秘书转告我，他喜欢我写的诗，并对诗人文学创作未来的成就满怀信心。

我三十岁写的一封信中，对我十八岁写的这首长诗所作的评价，节录如下：十八岁，我开始写《破碎的心》。当时我已不是少年，也不是成熟的青年。在两个年龄段的衔接处，尚未沐浴于真实的明亮阳光之中，只是隐隐约约感受到了暗淡的光芒。想象似黄昏的影子，悠长而模糊。真实的世界仿佛依然虚无缥缈。有趣的感觉是，似乎不光我十八岁，周围的人个个是十八岁，我们一起住在一个没有物体和基石的想象之国中。这个想象之国的炽烈的苦乐，像梦中炽烈的苦乐。换句话说，其间没有可以称的实实在在的物件，只有自己的灵魂，在自己的遐想中，“芝麻可以变成西瓜”。

从我十五六岁至二十二三岁，是一个极为躁动不安的时期。如同地球上陆地和水域尚无清晰的界线的时候，形体古怪的庞大的两栖动物，爬过刚刚形成的泥淖，在原古枝叶疏稀的森林里，缓缓移动，在不成熟思想的暗淡的光下，我的躁动也呈现那种极大的怪异形态，在无名、无路、无尽的森林的暗影里徘徊。它们对自己一无所知，也看不清外面自己的目标。正因为它们不了解自己，每走一步必然模仿某些动作。“虚妄”企图以鲁莽的举动填补真实的匮乏。在人生那个无所建树的阶段，当潜力挤搡着拼命地冲向体外时，看不见真实，更不消说掌握真实了，无奈，只得声嘶力竭地以夸张宣告自己的存在。

婴儿长牙的时候，往上拱的乳牙拱得牙床的嫩肉肿痛。在乳牙长出来，帮助婴儿把外面的食物吃下肚之前，婴儿的烦躁是不能贴近成功的。当时我的躁动也是那种情状。只要它们不与外界建立真实的联系，就会像疾病那样折磨心灵。

从那个时代的经验得到的教益，全写在伦理学的著作中，不过也不应该受到鄙夷。外面的一切，遏制我们的心志，不让它全部裸露，这样势必毒化生活。对利益的追逐，阻碍我们的抱负抵达自己的目的地，当然也不允许它自由行动，于是，各种打击，成为牟取极其空幻的利益的帮手。当它们在善行中获得解脱，扭曲才会消失，才能重新处于正常状态。那儿有我们心志的真实的归宿，我们的欢乐之路通向那儿。

以上谈到的心灵的幼稚，与当时的教育和宣扬的模范学校密切相关。我不能肯定地说，那个时代的潮流干涸了。回首远望我此时谈论的时代，自然而然地记起，我们从英国文学得到的烈酒，大大多于有营养的食物。当时，莎士比亚、米尔顿、拜伦，是我们的文学之神。他们的作品中强烈震撼我们的，是汹涌的激情。这种汹涌的激情隐藏在英国人的习俗之中，但在他们的文学中得到充分宣泄。把书中大量携带的激情在燎原大火中烧成灰烬，是他们文学的特性。至少，我们把奔放的热情当做英国文学的本质。小时候，我们的文学启蒙老师奥卡亚·昌德拉·乔杜里动情地朗诵英国诗歌时，他的朗诵充满一种陶醉的情感。罗密欧与朱丽叶的狂热爱情，李尔王徒劳的悔恨，奥赛罗的嫉妒点燃的毁灭之火……这一切中间，一种炽烈的欲望，促发了他们心中的激昂情绪。

我们的社会，我们狭小的工作场所，圈围在极其单调的栅栏之中，那里面心灵的风暴是刮不进的，里面的一切处于最大限度的沉默和冷却的状态；所以英国文学中狂放的激情，给我们心田带来的强烈冲击，自然是我们的心灵所期盼的。这不是文学艺术之美给予我们的欢愉，而是往过分的僵固中输入动荡的欢愉，纵然底部的全部泥浆翻上来，也能处之泰然。

在欧洲，否极泰来，随着人心受到压抑和折磨的日子逝去，文艺复兴时代来临了。莎士比亚时期的戏剧艺术，是那革命年月的欢舞。那样的文艺作品最重要的目的，不是评判是非、美丑，而是让人把自己的心性从内在的重重束缚中解救出来，看到它伟力的真切形象。所以，人们可以看到，那些内容丰富的作品的出版，掀起了无从遏制的狂潮。

欧洲社会文艺复兴的狂歌，飘进我们极为文雅的社会，骤然将我们从梦中唤醒，使我们兴奋不已。在印度人的心灵被传统习俗压制，无从充分展现自己的地方，外国的自由而生机勃勃的心灵，唱着迪波格调乐曲，无拘无束地游玩，使我们万分惊讶。

随着英国文坛亚历山大·普波①时期的轻靡文风绝迹，奏响了法国革命舞蹈的豪迈乐章，时势造就了杰出诗人——拜伦。他诗歌中澎湃着的豪情，使我们安分守己的社会这位循规蹈矩的女性，以及她那颗轻纱拂遮的

---

① 亚历山大·普波（1688—1744），英国诗人。

心，活跃了起来。

于是，在我国知识青年中间，出现了研究英国文学的热潮。那股热潮的波浪，小时候从四周冲击我们。那初醒的日子，不是心平气和的日子，而是热血沸腾的日子。

然而，印度的国情与欧洲大不相同。欧洲人心中的激情和对陈规旧俗的叛逆，反映在他们的历史和文学作品之中。他们的身心内外是一致的。那儿起了真正的风暴，听得见风暴的咆哮。印度社会里刮起了一阵微风，它真实的声音，不想强过呼啸的飓风。对此，我们的心感到不满意，只好模仿狂风大作，强行把自己推向矫揉造作。这种风气看来至今未能彻底克服。不能轻易克服的主要原因是，文学艺术的节制，至今未进入英国文学作品；那儿至今到处盛行冗长的叙说和慷慨激昂的表达方式。激情只是文学的一个要素，而不是文学的目标。文学的目标是完美、节制和质朴，至今未被英国文学全盘接受。

从孩提时期到谢世，我们仅以英国文学塑造我们的灵魂。欧洲其他国家的古代和现代文学的艺术价值，在寻求节制的过程中显露了出来。可惜那些文学作品未纳入我们教学课程，所以不能认为我们已经很好地掌握了文学创作的方法和主旨。

小时候，奥卡耶·昌德拉·乔杜里把教授英国文学的豪迈心情形象地崭露在我们面前，他是一位心灵的膜拜者。他的想法是，不需要全面地认识真实，仿佛以心感受真实就是他的成功。他不相信可以从理性的角度去认识宗教，可是唱起以雪山神女为题材的歌曲，他禁不住流下眼泪。在这种情形下，他不需要任何实物。驰骋想象力，他把激情撩拨起来，并把它当作实物利用。他感受心灵的需要大大多于认识真实的需要，得以满足的需要纵然是粗浅的，他也毫不迟疑地拥在怀里。

当时无神论对英国文学的影响巨大，杰雷弥·边沁①、约翰·斯杜亚特·米勒②、阿戈斯特·孔德③是理论界的权威。印度青年经常就他们的理论展开讨论。在欧洲，米勒时代是历史上一个顺理成章的时期。为了清除人

---

① 杰雷弥·边沁(1748—1832)，英国哲学家。

② 约翰·斯杜亚特·米勒(1806—1873)，英国逻辑、经济学家。

③ 阿戈斯特·孔德(1798—1857)，法国哲学家。

们心灵的垃圾，作为本性的搏击，有一段时间，迸发了摧枯拉朽的破坏力。

然而，在印度，那不过是我们学到的东西。我们并没有用它去验证真理。我们是仅仅把它当做精神反叛的冲动而加以利用的。无神论是我们的一种狂热。由此，我们看到了两群人。一群人总是强词夺理地与人争论，以论据之刀斫削别人对天帝存在的相信。如同猎手射杀飞禽享受快乐，看见树上或树底下的一个生灵，手就痒痒得要命，恨不得立刻将它杀死，他们一旦看见，一种善良的信仰不担心周围有任何危险，安逸地静坐着，也立刻激愤起来，要将它一拳打倒。

指导我们学习时间不长的一位老师，就是这种快乐的享受者。我那时年幼无知，可他也不放过我。然而，他的知识浅薄，他不是怀着探寻真理的热情，研究各种观点，从而找到认识真理之路的人，他热衷于从别人口中收集证据。我使出全力与他“搏斗”，终究因年幼体弱，不是他的对手，心中常常感到异常痛苦，有几天我气得真想大哭一场。

另一群人不相信宗教，但享受宗教。为此，每每到了某个宗教节日，他们各施绝招，动用五花八门的词汇、香气、形象和乐趣；他们喜欢玩弄宗教，得意忘形得像入迷的享乐者，虔诚对他们来说是奢侈。在这两群人中间，怀疑主义和无神论并非产生于对真理的苦苦求索，它们的主要表现是强烈的冲动。

尽管这种对宗教的忤逆令我头痛，但也并非不曾裹胁我。在我步入青春的日子里，它偕同智慧的狂妄潜入我的心灵。我们家里研究的宗教，与我毫无关系，没有为我所接受。我一直在激情之炉中以柴薪点燃火焰。那是名副其实的火祭，靠投掷祭品使火越烧越旺，除此没有别的目标。因为没有目标，也就没有结局，所以越烧温度越高。

既然关于宗教和激情，都没有寻求真理的必要，那么有冲动就足够了。我至今记得当时的一位诗人[①]写的一首能反映这种态度的短诗：

我这颗心永远属于我，
决不会卖给任何人，
破坏吧，让该发生的发生，

① 拟指奥卡亚·昌德拉·乔杜里。

永远是我的，我的这颗心。

人心不会通过真实制造麻烦，对它来说，破坏或其他灾祸是绝对没有必要的；真实的离情别绪也不是它所祈求的，而它们炽热的影响，值得欣赏，因而在诗歌中被广为运用。这是撇开了神明在提炼膜拜神明的乐趣。在印度，这种不好的时尚至今未灭绝。所以，在不能把宗教置于真实的基础上的地方，我们将冲动纳入艺术，并以此对那种时尚表示支持。所以，我们为表示热爱祖国所采取的大规模行动，并不是真正的为祖国服务，它只是为在心中体验一下对祖国的情感而采取的措施。

英国音乐

我迁居波雷伊顿之后，有一天到当地的音乐厅聆听一位著名女歌唱家的演唱。她的名字已经忘了，好像叫妮尔桑[①]或阿尔芭妮[②]。在听她演唱之前，我不知道人的嗓音有如此惊人的感染力。

在印度，即使一些赫赫有名的歌手，也掩饰不住演唱的做作，他们驾驭不了低音和高音，稀里糊涂地蒙混过去，从不感到羞耻。他们之所以能这样，原因是印度听众中间有欣赏能力的人依凭自己的理解力，在心田塑造了音乐形象，便心满意足了；他们不注意音色极佳的歌手演唱优美歌曲时的神态。尽管有嘈杂声和演唱的微小缺点，音乐的真谛似乎也已裸露无遗。这犹如湿婆神外表的贫穷中，暴露了他的富有。

但在欧洲，绝对没有这种情况。演唱会的安排无懈可击，稍有纰漏，组织者就感到无脸见人了。印度艺人坐在舞台上半个小时，不停地拧弦琴的耳朵，使用榔头似的嘭嘭地敲击手鼓，心情坦然。可在欧洲，所有的乐器全藏在舞台后面，舞台上的表演相当完美。因而那儿不允许歌手的唱腔有一点毛病。

在我国，歌手侧重于练习唱歌，我们所有的难点因歌而生；而在欧洲，侧重于练嗓子，他们的嗓音里，跨越了难以逾越的障碍。印度真正的听众，

---

① 克里斯蒂娜·妮尔桑(1843—1922)，瑞典歌唱家。

② 黛梅·阿尔芭妮(1852—1930)，加拿大歌唱家。

听了歌就满意了,可欧洲的听众不单单听歌。

那天我在波雷伊顿发现,那位歌唱家的演唱是神奇的、不可思议的。我仿佛觉得,马戏团的骏马在她的嗓音里嘶鸣,气管里乐音顺畅地舒展着。可不管心中感到多么惊奇,她唱的歌我并不喜欢。尤其是唱着唱着就模仿鸟啼,我觉得非常可笑。总而言之,那样唱超越了人的声带的本能。

后来听了男歌手的演唱,我感到很悦耳,尤其是男高音,丝毫不像迷路的风暴的无形的哀泣,听得出是从男性有血有肉的声带里流泻出来的。

经常听歌、学歌,我渐渐体味到了欧洲歌曲的妙趣。但我至今觉得,欧洲歌曲和印度歌曲属于不同的类型,它们跨过一扇门,却进不了同一座心宫。欧洲歌曲与现实生活奇妙地联结起来,于是我们看到,谱写欧洲乐曲,可以联系各种事件和叙事。印度的乐曲如果也这样谱写,那一定是怪诞的,其间无趣味可言。

印度歌曲好像越过了每日生活的栅栏,其间弥漫着忧伤和离情,歌手演唱仿佛旨在展示宇宙本性和人心最深邃的和不可言喻的一个奥秘;那个奥秘之国极其幽深,极其宁静,那儿建造了享受者的乐园和虔诚者的净修林,但那儿没有繁忙的俗人的娱乐设施。

说我已经步入欧洲音乐的艺术殿堂的深处,是不合适的。但我在外面获得的一切足以说明,欧洲音乐从一个角度深深地吸引住了我。我认为,那些歌曲是浪漫主义的。所谓的浪漫主义,究竟指什么,分析很难。不过大致可以说,浪漫主义趋于繁丽,趋于丰富多彩,趋于生活之海的翻涌的波涛,趋于矛盾着的光影在不停地运动之上的投射,趋于无尽的扩展,趋于昊天不瞬的蔚蓝,趋于遥远的地平线上"无限"的无声暗示。这样说也许仍然不很清楚,可我在品味欧洲歌曲的趣味之时,我在心里一次次地说,这就是浪漫主义。它以音符诠释并表现了人类生活的繁复。印度歌曲并非未作这方面的努力,但很不够,未取得明显成效。印度歌曲把语言赋予繁星闪烁的夜晚和黎明时分初露的霞光;印度歌曲表现雨季人世间弥漫的离愁别恨和新春时节林野里扩散着的疯癫和忘记了言词的陶醉。

《蚁蛭[1]的天才》

我家里有一本诗人托马斯·摩尔[2]创作的可配曲演唱的爱尔兰插图诗选。我多次听过奥卡亚先生动情地朗诵其中的诗作。那些配画诗,在我的心田构作了古朴的爱尔兰的幻境。当时,我无缘聆听为这些诗作所配的乐曲,我只能在想象中欣赏。插图上画的一把琴,仿佛在我的心中弹奏。听歌唱家演唱为诗谱的爱尔兰歌曲,学会这些歌曲,回国唱给奥卡亚先生听,是我的远大抱负。不幸的是,一生中的某些愿望,实现不久便自戕了。到了英国,我只听了几首,学了几首,学会所有的歌曲,实在是心有余而力不足。不少歌曲优美、凄婉、质朴,但没有爱尔兰古代诗会的缄默了的弦琴伴奏。

回到印度,我把学会的爱尔兰歌曲和其他英国歌曲,唱给我的亲人听。他们不无遗憾地说,罗毗的嗓音怎么变了呢?好像成了外国人的声音啦!他们甚至说,我说话也有点洋腔洋调了。

我学会的印度和英国歌曲,成了《蚁蛭的天才》的摇篮。《蚁蛭的天才》的乐曲大部分是印度的。但在这部音乐剧里,采用的印度乐曲,已从宫体歌曲尊贵的席位上走了下来。从事飞翔这一行当的,被召来在地上奔跑了。我衷心希望,凡是看过这部音乐剧的观众,都能承认,演唱戏剧的对白,不是别出心裁的胡闹,不是失败的尝试。在我看来,这恰恰是音乐剧《蚁蛭的天才》的一大特点。

让音乐摆脱束缚,大胆地把它运用于其他艺术门类的快乐,占有我的心。《蚁蛭的天才》中的多首歌,突破了宫体歌曲的樊篱,采用了五哥乔迪写的曲子,三首歌选用了英国曲调。印度宫体歌曲中"ta"、"na"、"re"等叹词的拖腔,根据剧情需要,是可以伸手撷取的,事实上《蚁蛭的天才》中多处是借用了的。剧中疯狂的强盗唱的两首歌,采用了英国曲调,森林女神的哀歌,是用爱尔兰曲调写的。

不言而喻,《蚁蛭的天才》不是供阅读的诗集,它是歌曲创作的新尝试。

---

① 印度史诗《罗摩衍那》的作者。

② 托马斯·摩尔(1779—1852),英国诗人。

不看表演，不听歌曲，就无从领略其艺术趣味。《蚁蛭的天才》不是欧洲人所说的歌剧，它是用乐曲表演的戏剧。换句话说，歌在其中并未占据优势，它仅仅是以乐曲表演了剧本的内容，在很少几个地方看得到单独的歌的特质。

在我去英国之前，我家常常举行名为“精英荟萃”的文学家联谊活动。每次聚会，弹琴唱歌，咏诗作赋，设宴款待嘉宾。从英国回来之后，我第一次也是最后一次参加了这样的活动。就在那次活动期间，写完的《蚁蛭的天才》上演了，我扮演蚁蛭，我的侄女波萝蒂娃①扮演文艺女神萨罗莎蒂，侄女的名字与剧名不谋而合。

我在赫尔伯特·斯本萨尔的一本书中读到，通常人说话时，情绪稍稍激动，自然而然便带有某种程度的乐调。其实，我们不仅以话语，而且以一种腔调，表示愤怒、悲伤、欢乐或惊讶。作曲家提炼与话语关联的乐音，将之升华为歌曲。赫尔伯特·斯本萨尔这番话给我留下很深的印象。我暗自琢磨，按照他这种观点，为什么不可以自始至终一面表演一面吟唱，以乐曲抒发丰富多彩的情感呢？印度的说书与此相似，话语常常借助于乐曲，可它又不是节拍固定的歌曲。就像诗的韵律中有自由体韵，这也算歌的一种特殊种类吧。它不受节拍的严格限制，只有一种乐调，它的唯一目的，是把话语中的激情抒发出来，而不是精当地突出一种曲调或节奏。《蚁蛭的天才》中，并未完全突破歌的界限，不过为了倾诉情感，不得不削弱节奏的作用。由于主要是表演，节奏的变异，并未让观众听了不舒服。

用新的方法谱写《蚁蛭的天才》的歌曲的成功，使我深受鼓舞，不久又写了相似的一个音乐剧，剧名是《捕猎死亡》，讲的是十车王杀死瞎眼隐士的儿子的故事。这个音乐剧是在三楼顶上搭的舞台上演出的，悲伤的剧情深深打动了观众。后来，《捕猎死亡》的大部分内容，糅入《蚁蛭的天才》，没有单独编入文集。

多年以后，我又写的一个名为《虚幻的游戏》的音乐剧，它的性质有了很大变化。这个剧本的重点放在歌曲上，而不是放在演戏上。如果说，《蚁蛭的天才》和《捕猎死亡》是以歌之丝绦编织戏之花环的话，那么，《虚幻的游戏》则是以戏之丝绦编织歌之花环。

---

① 波萝蒂娃在孟加拉语中意谓天才。

创作《蚊蛭的天才》和《捕猎死亡》的兴致，未能促使我写更多的音乐剧。这两个剧本中，表露了当时创作歌曲的激情。五哥乔迪几乎每天把老师以前教的歌曲扔进他的钢琴这部搅拌机里，使出全力搅拌，不时搅出曲调的崭新形象和意蕴。在曲式的范围内，以徐缓的速度所作的曲子，硬逼它们违背传统技法，跌跌撞撞地奔跑，在这场音乐革命中，它们的本性中涌现了不可思议的新的力量，令我们心里兴奋不已。我们似乎清楚地听见所有的新曲子在嘁嘁喳喳地说话。我和奥卡亚先生，一面听五哥乔迪弹琴，一面争分夺秒地作词。歌词算不上是优美的诗句，它们起了乐曲的载体的作用。

在这场打破传统的音乐革命的狂欢中，《蚊蛭的天才》和《捕猎死亡》问世了。它们中间既有清晰的节奏也有紊乱的节奏的舞蹈，不管曲调是英国的还是孟加拉的，只要合适就用。我的许多观点和写作手法，一次次惹恼孟加拉读者，可令人惊诧的是，没有人对在这两部音乐剧中革新音乐的冒险精神表示丝毫的气愤，观众听了都愉快地回家了。《蚊蛭的天才》用了奥卡亚先生的几支曲子，其中两支曲子借用了比哈里拉勒·吉柯洛波尔迪写的《艺术女神颂歌》的一些音乐语言。

《蚊蛭的天才》和《捕猎死亡》的主角是我扮演的。我从小就有演戏的爱好。我坚信，我有演戏的天赋。我的自信并非没有道理，它得到事实的支持。在舞台上面对观众亮相之前，我在五哥乔迪写的滑稽戏《再不做这种事》中扮演过奥里格，那是我第一次演戏。那时候我很小，唱歌神情自然，嗓子不知道什么叫累。家里每天每个时辰汩汩流淌着歌曲之泉，它的水汽在我们的心空播撒乐曲之虹的色彩。我鲜活的青春豪情，在新辟的兴趣之路上飞奔。当时，我什么东西都想试一试，不觉得有什么事办不成。我写作、唱歌、演戏，把我的大量精力投入文艺的各个领域，我在文艺女神的搀扶下跨过了二十岁的门槛。

我的全部精力之车，在五哥乔迪的驾驭下，迅猛地朝向奔驰。他从不担心我会出事。他把幼小的我抱上马背，让我跟着他飞奔，从不担忧我这个没有经验的骑手从马上摔下来。小时候，从希拉伊达哈传来消息，一座村庄里发现了老虎的踪迹，他立刻带着我去猎虎。我手中没有武器，有的话，比起老虎，我也更让人揪心。在树林外面，脱了鞋，我爬到一个竹架上，勉强坐在五哥的身后。那粗野的动物的爪子触到我的身体，我用鞋子揍它几下，羞辱它一番——这种可能性几乎是零。

从身心内外，从各方面，五哥就是这样把我从各种可能的困境中解救了起来。他不理会陈规陋习，鼓励我的每个心愿冲出迟疑。

《暮　歌　集》

前面我已讲过，小时候我处于自我封闭的状态，穆赫德先生为我编辑的诗集中，将那个阶段写的诗冠以美名——心林。《晨歌集》中的《重逢》是这样写的：

心这个名字中的一座大森林，
永远没有尽头，
我在森林中迷路。
森林笼罩着黑暗，错杂的枝柯
伸出万千仁慈的手臂，
将黑暗搂在怀里。

“心林”这两个字，是从这首诗摭取的。

在我的生活与外界隔绝的日子，和我幽禁在内心深处、我的想象乔装打扮在无端的冲动和无目标的愿望中蹀躞的日子，我写的许多习作，后来未收入新诗集。只有《暮歌集》中的几首诗，在“心林”中获得了一席之地。

五哥乔迪和嫂子有一段时间离开加尔各答，到外地旅游。三楼顶上的房间空无一人，我占领了楼顶和房间，消度着寂寞的时光。

在我孤独的时候，不知怎的，往日包围我的诗歌创作的条条框框，自行破碎了。以前，我心里企望获得我文友[①]的赞扬，采用他们喜欢的诗作的模子，浇铸我的习作。也许是因为他们去了外地，我的心自然而然从那些诗的禁锢中获得了解放。

我在一块石板上写诗，或许这块石板是我获得解放的象征。以前，当我正襟危坐在练习本上写诗时，字里行间写着看不见的决心——我要成为

---

① 指泰戈尔的五哥和嫂子。

一个大诗人，这些攒积的诗作，是成名的资本，于是心中难免产生把它们与别人的作品比较，判断它们达到了哪种水平的念头。但在石板上写的全是即兴之作，石板仿佛总对我说："别怕，你想写什么就写什么，这些诗伸手就可以擦掉的。"

出人意料的是，在石板上写了一两首诗，我心中涌起一种欢悦之情。我的心灵喃喃说道："得救了，我看到，我写的全是我自己的东西。"

但愿没有人认为这是我的狂傲。先前写的许多作品中，确实隐藏着骄傲，因为骄傲是那些作品的报酬。骤然对自己的成就感到有了信心，感到欣慰，这与骄傲是风马牛不相及的。父母第一次看见自己的孩子，心花怒放，并不是因为孩子漂亮，而是因为他确确实实是他们自己的孩子。至于随后想到孩子白白胖胖，惹人喜爱，感到骄傲，那是另一回事了。

在第一次自由写作的欢乐的冲动下，我摈弃了以前严格遵循的刻板的韵律。如同大江不像开凿的运河那样笔直地流淌，我诗歌的韵律变换着形态，弯弯曲曲地朝前迈进。以前这样做，我必定认为是大逆不道，可现在我毫不迟疑。自由第一次宣传自己的时候，奋力打破沿袭的规则，之后，它再亲手制定规则，那时它才恰如其分地约束自己。

我把那些标新立异、倾泻感情的习作，读给唯一的听众——奥卡亚先生听。乍一看到我风格迥异的新作，他异常高兴，啧啧惊叹。他的赞同，越发拓宽了我创作的新路。

比哈里拉勒·查柯洛波尔迪在他的诗作《孟加拉靓女》中创造了一种三音节诗行：

一天年轻的太阳神
看见美貌绝伦的处女
在恒河的蓝莲丛中
欢快地泼水嬉戏。

三音节诗行不像二音节诗行那样是方的，而像球一样是圆的，可以迅速向前滚动，它的快速之舞仿佛叮叮当当摇响了足蹰。我曾经大量运用过这种节律。它仿佛不是两脚走路，而是骑着自行车飞驰，我习惯于运用这种节律写诗。

我创作《暮歌集》的诗歌，打破传统韵律的束缚，不是自觉的，而是出于本能的行动。我心中不存一丝疑虑，不理睬任何约束。我不停地写，不考虑今后有没有人提出质疑。不理会以前的章法，自由自在地写作，增强了我的勇气，使我首次发现，在远处我找到的东西，其实近在咫尺。我以前之所以没有找到自己的东西，是因为缺乏自信心。现在仿佛突然从梦中醒来，发现我不戴手铐，我可以随意地使唤我的手，为了表达我的喜悦之情，我狂舞着我的双手。

在我的诗歌创作生涯中，这一段时间对我来说是值得回忆的。从诗艺的角度而言，《暮歌集》的诗作，可能没有很高的价值。那些诗相当稚嫩，它的节律、语言和内容，还没有融合为清晰的意象。可它是一个鲜明标志——有一天，我忽然发觉，我可以充满自信地写自己想写的题材了。所以，它可能没有什么艺术价值，但我喜悦的价值是确实存在的。

关于歌曲的一篇文章

我在英国准备勤奋学习，实现成为一名出色律师的宏愿的时节，父亲写信给我，把我召回国内。我的朋友中间，有几位为我失去了功成名就的机会而扼腕叹息，一再请我父亲再次送我到英国深造。由于他们的说情，我又踏上赴英国的旅程。一位旅伴是我的亲戚①。然而，我的命运又一次使我成为律师的志向成为泡影。我们未能抵达英国的港口，一个特殊的原因迫使我们在马德拉斯港下船，返回加尔各答。半途折返这件事是严重的，但起因极为简单②，人们听了会哑然失笑。当然，我绝对不是他们嘲笑的对象，故而不在这儿赘述了。

总之，我两次乞求吉祥女神的渥恩，两次吃了闭门羹，被赶了回来。我希望，我未能加入律师的行列，未加重律师团的罪孽，法律之神能对我另眼看待了。

父亲那时在穆苏里山修行。我提心吊胆地赶去向他说明中途返回的原委。他脸上非但没有露出气忿的神色，反倒是一副快慰的样子。他肯定

---

① 指泰戈尔的外甥苏笃波拉萨特。

② 苏笃波拉萨特思念新婚妻子，决定在马德拉斯下船，返回加尔各答。

认为，我中途返回说明我头上吉星高照，是天帝的祝福使我得以避凶趋吉。

第二次乘船起程的前一天傍晚，我应贝提恩①文艺协会的邀请，在医学院大厅里宣读一篇文章。这是我首次参加学术会议。会议主席是德高望重的教士格里斯纳·旁达帕达亚。我这篇文章谈的是音乐，但未涉及器乐。关于声乐，我试图说明，乐曲渲染歌词，是声乐的主要目的。这篇文章很短，我以多种曲调唱了内容不同的好几首歌，以此支持我的论点。

主席先生对我赞不绝口，说我有一副蚊蛭那样的甜润嗓子。不过我觉得他赞美我的主要原因，是我年纪小，听着我这位少年唱的各种曲调的歌，他的心像是陶醉了。可我今天承认，我当时狂妄地阐述的观点是不正确的。

音乐艺术有其特殊的性质和功能。为词谱了曲，词就无需超越歌了，词只是歌的载体。拥有自身财富的歌，是高贵的，它岂能再去奴役词句呢！词句的终点，是歌的起点。在不可言传之处，由歌施加影响。词句说不出的话，由歌来说。因此，歌词中，词的捣乱越少越好。

印度斯坦歌曲的词一般较少，任乐曲跨越，悠然地扩散自己的感染力。音乐的特长，在于曲调仅仅以音籁的形式，奇妙地唤醒我们的心。可在孟加拉地区，长期以来，歌词拥有过量的霸权，致使纯正的音乐得不到自由的权力。因此，它只得住在它的胞姐——诗歌艺术的庇护所里。从毗湿奴颂神歌曲，到罗摩尼迪·古卜笃的歌，无不寄人篱下，在那儿尽力表现自己的魅力。但如同孟加拉地区的妻子对丈夫表示了忠贞，又可以对丈夫发号施令一样，孟加拉歌履行了对词亦步亦趋的责任之后，又可超越词句。

创作歌曲的时候，我对此有所领悟。哼着曲子，我写了一句词：女友，不要把秘密藏在心里。我发觉，曲子携词飞抵之处，词迈腿是走不到那儿的。我认识到，我希冀谛听的秘密的话，隐匿在树木的苍翠之中，沉浸在圆月之夜幽寂、皎洁的月辉之中，掩面躲在地平线后面淡蓝的悠远之中，它仿佛是陆地、海洋、天空珍藏的秘密。

很久以前，我听人唱这样一句歌词：谁装扮你啊，外乡女！这首歌唯一的这句词，在我心田勾画了神奇的图景，仿佛至今在我的心田萦回。沉迷于这首歌的幻境中，我也写了一首歌，我哼唱着写的第一句词是：我认识你

① 贝堤恩(1801—1862)，英印教育委员会主席，曾在加尔各答创办男子中学。

泰戈尔歌曲《光明》的乐谱

啊,外乡女!如果没有乐曲,我说不准这首歌还有什么样的韵味。但借助曲子的魔力,外乡女娟美的容貌,历历在目。我的心儿说:在我们这个世界上,步履轻盈地行走着一个外乡女,她的闺阁在奥秘之海彼岸的港湾,夏夜,秋晨,我不时与她邂逅,心中也常常感受到她的芳踪,有时侧耳听见她在天穹喃喃低语,乐音把我送到这迷醉了大千世界的外乡女的门前,我脱口说道:

天涯海角走遍,

行至你的故园，
我这位客人站在你的门口，哦，外乡女！

几年后，在波勒普尔听到一个人一面走一面唱：

笼子里那只陌生的鸟儿如何进出？
捉住它以心灵之绳结牢它的双足！

我发觉，行脚僧唱的这首歌倾诉着类似的情怀，陌生的鸟儿时常飞进笼子，在里面倾吐无羁的陌生的情感。心儿老想逮住它，留下它，但总是枉费心机。除了乐曲，谁能传播这陌生鸟儿的往返的消息！

鉴于此，是否出版歌曲选，我一直踌躇不决。因为在歌本中，失落了歌曲的真谛。摈弃歌曲，只安置歌曲的载体，那会是怎样的情景？那无异于撇开迦奈斯[1]，只保留他的坐骑——老鼠。

恒 河 畔

我告别前往英国的轮船，返回加尔各答。那时五哥乔迪正在昌德纳格尔恒河别墅里休养，我在他那儿待了几天。

呵，我又见到了朝思暮想的恒河！呵，空气清新、草木葱茏的河畔，那充溢无可言喻的慵倦的快乐，交织着愁楚和热望，水声凄清的日日夜夜！这儿是我的归宿，这儿我的祖国母亲奉献取之不竭的粮食！将我的全身心融入孟加拉这满天的阳光，这温湿的南风，这潺湲的碧流，这高雅的闲适，这高天的澄蓝和平原的葱绿之间广远的宁谧之中，其间我似在饮解渴的甘泉，似在食用解饿的佳肴。

在不长的时间内，时代发生了巨大变化。树林繁茂的恒河之滨这宁静的鸟巢里，工厂像伸长信子的蛇爬了进来，咝咝地吐喷黑烟。如今烈日炎炎的正午，我们记忆中广袤凉爽的绿荫已经萎缩了许多。现代的繁忙的千百只手伸到了城镇村寨，这也许是一件好事，可我不敢断言是永久的好事。

---

① 迦奈斯是湿婆和雪山神女的儿子。

加尔各答旁的恒河

我在恒河畔的美好日子，有如祭神节恒河里漂放的盛开的莲花，一天天飘逝了。记得有时阴雨绵绵，我拉着手风琴，为诗人毗达波迪的诗行“帕德拉月①，河水丰满、清澈……”谱上自己满意的曲子；哼着雨曲，如痴似醉地消度雨声杂沓、雨帘厚重的晌午。有时在夕阳西下的黄昏泛舟恒河，乔迪哥哥拉手提琴，我放声高歌。暮歌终了，唱起贝哈拉民谣的时候，西边金色晚霞的玩具工厂宣告破产，一轮皓月在东边的林野冉冉升起。待我们回到花园别墅的码头，爬上楼顶凉台铺了席子坐下的时刻，水面陆地蒙上了洁白的寂静。河里难得看见航船；夜色中河滩上丛林的轮廓愈显凝重，无波的流水上闪烁着月辉。

我们居住的别墅名叫“穆朗先生幽居”，远近闻名。恒河里爬上来的石级，一直延伸到石砌的宽大的长廊里。长廊是别墅的一部分。几间屋不在一个平面上，有的在高处，有的走下几级石阶方能步入，而且不全是长方形

① 印历5月，公历8月至9月。

的。码头上方起居室的窗户镶着彩画玻璃。上面有一幅画画的是光影驳杂的幽静庭院,绿叶茂密的树杈上系着秋千,两个人立在秋千上玩得正开心。另一幅画上有身着节日盛装的青年男女,沿着城堡的石阶上上下下。阳光照射玻璃,两幅画分外光彩夺目,为恒河畔的天空平添了悠闲的情调。悠远往昔某个国度的节日,仿佛在光照中诉说无声的往事;自古静谧的绿荫里,两人荡秋千的乐趣,仿佛在河边树林里传播听不清楚的情话。

别墅最高处的圆顶阁楼,是我写诗的地方。坐在里面,只有树木的枝梢和空渺的天宇映入眼帘。当时我正创作《暮歌集》,我凝望着阁楼,写了四行诗:

无垠蓝天的怀抱里,
缓缓飘移的白云间,
我筑了仙阁,
为你写优美的诗篇。

从那时起,关于我的作品,诗歌评论家中间响起了一种声音:我是一个用支离破碎的韵律和晦涩的语言写诗的诗人。我写的每一行诗影影绰绰、如烟似雾。那时,不管他们的批评我听了多么不悦耳,倒也并非没有根据。事实上,那些诗里没有现实世界的牢固基石。小时候,我这个远离外界的人,是在一个小圈子里长大的,我从哪里撷取创作的素材?

但是,叫我无法接受的是,他们在评论我的诗朦胧难懂时,公开或隐晦地讽刺我是在追求时髦。视力很好的人,看到哪位青年戴眼镜,经常大为恼火,心里猜度:他把眼镜当首饰使用哩!说可怜的年轻人视力不佳,这样的指责也许是可以接受的,但说他假装看不清东西,就太过分了。

正如不能说银河是远离创造之物,因为它是创造的特殊状态中的真实,指责诗的朦胧是欺骗,把它抛到一边,是对诗歌文学一个真实的蔑视。在某种情况下,人心中产生的冲动,或是无从倾吐的痛楚,或是模糊的焦灼。它是人性中的真实,我们岂能把它的流露说成是怪诞呢!硬说这类诗是无本之木是不正确的,不过它有无艺术价值,是可以争论的。说它没有一点儿价值,难道不是言过其实了吗?因为人通过诗的语言倾诉胸臆。人心的某种状态的某种情感在作品中表达出来,是会被人收藏的,不表达出来，则会被抛弃。所以，努力袒露心中难以言说的激情，不是罪过，一切罪过应归于不去袒露的懒惰。

大凡人有“两重性”。在外界的事件和外界的生活中的全部思考和情绪的后面蛰居着的人，我们难以深刻地了解，甚至被我们遗忘，但是我们不能消灭生活中他的存在。当他的心声与外界不合拍——两者的和谐不完美、不完善时，这位躲在内心深处的人受着痛苦的折磨，也使人性非常难受。我们不能赋予这种痛苦一个特殊的名字，它是无法描述的，所以它悲泣时的话语肯定是含糊不清的，无意义的拖腔带调的成分，大大多于有意义的语句。

《暮歌集》中力图表现的愁苦悲戚，其真实的根由在内心的奥秘之中。当时，生活使出浑身解数，也不能抵达一生应有的和谐之处。如同睡眠中昏沉的知觉与噩梦搏斗，拼命想苏醒一样，人内在的存在，艰苦地战斗着，以冲破外界一张张复杂之网，拯救自己。内心最幽深的无从目睹的地方，那段战斗的历史，以模糊的语言，表现在《暮歌集》中。

在所有的创造中进行着两股力量的对抗，诗歌创造也不例外。不和谐过量的地方，或者和谐已经完善的地方，或许就写不出诗歌了。在痛苦穿过不和谐，奋力贴近和谐，表现和谐的地方，诗冲出堵塞的笛孔，像呼吸那样，与曲调一起飘荡。

《暮歌集》问世，产房里未敲锣打鼓地庆祝，但这并不意味着无人喜欢它。我在另一篇文章中写道：罗梅斯·达塔的长女举行婚礼，般吉姆[1]先生立在厅堂门口，罗梅斯·达塔先生上前为他戴花环的时候，我恰巧走到门口。他把花环取下挂在我的脖子上，和蔼地说：“美丽的花环应当给这个年轻人。罗梅斯，您读过他的《暮歌集》吗？”罗梅斯摇摇头：“没有。”于是，般吉姆先生就《暮歌集》的某些篇什谈了颇有见地的看法，对我来说，那是一种奖励。

波里耶纳特·森

创作《暮歌集》时，我结识了一位朋友，他的鼓励像温煦的阳光，为我艰

---

① 般吉姆(1838—1894)，孟加拉近代文学创始人之一。

苦的诗创作注入了活力。

他就是波里耶纳特·森。在这之前他读了我写的《破碎的心》,对我失去了信心。我以《暮歌集》又征服了他的心。他的新交旧友都知道,他是文学的七大海洋上一位驾驶航船的老练的舵手。他每日奔走于国内外几乎所有语言的文学的大街小巷。坐在他身边,望得见精神王国遥远的地平线上的景观。与他相处,我得益匪浅。讨论文学作品,他显示非同寻常的勇气,他的看法一针见血、发人深省。他的褒贬不光体现他个人的情趣。

在进入世界文学趣味的宝库和相信自己的才干这两个方面,他的友情,在我青春年少之际,给我多大的帮助,不是几句话说得完的。我那时写的每一首诗,都念给他听。他那欢愉的神情,是要为我的诗举行灌顶大礼的标志。假如得不到他的指教,甘霖不会洒落诗苑里我耕耘的第一片土地,诗的作物有多少收成,就难以卜测了。

《晨　歌　集》

住在恒河畔的别墅里,除了创作《晨歌集》,我还写了几篇散文,那也是不落俗套、尽情倾诉情感的标新立异的作品。如同孩子们雀跃着捕捉昆虫,当春天降临心灵的王国,一些细微的年寿短暂的思绪,凌天飞翔,无人看见,闲暇之日,我不禁起了捕捉它们的念头。事实上,我当时的创作出现了改弦易辙的迹象,心里昂首挺胸地说:“我想怎么写就怎么写。”究竟写什么,心中无数,但我要持之以恒地写下去,这是充满豪情的唯一信念。

我写的那些篇幅短小的散文,曾结集出版,取名《杂谈》。第一版书售完后,它们被送进了坟茔,没有给予它们在第二版复活的权利。

大约就是在那个时期,我动笔写长篇小说《大嫂的市场》。

在恒河畔的别墅里度过了一段舒心的时光后,五哥乔迪搬到了乔郎基博物馆附近的十号大街住了些日子。我也住在那儿,继续写《大嫂的市场》,并创作了《暮歌集》的几首诗。不知不觉,我又经历了精神上的一次突变。

一天下午,我在朱拉萨迦祖宅的楼顶上散步,日尽时节的暮色和落日的余晖渐渐交融,我发现款款而来的黄昏是那么迷人心魂,甚至觉得旁边的墙垣也非常精美。我暗自思忖:遮盖我熟稔世界的其大无比的渺小幕布揭去了，可这难道仅仅是黄昏时分投射霞光的魔术？当然不是。我清楚地看到，真正的原因是，黄昏渗透我的全身，我融进了黄昏。日光中，当我疯狂地工作时，我收集的我所看到的、听到的一切，也把我遮住了。此时此刻，我退了出来，我看到的世界的真貌，绝不渺小，它是欢乐的美。之后，我经常有意地把自己撇到一边，像观众那样观赏世界，心情极为舒爽。

我记得，我曾不厌其烦地向家里的一位亲戚解释，如何观赏世界，才称得上是正确的观赏。我知道，我未能成功地使他接受我的观点。但正是在那个时候，我又新增了至今不曾忘记的人生阅历。

从我家的楼顶，可以望见加尔各答主干道的隐没之处公费学校花园里的树木。一天早晨，我站在游廊里朝那儿张望，一轮红日从树后冉冉升起。看着看着，遮挡我眼睛的帷幕倏然飘飞了。我看到，世界沉浸在奇特的圣洁之中，四周涌动着欢乐和美。世界的阳光一瞬间穿过我胸中一层层郁结的忧愁，贯透了我的心底。那天，诗作《瀑布从梦中苏醒》像瀑布从我的胸中奔泻而出。诗写完了，但欢乐世界之上的轻纱尚未滑落。

从此，我不再厌烦任何人任何事物。那天或之后的某一天，我惊讶于我自己妥然处理的一件事。

“先生，您亲眼看见过天帝吗？”一个人问我。

我坦言相告：“嗯，没见过。”

“我见过。”他出人意料地说。

“他是什么模样？”我问道。

“他在我眼前晃晃悠悠的……”

与他这种人研讨理论，哪怕一分钟也不会愉快，尤其我当时正忙于写作。但他是个憨厚的人，所以我没有打断他的话，宽容地听他信口胡说。

中午，那个人又来了，我客气地说：“请进，请进！”

作为一个愚昧和脾性古怪的人，他的外壳脱落了，我见了满心喜悦、并对之表示欢迎的人，是他内在的人。我与他内在的人没有意见分歧，亲密无间，见了面不感到别扭，不觉得是在白白浪费时间，因而无比快乐。我感到，我的虚妄之网烟消了，我的自我烦恼是多余而虚幻的。

我站在游廊里，前面马路上来来往往的搬运工和苦力的容貌、模样、走路的姿态，全令我叹为观止。他们全像世界之海的波浪，汹涌着朝前流动。我自小习惯于以肉眼观察，而现在我似乎是以慧心观察了。

街上一个年轻人把手搭在另一个年轻人的肩上，随随便便嬉笑着朝前走。我竟不认为这是无足轻重的小事。我仿佛看见，从世界不可探触的无底的深处那永不枯竭的乐趣之源，欢笑之泉汩汩地向四处流淌着。

以前，我从未仔细观察人在做一些普通小事时肢体的各种各样的动作。而现在，人体的动作之歌倾倒了我。我不再逐个地观察，我看见了整体。此时此刻，在世界各地建筑风格不同的城镇，在各种不可缺少的事业中，在各种劳作的场所，活跃着亿万人群。从高空俯瞰一个个人活动的躯体，我隐约地见到了闳大的美的舞蹈。

友人倾心交谈开怀大笑，母亲养育幼儿，站着的一头牛舐旁边的一头牛，这一切平凡的景象包盈的无穷尽的涵义，以惊喜叩开我的心扉，使我心中充满慧觉。我写下了我新鲜的体验：

今日我的心扉敞开，
任世界进来热烈拥抱。

这不是耽于想象的诗人的夸张。事实上，我当时尚无抒写我感悟的一切的才华。

那几天，我一直沉湎于心醉神迷的欢乐之中。五哥乔迪不久忽又决定和嫂子到旅游胜地大吉岭度假。我是他们的旅伴。我心里想：这在我是有趣的旅行。站在喜马拉雅山嵯峨的峻岭上，将更深邃更清晰地看到在加尔各答市中心十号大街看到的景物。至少可以用在城里观察的目光，看看喜马拉雅山是如何显露自己的身姿的。

岂料十号大街那矮小的寓所竟是胜者。爬上喜马拉雅山脉的一座山顶，举目远望，我突然发现，在加尔各答观物的那种目光不复存在了。也许，我觉得从外部获得真正的东西的想法，是错误的。不管群山之王喜马拉雅山多么巍峨，耸入云霄，他也不会双手捧出礼物。而那位奉献者①纵然在街巷里，一瞬间也能昭示大千世界。

我在松树林里游逛，坐在山涧边憩息，用清冽的溪水洗澡。我远望云霁雾消的卡恩赞山峰的雄姿，但我没有找到本以为能轻易获得的东西。似

① 指创造大神梵天。

乎是相识了，似乎还没见面。就像观赏着璀璨的宝石，冷不丁合上盖子，这会儿只看见一只盒子，盒上的花纹十分精美，不必担心有可能误认为它是一只空盒。

《晨歌集》的创作暂时停止。我在大吉岭只写了一首诗《回声》，作为对远方呼唤的回应。这首诗含意深奥。我的两个朋友曾经打赌，谁首先弄清楚这首诗的含义为胜者。他们中一位百思不得其解，跑来假装和我谈诗，从我口中套出了立意。我并未意识到在我的襄助下，这位老兄打赌赢了。所幸的是，他们谁也没有输掉足以购买一条项链的一大笔钱。唉，在帕黛玛河上和雨季的荷塘里写平易朴素的诗的日子，恐已远逝了！

诗人写诗，不是为描述某件事情。诗人只是努力把心中的感触凝聚为诗中的形象。所以，听别人读我的诗，说他不懂，我就束手无策，爱莫能助了。谁闻了花，说不理解香味，那就只能对他说，不需要理解，它仅仅是香味。可我又听到人说："那我知道，但为什么纯粹是香味呢？它是什么意思？"这时，只好不答理他，或者非常含混地说，自然内盈的欢乐，化为香味，袅旋出来了。

但令人伤脑筋的是，人写诗采用的单词是有意思的。为此，诗人要运用许多技巧，以韵律等各种艺术手段弄乱说话的正常方法，使单词的意蕴扩张，尽量遮盖单词的意思。意蕴不是理论，也不是科学，不是做事使用的工具。它像眼泪和脸上浮现的笑容，是内心的形态。你要是把它与理论知识、科学观点，或可以理喻的物品进行比较，那请便吧！但那是很次要的一个方面。

如果你坐渡船过河时，抓到一条鱼，算你走运。但指摘渡船不是渔船，渡船上不卖鱼，大骂摆渡的艄公，那是不公正的。

《回声》这首诗是我早年的作品，不曾引起谁的关注。所以，我今天不必为它与哪个人辩论。它是杰作也罢，劣作也罢，我要强调的是，写这首诗不是故弄玄虚，不是在诗中阐述深奥的科学知识。说真的，这首诗只是宣泄了我心中迸发的一种激情。由于未能为激情的原委找到合适的名字，权且取名《回声》。这首诗中写道：

啊，回声，
也许，我爱上了你，

也许,我不再爱别人。

宇宙中心奏响一支歌——从亲人的脸、从宇宙美好的万物折返的回声,飘入我们的心底。我们爱的大概是这种回声,而不是其他物体,因而它出现了;今天我们没有审视的东西,明天迷醉我们的心。

往常,我只是以外在的目光观察世界,故而看不见它完整的欢乐的模样。一天,从我内心深幽的中心,一种获释的光芒照射了整个世界,世界不再以事件和物质的容器的面目出现,我看见它从里到外是完美的。从那儿,一种感悟渗透我的心灵,于是,从内心最深的洞穴溢出乐音之泉,流遍时空。又以回声的形式,从时空返回,融入欢乐之泉。那即将踅回无限的回声,以美亢奋我们的心。骚人雅士,让丰满的心泉飞溅出乐曲,也体味到同样的快乐;而乐曲的碧水流回到他们的心中,他们可享受到双倍的快乐。当世界诗人的诗歌浸透快乐,回到他心中时,我们让它在我们的知觉上流过,我们就能不可思议地得知世界最终的归宿。哪儿有我们的感知,哪儿就有我们的欢悦,我们的心被流向无限的快乐之泉所吸引,激奋地朝那个方向奔去。这就是美的激情的意义。逸出无限朝有限飘来的乐曲,是真实,是福祚,它受制于规则,有一定的形状。它的回声又从有限回归无限,这就是美,就是快乐。它不可触摸,不可把握,自由自在,云游四方。在《回声》这首诗中,苦心孤诣地想把我心中的感受通过形象和乐音表达出来,但不可指望苦心孤诣的成果清晰地显露,因为那苦心孤诣还不清楚自己的能耐。

年事稍长,我在一封信中曾谈到《晨歌集》。现把那封信节录如下:

人世间仿佛无亲无故,一切在我心中,这句话反映了那个年龄段的特殊心态。当心儿初醒,伸出双臂时,似在寻求整个世界,如同长乳牙的婴儿以为他能把整个世界含在口中。

渐渐省悟了,心儿真的企求什么,不企求什么。那时,心中弥漫的热力,囿于狭小的界限,开始自燃,开始放火。声称要占领整个世界,却一无所获。最后,只有把整个心灵托付给一物,方能找到进入无限的大门。《晨歌集》是我本性的激情初次喷发的标志,所以其间没有可供剖析的东西。

激情初次喷发所带来的普通感情上的极大快乐，渐渐地，把我们推向特殊的熟悉阶段——就像沼泽里的水，逐渐成为河水，向外流淌——那时薄情变为多情。事实上，多情的河道比薄情要窄一些。它从不一口吞咽，而是慢慢地，一口一口地摄取。那时，爱情专注地在部分中享受整体，在有限中享受无限。人的心通过可观的具象，把自由向不可观的无穷扩展。那时他的获取，不只是自己心中一种缥缈的情感的快乐，与外界的可观物融合，他的情感成为完整的真实。

穆希德先生的专著中，称《暮歌集》的几首诗为情感喷涌的作品。因为，它们传播了从心林向外部世界奔跑的信息。之后，在交织着苦乐、光影的人世之路上跋涉的这颗心，一步一步，在各种乐曲和韵律中，渐渐奇妙地与大千世界浑然交融。最后，穿过多姿多彩的宽窄不一的山谷，相识之河汩汩地流淌，可以肯定在某一天，又一次抵达无限的广大。但那种广大不是无形的暗示的广大，而是丰盈的真实的广大。

孩童时期，我与宇宙本体建立了极其清纯密切的关系。我家花园里每一棵椰子树，极为真切地出现在我眼前。下午四点以后，乘马车从实验师范小学回家，下了车，只见楼顶后面，密布淡蓝的雨云。我的心顷刻间袒露在稠浓的欢乐之中。那一瞬间的感受，历久不忘。清晨刚刚苏醒，大千世界以生机的洪涛，像呼唤游伴那样把我叫到外面。晌午的时辰和艳阳天，是那么急切地把我召进它们的深广之中。浓黑的夜色，开启银河隐秘的门户，带我飞越可能和不可能的界线，在神话故事中的神奇国度，渡过十三条大河和七大海洋。

尔后的一天，当涌起第一阵青春激情，心儿寻觅自己的营养食品时，人生与外界的质朴联系被隔断了，自己围绕着悲悱的心不停地徘徊，感知局限于内心。就这样，在患病的心儿的哀告下，内外的和谐被打破，我失去了往日淳朴的权利，这样的哀伤，表现在《暮歌集》中。

后来，不知怎的，关闭的大门被谁一掌击碎，失去的重又为我获得。不仅仅是获得，跨过分离的壕堑，我看清了它的全貌。历尽艰难把朴实获取，这样的获取是成功的获取。

所以，当我在《晨歌集》中重获孩提时代的世界时，它有了更深刻的涵义。如此这般，轻松地与自然相逢，不久又分离，后来又重逢，人生的第一章结束了。说它结束了是假的，这个阶段变得丰厚一些又开始朝前伸延了，通过一个更大的艰难，伸向更壮阔的终点。

一个人完成了人生一个阶段的任务，但一个阶段接着一个阶段，他的人生旅程，随着日益扩张的生活圈子而不断延伸。猛一看，误认为每个生活圈子是单独的，可细细观察，中心只有一个。

《晨歌集》

创作《暮歌集》时，我写的若干篇散文，以《杂谈》为集名出版。创作《晨歌集》或稍后的日子里我写的类似的散文，编入《研讨集》付印出版。读了这两部散文集，看到两者的区别，就不难窥见作者的心灵轨迹了。

拉琼德罗腊尔·米德拉

五哥乔迪脑子里产生了把孟加拉作家团结起来，成立一个组织的念头。编写孟加拉语专门语汇，采取各种有效措施，促进孟加拉语和孟加拉文学的繁荣，是该组织的宗旨。之后不久成立的文学协会，与五哥设想的组织大致相同。

拉琼德罗腊尔·米德拉先生兴奋地接受了五哥的建议，并出任文学协会的主席。我曾拜访毗达萨格尔先生，请他加入文学协会。他听我介绍了文学协会的宗旨和已经加入的成员，淡漠地说："我真心奉劝你们不要管像我这样的一批人，把所谓的名人召集在一起，办不成一件大事。文人相轻嘛，谁也不买谁的账。"说罢，他明确表示不参加文学协会。

般吉姆先生是文学协会会员，据我所知，他没有参与文学协会的任何工作。

坦白地说，在文学协会短暂生存的日子里，拉琼德罗腊尔·米德拉先生唱了一台独角戏。编纂孟加拉语专门词汇，是我们商定的第一项文化工程。专门词汇的初稿，是他一个人完成的。印出的初稿，分发给每个会员，以便集思广益,重新修改。我们的一致看法是,世界各国的国名,要参照每个国家的语音,用孟加拉语拼写。

毗达萨格尔先生说的那番话,后来应验了。确实,名人荟萃,未办成一件大事。文学协会长了很短的一截嫩芽,就枯萎了。

但拉琼德罗腊尔·米德拉仿佛有三头六臂,心甘情愿地当起了“光杆司令”。那段时间我与他过从甚密,深感荣幸。

我和孟加拉许多著名文学家有过交往,但没有第二个人像拉琼德罗腊尔·米德拉那样在我心中留下闪光的记忆。

我隔三差五地前往民事法院所在的马尼克达拉的花园,拜访拉琼德罗腊尔·米德拉先生。上午到那儿,总看见他在伏案写作或修改稿件。年轻冒失的我,毫无顾忌地打断他的工作,但在他的脸上,我一回也没有看到不悦的神情。他一见到我,马上放下手头的事儿,与我交谈。大家知道,他耳朵有点背。所以他无论谈什么问题,总极为周详,免得我再次提问。涉及重要内容,他口若悬河,滔滔不绝,其中不乏我期望听到的真知灼见。与别人交谈,不能指望听到在他那儿听到的如此多的新鲜内容,如此耐人寻味的警句。所以我每回都入迷地听他侃侃而谈。

他是教材编纂委员会的主要成员。送给他的教科书,他细心阅读,用铅笔在书上划了许多记号。他每每就手边的一本书引申开去,讲述孟加拉语的演变规律和词义学的要点,使我受到很大的教益。只有极少的内容,他没有详细讲解。凡是他主动提到的话题,无不深入浅出地阐述他的观点。

酝酿成立文学协会的时候,假如不过分依赖其他个别成员,只让他一个人筹划,毫无疑问,在他的指挥下,文学协会的许多事情会取得长足进展。

他是一位有头脑的作家,但这不是他的主要优点。在他的脸上,可以感受到他非凡的人性。对我这个涉世不深的年轻人,他从不流露丝毫的轻蔑神色,而是以宽厚的态度与我就重要的事情平等地交换看法,尽管他的名望当时是无与伦比的。我甚至死乞白赖求他写了一篇名为《阎王的走狗》的文章,刊登在《婆罗蒂》上。那时,我是没有这样的胆量去搅扰其他著名作家的,也不可能指望得到他们的宠爱。

然而,他有时身着“戎装”发怒的模样,也够吓人的。在市政委员会和参议院里,他的对手对他都畏惧三分。当时,克利斯纳达希·帕尔胸有城府,讲究策略,而拉琼德罗腊尔·米德拉锋芒毕露,斗志昂扬。在辩论的角力场上,与某些大力士较量,他从不退缩,从不认输。

亚洲研究协会组织出版专著,举办文物研讨会,由他为许多梵文学者分配课题。我记得,有些人出于对高尚人品的憎恨和嫉妒,散布流言蜚语,胡说学者们辛苦地研究,而拉琼德罗腊尔·米德拉先生狡猾地品尝声誉的果实。

时至今日,依然看得到类似的事例:只能扮演乐器的角色的某些人,过了几天,在心里得意地说:"我建立了丰功伟业,演奏家不过是多余的装饰品。"

可怜的文人如果有悟性,在创作的漫长道路上肯定有一天会认识到:写了一部部作品,一两滴墨水难免溅到我脸上,可我的成就于是闪闪发光了。

孟加拉地区一位心胸宽广的非凡人物——拉琼德罗腊尔·米德拉仙世后,未能得到国人热烈赞誉。原因之一,是他去世不久,毗达萨格尔也与世长辞了。人们沉浸在失去大文学家毗达萨格尔的悲恸之中,在国家的心田不觉消逝了对拉琼德罗腊尔·米德拉的伤悼。另一个原因是,在孟加拉语领域,他的成就不是很突出,为此,他没有机会在群众的心中获得尊贵席位。

卡洛亚尔

我们家住在加尔各答最宽的十号大街的几个人,不久起程前往卡洛亚尔,在海边休假。

卡洛亚尔是位于孟买统辖区南部格尔纳特的主要城市,盛产豆蔻和檀香。二哥在那儿当法官。

群山怀抱的这个小海港,宁静,隐蔽,没有大城市的繁华和喧嚷。半月形海滩,朝无垠的蓝天伸出双臂,是一副要拥抱"无限"的急切神态。宽阔沙滩的尽头,是一大片高大的阔叶林;沿着树林的边缘,名为卡拉的一条小河,穿过陡峭的山谷,汇入大海。

记得是那个月上旬的一个晚上,我们乘一只小船,溯卡拉河而上。先在一个地方下船，参观了由希巴吉负责建造的古老城堡。上了船继续前行。清静的树林、山峦和杳无人迹的狭窄河道承托的冥想之座上，月夜默诵着清辉的咒语。弃船登岸，我们叩开一户农民的柴扉，走到树篱环围的洁净的庭院里。月光透过墙壁的斜影洒落下来，我们在走廊前的地上铺了苇席，用了晚餐。

回来时是顺水，船箭一般的疾驰。行至入海口附近，已经很晚了。下了船，穿过沙滩，我们徒步往家走去。夜深人静，海面似镜，阔叶林的簌簌声早已停息。宽阔的沙滩尽头，树影婆娑的岑寂的地平线上，矗立着的蓝幽幽的山冈，偎依着淡蓝的夜空。在浩茫的皎洁和沉郁的静谧中，我们几个人拖着长长的身影，默不作声地走着。回到家里时，我的困意消融在较酣睡有过之而无不及的深渺的寂静之中了。当天夜里，我写的一首诗，与在遥远的海滩消度的一夜息息相关。穆希德先生编辑的诗集未收这首诗，他担心把这首诗与有关的回忆文章分隔开来，读者读了会不知所云。我希望《人生回忆》给它一席之地，对它来说，这不是超越权限的闯入。现把《月夜》这首诗抄录如下：

《泰戈尔自传》封面

下沉，下沉，快速地下沉，
懵懵懂懂，神志不清，
究竟多远，午夜的什么地方，
我徐徐地下沉？
啊，大地，别阻挡我的脚步，
放开我放开我！
无尽的昼夜，你们远走天涯，

唯有我沉没。
你们凝眸远望,迷离的繁星
坠入琼浆般的月光;
哦,无际的地极站在我头上,
向两侧张开翅膀;
没有歌曲话语,没有响声摩挲,
没有沉睡苏醒——
世上无一物清醒,全身浴于月光,
全身洋溢痴迷的兴奋。
无限的蔚蓝的虚空中看不清
世界漂向哪儿,
静夜里只有孤独宏大的我
徐徐坠向无底。
引吭高歌吧,宇宙,从看不见的
远处唱舵手之歌!
我合上眼想象你携带着
亿万旅人艰苦跋涉。
无止境的黑夜,只有我下沉,
消逝于不竭的甘甜——
化为一滴滴甜汁,融化于
无边无际的悠远。

值得一提的是,心中充溢迸发的激情时,不见得能写出优秀之作,笔下流泻的可能是喃喃絮语。情绪与理性的思考完全隔开是不可能的,可两者一点儿也不分开,亦不利于诗创作。用遐想之笔涂抹,诗情的色彩才能鲜艳。直观是一种蛮力,若不能在一定程度上摆脱它的管束,想象就没有自己的地盘。不独诗艺,在其他所有的艺术领域,艺术家的心灵应该是无羁的。权力绝对不能不让心座上的造物主控制。作品的内容如果超越他,随意发号施令,那么表现的只能是他的影子,而不是他的形象。

《自然的报复》

在卡洛亚尔休假期间，我着手创作诗剧《自然的报复》。这部诗剧的主角修道士，力图割断丝丝缕缕的情缘，摆脱尘世的羁绊，战胜本性，洁净地颖悟永恒。永恒仿佛在万物之外。最后，是一个小姑娘以真情之绳将他束缚，牵着他从对永恒的冥想返回尘世。

修道士回归人世后发现，崇高寓于低微，无限寓于有限，解脱寓于爱情。在爱的阳光照耀下，睁开眼睛，我们看见，在界限之中我们却不受到限制。

自然的旖旎，不单是我们心田的海市蜃楼，其间也流溢"无限"的欢乐，所以面对自然美景，我们忘怀自己。卡洛亚尔的海滩，无疑是让人深刻认识这个真谛的理想所在。外面的自然界中，"无限"依仗法则的魔力崭露之处，我们看不见法则束缚的"无限"。但是，由于美和情义的维系，心儿立即在微小中触摸到广大，关于这种直接感受，还会发生争论吗？循着这条心路，自然把修道士送到了端坐在"有限"的御座上的国王——"无限"的宫殿里。

《自然的报复》中，写了路上来去匆匆的行人和乡村的男男女女，他们在自己制造的渺小中浑浑噩噩地过日子，此外，也写了修道士在自己制造的"无限"之中，千方百计试图消灭自己和身外的一切。在爱的桥梁上，当消除了双方的差别，修道士与家庭主妇重逢时，有限与无限汇合，"有限"的虚假的微小和"无限"的虚假的空茫，均消失殆尽。

童年时代，某一天我进入内心世界没有标记的黑洞里，失去了外界的纯真的权利，但后来，从外界射进内心世界的一束醉人的阳光，又把我完全融进自然。这一段历史，也曲折地反映在诗剧《自然的报复》之中。这部诗剧，可谓我全部诗歌的总序。我认为，这是我诗创作的唯一思路，它的名字可以叫做"在有限中与无限相会"。这种感悟表现在《祭品集》的一首诗中：

> 远离红尘的解脱，我不追求，
> 重重的束缚中，我亦能够
> 品尝解脱的甘美滋味。

前面谈到,出版的《研讨集》收入我写的一些短小的散文。开初写那些散文,我试图在理论上解释《自然的报复》的旨趣。我阐述的观点是:“有限”不是局限,它在微粒中可以昭示蜷缩的无底的深邃。我不知道,作为理论,那种解释有无价值,作为诗,《自然的报复》处于怎样地位。但是今天,显而易见的是,这唯一的观念身穿各种服装,占有了我所有的作品。

从卡洛亚尔返回加尔各答的船上,我写了《自然的报复》中的几首歌。我心情极为愉快地坐在甲板上,轻轻哼唱着写了下面的歌词:

哦,南达腊妮——
放开我们的黑天——
我们是走向牧场的放牛娃,
请放开我们的黑天!

太阳从地平线上升起,繁花争艳斗奇,放牛娃走向牧场。那冉冉升起的红日,那盛开的鲜花,那牧场上的逡巡,令人心旷神怡。他们不允许出现空清的场面,他们要会见黑天,他们要看乔装打扮的“无限”。他们走出家门,是要在旷野,在丛林,在山冈,参与“无限”做的游戏。他们不在远处,不在豪富之中,他们的道具很少,进行化装,有一件黄袍和野花花环就足够了。因为前往豪华的地方,寻找世界欢乐的播布者①,为他兴师动众,铺张浪费,就会失落真正的目标。

从卡洛亚尔返回加尔各答不久,我奉命完婚,当时我二十二岁。

《画与歌集》

结婚前后我写的大部分诗歌,收入《画与歌集》。

从卡洛亚尔返回加尔各答之后,我们住在环形大街一幢花园别墅里。别墅南面是一大片棚户区。我经常坐在二楼窗户前,眺望棚户区的生活场景。我饶有兴致地观察下层群众的日常工作、休息、娱乐和奔忙的身影,在

① 指创造大神梵天。

我看来,那是一个个生动的故事。

俯瞰万象的目光,仿佛已为我所有。我以想象之光和心灵的喜悦,簇拥一个个单独的景象,对之专注地审视。一个个景象,具有特殊的神韵和色彩,映入我的眼帘。我特别喜欢塑造以心中的想象烘托的图景。那不是别的,是一种描绘清晰的图景的欲望,是以肉眼窥测心中之物,以心灵注望肉眼所观之物的愿望。假如我擅长丹青,必定以线条和颜色,把急切的心灵的目光及其创造,定格在画布上。但我没有作画的能力,我只有语言和韵律。我尚未学会以语言之笔勾勒鲜明的线条,所以只好泼洒颜料。尽管如此,就像小孩子收到第一盒颜料的礼物,必然急不可耐、随心所欲地画各种图画,我获得一盒韶华的各种颜料,也专心地画了杂七杂八的许多画,度过了一天又一天。将二十二岁的年龄与那些画对照着欣赏,在幼稚的线条和漫漶了的色彩中,兴许能窥见诗的雏形。

前面已经谈到,《晨歌集》中结束了我人生的一段旅程。《画与歌集》是又一段人生旅程的开端。在新的起点打点的行装,看上去似乎有些臃肿。随着步伐的加快,丢失的物品越来越多。在新的起点也许筹措了不少废物。那些东西如果是树叶,肯定会凋落。但书页是不会轻易凋落的,岁月潺潺流逝,它们却留存下来了。

即便是细微之物,也给予特别关注的阶段,是从《画与歌集》开始的。就像乐曲可以使平易的歌词变得深沉,以心中的情感把某件小事变得饶有趣味的愿望,表现于《画与歌集》。不,说得还不太周全!当心弦弹响乐曲时,它与各地回响着的世界之歌的乐章产生共鸣。作家的心灵的乐器弹一支曲子的那天,身外没有渺小之物。日复一日,我发觉,凡是映入我眼帘的,都融进了我的心曲。

土坷垃、黄沙、贝壳、田螺,小孩子拿起来就玩,因为他的心中也进行着无形的游戏,他以内心做游戏的快乐,切切实实地发现人世欢乐的游戏;同样,我们的心空回荡着各种曲调的青春之歌的那天,我们凭感悟,真切地看到,没有一处不萦绕着世界之琴的千万根弦丝弹出的永恒的乐曲。那时,肉眼目睹的,双手获得的,可以会聚成精彩的音乐,想欣赏不用走得很远。

《少　　年》

在创作《画与歌集》和《刚与柔集》之间的一段时间，名为《少年》的一份月刊，像一年生作物，结了果实，完成了它的历史使命。

二嫂对创办一份以少男少女为主要读者的杂志有了浓厚兴趣，她的初衷，是为我家的苏汀德拉纳特、波伦德拉纳特等男孩，提供一个发表作品的阵地。她亲任主编，很快发现单用他们的作品，版面无法填满，于是叫我挑起撰稿的重任。

《少年》出了一两期之后，我花了两天时间，前往得乌葛尔，看望拉兹纳拉衍先生。晚上返回加尔各答途中，火车上极为嘈杂拥挤，转辗反侧，无法入睡，那讨厌的车灯，直直地照射着我的面孔。我无奈地思忖，既然睡不着，干脆为《少年》构思一篇小说吧。可是冥思苦想，小说的构架未搭起来，人竟昏昏沉沉地睡着了。

我梦见，一个少女看见一座庙宇的石级上到处是献祭的动物的血迹，以惊惧的声调问她父亲："爸爸，这是什么？是不是血呀？"

见女儿恐慌的样子，父亲心中难受极了，但他假装生气，呵斥女儿，不让她再提问。

一觉醒来，我喜不自禁，我竟在梦中构思了一篇小说！有趣的是，另外几篇小说的情节，也是在梦中设计的。我把这个梦和印度东部德利普拉的藩王戈宾特马尼克的传说糅合在一起，写成一部中篇小说《贤哲王》，在《少年》上连载。

当时我过的日子无忧无虑。无论在我的生活中，还是我写的诗和散文中，没有需要强烈表现的宏愿大志。我尚未加入大街上行人的行列，终日安闲地坐在大街旁边的屋子里。街上来往的行人忙于各自的工作，我远远地望着他们。雨季、秋季、春季，像远方的客人，自动上门，在我家中消度时光。但是，我的创作不仅仅以它们为中心。

我的小屋里，常来看望我的稀奇古怪的人不计其数。他们像断了碇的小船，日夜漂泊，没有急迫的需求。他们中间一两个穷困潦倒者，以种种借口找上门来，絮絮叨叨，无非是要我帮他们消除他们的匮乏。其实，哄骗我用不着花言巧语，我的家庭负担很轻，我识不破改头换面的欺诈。

我长期为几个学生支付学费，那纯粹是多此一举，从入学到离校，天天是他们的假日。有一天，一个长发青年给我一封他臆造的妹妹写的信。他的妹妹受到他臆造的一个后妈的虐待，他要把这位孪生的胞妹托付给我。可我在信中发现了破绽，发觉不单单他的胞妹是虚影。然而，如同举枪瞄准未学会飞的小鸟是不适当的举动，那位胞妹的信，对我来说，是一样不可利用的多余之物。

还有这样一件事。有一次，一个小伙子跑来告诉我，他正在读学士，可他头痛得像针扎一般，不能坐在教室里参加考试。我一听好生焦急，但就像其他好多学科，我对医学也一窍不通，一时想不出用什么办法安慰他，

"我在梦中看见，您妻子前世是我的母亲，喝了她的脚触过的水，我就能痊愈。"他笑了笑说，"您也许不相信我说的话。"

我哭笑不得："不要管我相信不相信，喝了你能痊愈，那就喝吧。"

我给了他一杯水，声称是我妻子的脚触过了的。他咕咚咕咚喝了下去，不一会儿说病症轻多了。

没过几天，洗脚水轻易地演变为食品了。后来，他占有我房间的一部分，纠集他的一群朋友，吞云吐雾地抽起烟来。我畏惧地放弃了那烟雾缭绕的屋子。再后来，从漏洞百出的一连串事情中找到了铁一般的证据：不管他患不患其他疾病，他的脑子肯定没有毛病。

从此，不出示可靠的证据，要我信任"前世的儿子"，是难乎其难的了。可我发觉，我在这方面的仁慈已经名闻遐迩。不久，我又收到一封信，我一个"前世的女儿"为了从病痛中得到安宁，祈求我给她一些恩赏。可我毅然决然地在这儿画上了句号，"前世的儿子"让我吃够了苦头，我决不同意再承担对"前世的女儿"的责任。

不过，我与索昌德拉·马宗达的友情与日俱增。傍晚，他常和波里耶先生一起步入我的寓所。我们弹琴唱歌，讨论文学，一直到深夜。有时白天也是这样度过的。

事实上，当人身上的"我"字，从各个方面尚未强劲而清晰地显露出来时，他的生活受不到打击，往往像秋云一样飘荡，当时我的情况与此类似。

般 吉 姆

为《少年》杂志撰稿的时期，我成了文学大师般吉姆的忘年交。

首次见到他，是在几年之前。当时加尔各答大学的老校友，举办一年一度的联谊会，昌德拉纳塔·巴苏是主要召集人。可能他觉得我有望成为联谊会的成员，出于一片好心，就特意安排我在联谊会上朗诵一首诗。他本人年轻有为，朝气蓬勃，记得他决定要在联谊会上朗诵德国战地诗人创作的以战争为题材的诗歌的英语译文，接连几天精力充沛地在我家背诵。对英雄的诗人左侧悬挂的情侣般的宝剑，他那充满爱意的激动的赞颂，是昌德拉纳塔先生朗诵的最精彩的段落。读者由此可以明白，昌德拉纳塔先生过去也是一个热血青年，那段岁月是造就人物的特殊岁月。

在拥挤的会场里转来转去，我在形形色色的人中间，突然看见一个与众不同的人，你无法把他与大多数人等量齐观。在这位身材高大、皮肤白皙的男子脸上，我看到了刚毅。我按捺不住了解他的好奇心，在那么多人中间，我只提了一个问题：他是谁？当我听到别人说他是般吉姆时，我暗暗惊讶。

孟加拉著名作家般吉姆

我早已拜读过他的作品，认定他是一个高尚的人，猜测他身上一定透现非凡的气质。从他剑一般笔挺的鼻梁、抿闭的嘴唇、犀利的目光，可见出他性格的坚强。他双手交抱在胸前，仿佛远离众人，不与任何人接触，那副神态深深地映入我的眼眸。他不仅有聪颖、睿智的作家的风度，饱满的前额上也仿佛点着王室的吉祥痣。

联谊会上发生了一桩意外的小事，那情景镌刻在我的脑子里。一位梵文学者在屋子里用孟加拉语解释他写的关于印度的几行诗，般吉姆先生走进来，站在一边听。学者的诗句中,有一个虽不下流但很庸俗的比喻,学者刚要解释那个比喻,般吉姆先生厌恶地捂着嘴,疾步走到屋外,我仿佛看见他气恼地从门口离去了。

联谊会结束后,我多次想登门拜望他,可一直没有合适的时机。后来得知他在哈鸟拉担任副县长,鼓足了勇气前往他宅邸造访。见了面,我尽量坦然地同他交谈,但回来的时候,我心中充满羞惭、沮丧。说实话,我觉到我太幼稚,我在心里嘀咕,他和我不熟悉,也没有请我,我找上门去太冒失了!

年纪悄然增长,在当时的作家群中,年龄最小的我,终于赢得了一把交椅。不过仍说不清楚这把交椅是什么样子,该放在什么地方。渐渐地,我有了点小名气,可其中仍充斥足够的惶惑和大量的鄙夷。那年月孟加拉作家大都有个英国名字,有的叫孟加拉的拜伦,有的叫埃玛尔逊,有的叫别的什么。文学圈内个别人叫我"雪莱",这是对雪莱的侮辱,是对我的嘲笑。

我的雅号是"咿呀学语的诗人",我学识浅薄,生活经验很少,因而我的诗和散文中,遐想多于精髓。所以虽说是好作品,也不可强迫别人对它赞扬。

我的衣着、举止也有许多朦胧的痕迹;我留着长头发,神情姿态显露出不拘小节的诗人气派。过度的放浪形骸,使我无法进入朴实的平民的宽广的行为规范,与大家融洽相处。

奥卡耶·索尔卡尔先生当时主编出版《新生活》月刊,上面发表过我写的几篇文章。

般吉姆先生对他自己创办的大型杂志《孟加拉之镜》的热情已经低落,开始热衷于宗教研究,又办了一份《宣传》月刊。该月刊上曾登载我写的一首歌和有关毗湿奴颂神歌曲的一篇热情洋溢的文章①。

撰写那篇文章的时候或之前的某一天,我又壮着胆子去见般吉姆先生。他住在维巴尼赞·达笃尔大街。在他府上,与他交谈的时间不长,交谈的内容也不广泛。我那时的年龄,是洗耳恭听的年龄,而不是侃侃而谈的年龄。心里想放开一些,热情一些,可拘谨妨碍心语的倾吐。

有几回在般吉姆先生的府邸,看见桑吉波先生背靠靠垫,轻松地坐在

① 据原作注释,这篇文章实际上发表于《新生》杂志。

沙发上。每回见到他，我如获救星。他特别健谈，聊天在他是一桩乐事，听他讲话是一种享受。读过他的文章的人，肯定已经注意到，他的作品是以说话的无穷快乐写成的，能以印刷的字母让读者捧腹大笑。拥有这种写作技巧的人寥寥无几，而在作品中能把说话的能力从容地表现出来的人，更是少见。

夏萨达尔·塔格朱拉穆尼是在加尔各答崛起的新秀，我从般吉姆先生的口中，第一次听到了他的一些情况。我认为，是般吉姆先生首先把他推到广大读者的面前的。当时，印度教以西方的科学证明自己的优良传统的古怪行动，眼看着蔓延开来了。在印度，长期以来，是可与神见面的学说，扮演这类运动的先锋的角色。

然而，般吉姆先生并未完全卷入这场运动。在《宣传》上发表的文章中，他阐述的印度教的古老传统上，并未落下主辩手的身影，因为那是他绝不允许的。

从我在这场运动进行期间发表的文章中，可以听到我走出蜗居，进入广阔的外部世界的消息。我发表的作品，既有讽刺诗、闹剧，也有在《复苏》杂志上登载的书信。廓清了痴迷的浓雾，我走上拳击台，捋起袖子，开始挥舞拳头了。

激烈的论战中，我与般吉姆先生发生了冲突，这段历史记录在《婆罗蒂》和《宣传》上公开发表的文章中，这儿无需再作详细介绍。冲突结束，般吉姆先生写给我的一封信，不幸丢失了，否则读者可以看到，般吉姆先生早已宽宏大度地拔掉了冲突的蒺藜。

空船体

五哥乔迪看了《交流报》上的一则广告，亲自前往拍卖会场，中午回来他告诉大家，他以七千卢比的价格，买了一条船的船体，只要装上柴油机，修建几个船舱，是挺好的一艘船。

五哥这样做，也许因为对国内某些专门摇唇鼓舌、舞文弄墨，对航行一窍不通的文人，窝了一肚子火的缘故。在这之前，他请人试制了几盒火柴，可划来划去一根也划不燃。他信心十足地与志同道合者造了一台土织布机，可这台织布机只织了够做一块披肩的布，便一声不响了。他忽然又买空船体，意欲发展民族航行事业。可空船体不单安装了柴油机，修建了船舱，也装满了债务和厄运。

应该记住，是他一个人承担了摸索带来的损失，可发展民族工业的裨益，浓墨重彩地写在了国家的史册上。世界上这些不精于核算，不善于经营的志士仁人，一次次让艰苦探索的洪水，在国家的建设事业上漫过；那洪水倏地涌来，倏地退落，一层层留下的淤泥，把生气浸透祖国的大地。日后长出茁壮的作物，纵令无人记住他们，那些爱国志士也甘愿承受活着和死后的一切经济损失。

一方是资本雄厚的英国公司，另一方是单枪匹马的五哥乔迪。双方在航道上的战斗一天天变得多么激烈，库尔那和巴里萨尔的老百姓至今记忆犹新。在竞争的逼迫下，五哥购买了一艘艘船，亏损越来越大，收入却日益减少。价票已是名存实亡，库尔那—巴里萨尔航线上，出现了真正的“共产主义”时代。旅客不啻乘船不买票，旅途中还能吃到免费供应的甜食。巴里萨尔的志愿者们，高唱爱国歌曲，到处招揽旅客。于是，船上是不缺少旅客了，可物资等方面的短缺有增无减。

盲目的爱国热情，是找不到通往成本核算的道路的。不管颂赞多么动听，不管激情如何高涨，账本始终忘不了小九九，结果，账目不是迈着方步，而是像蚱蜢那样在负债之路上向前窜蹦。

那些意气用事、不善经营的人的一大危险，是别人一眼就把他们看透，而他们不善于识别他人的面目。他们学会知人善任，往往付出巨大代价，花费很长时间。他们一生中往往来不及吸取教训，重整旗鼓。

旅客在五哥的船上不花钱吃到点心，五哥的雇员和水手中间也未出现像修道士那样忍饥挨饿的迹象。船上为旅客提供饮食，雇员和水手也未被剥夺享用的权力，最后，最神圣的收获——巨大的债务，属于五哥。

那些日子，我们每天听到库尔那—巴里萨尔水路上双方胜负的消息，无比激动地研究对策。有一天传来一则坏消息，五哥公司的“爱国者号”客轮与哈卜拉桥的桥墩相撞，沉入水底。五哥因此陷入困境，不得不关闭公司，没有给自己留下任何东西。

伤　逝

几位亲人在不长的时间内相继去世。在这之前,我还未经历过生离死别的场面。母亲去世时我年纪很小。她长期疾病缠身,无从预测她几时突然撒手人寰。先前我和母亲晚上睡在一间屋里,她单独有一张床。生病期间,她还乘船在恒河上游览了几天。回来之后,她单独住在内宅三楼的房间里。

母亲是夜里去世的,我们正在睡觉。不知是哪个时辰,多年服侍她的一个女用人神色慌张地冲进我们的卧室,号啕大哭起来:“啊呀呀,老太太她走啦!”

五嫂伽达摩波莉急忙把她推出卧室,责备了她几句。五嫂是怕深更半夜她这样哭嚎吓坏了我们几个孩子。

灯芯直直地燃烧着,灯光暗淡,我醒了一会儿,胸口怦怦直跳,不知家里究竟发生了什么事。

早晨起床,听说母亲已经谢世。我不完全相信这是真的。走到外宅的走廊里,看见穿戴整齐的母亲的遗体,安卧在庭院里的死榻上。在她的遗体上,似乎找不到“死亡可怕”的证据。我在晨光中看到的死亡,像酣睡那样安详而动人。生离死别的悲恸并未清晰地映入我的眼帘。

当她的遗体被抬到大门外,我们跟随着走向焚尸场时,悲伤的风暴才骤然掠过我们的心田,我们禁不住失声痛哭起来。从此母亲再也没有走进大门,坐在她坐惯的椅子上,做她熟悉的家务。

母亲的遗体火化后,我们悲伤地从焚尸场回来。走到胡同转弯处,抬头张望三楼父亲的卧室,只见他默默地坐在卧室前的游廊里,默默地为母亲祈祷。

五嫂是我们家中年纪最小的媳妇,她担起了照顾失去母亲的小叔子的责任。她与我们朝夕相处,日夜费尽心思,照料我们的衣食住行,设法填补我们精神上的空虚,忘记生活中的欠缺。

让人忘却无从弥补的损失和无从排遣的别绪的能力,是生命力最主要的成分。孩提时这样的生命力,是鲜活而旺盛的。它不会持久地接受任何打击,也不会以恒久的线条画下任何打击。所以,首次走进我的生活、抛下

右一为诗人的五嫂

阴影的死亡，不曾永久地留下黑暗，而像影子般的悄然离去了。

我一年年长大了。春天的早晨，我用披肩的下摆包扎一束初绽的硕大的素馨花，一边走一边痴迷地闻着。每回以柔润的花蕾拂触额头，便想起母亲白净的手指。我清楚地看到，母亲纤美的手指尖的摩挲，每日在素馨花中纯洁地释逸出来，在人间不尽地扩散，不时唤醒我们的记忆。

然而 24 岁那年遭遇的死亡①，是那样刻骨铭心。它与以后每一次伤

① 指泰戈尔的五嫂突然自尽。

悼，凝聚为永艳的泪的花环。儿时的生活，能够撇下令人震惊的死亡，朝前奔跑。但成年人是不能轻易地哄蒙死亡，找到逃避之路的。所以那年只得强忍着难以忍受的痛苦的打击。

当年我不晓得人的生活哪儿还有缝隙；生活中的一切，仿佛由眼泪和笑容严实地缀联着，不能穿过它看到别的什么，于是我把它们当做不可超越之物接受了。

突兀降临的死亡，顷刻间把看得极为分明的生活捅开一个大窟窿，我心中出现一个谜团。四周的树木、大地、河流、月亮、太阳，依然像恒定的真理存在着，而在它们中间，确实像它们一样是真实的，甚至我以身心魂魄千万次触摸，感到比它们更真切的——那近在咫尺的人，一瞬间那么轻易地梦一样地消逝了。我呆望着大千世界，迷惑不解，这是多么古怪的自我隐灭！存在的，不存在的，我如何使两者统一起来！从生活的这个窟窿里溢漫的无边黑暗，日夜吸引着我，我徘徊良久，站在这个窟窿前，望着蔓延的黑暗。我苦苦寻觅，什么可以替代已逝的一切？人不会真心相信空虚。隐逝是假的，而假的，是不存在的，所以，已经看不见的，我不肯停止对它的观望，再也得不到的，我不肯停止对它的寻觅。幼苗被黑暗围困着，它踮着脚尖往上蹿，奋力顶破黑暗，昂首于阳光之中，同样，当死亡突然在我的心灵四周竖起“空无”之黑幔，我整个心灵日夜不顾一切地冲撞着黑幔，拼命地要跑到外面“实有”的阳光之中。但在黑暗之中，看不见突破黑暗的道路时，人的痛苦难道不是无以复加了么？

然而，骤起的一阵阵欢乐的暖风，不时掠过这难以忍受的痛苦，吹进我的心田，我为此感到惊异。生活肯定不是一成不变的，这包含着酸楚的消息，减轻了我心头的重负。我们不是以不变的真实之石垒建的城堡里的囚徒，想到这一点，我内心感到欣慰。一度紧紧握住的，终于放弃了。从损失的角度审视，我感到哀伤，但从解脱的角度审视，我又感到博大的安宁。在生与死的缺损和填补的过程中，遍布世界的家庭的巨大负担，有规则地轻易地把自己扩向四面八方，那种负担不会囿于一处压瘫任何人。信奉一神论的生活的灾祸，不会让一个人扛着。当我第一次明白了这个道理，我就像发现了令人惊喜的一个新的真理。

超乎欲念的本性之美，越发赏心悦目。那些日子，我对生活盲目的迷恋，烟消云散了。阳光明媚的蓝天下，林木的摇曳，把一种甜美注入我含泪的眼睛里。嫂子的死，赋予我全面而完美地观察世界所需的一段距离。我超然地凝伫着，注视死亡的宽广背景前家庭生活的画面，我觉得它是非常迷人的。

有一段时间，我内心的情绪和外在的举止，又有了离经叛道的味道。我觉得，认为家庭中的行为规范是天经地义的，必须时刻遵从，是荒唐可笑的。那些规范似乎与我毫不相干。我全然不理会别人说三道四。我身缠一块长布，披着披肩，趿着一双拖鞋，去塞克尔书店买书。一日三餐也不准时。一连几天，即使下雨，天气寒冷，我也睡在三楼的游廊里，与天上的星星面面相对，最早与曙光相逢。

这绝对不是脱离尘世的苦修。这在我好像是欢度假日，也如同觉得家中手执教鞭的老师已是一个虚影，躲过书房里那些就鸡毛蒜皮的小事对我所作的管教，我尽可品尝自由的滋味了。

一天早晨从梦中醒来，假如发现地球的引力减少了一半，那么还会愿意沿着加尔各答的主要街道行走么？不，我必定随心所欲地纵身越过哈里逊大街上四层五层的楼房，朝前飞行。在广场上呼吸新鲜空气，迎面碰到奥克吐洛尼纪念碑，也不会绕行，而是嗖地一下飞过去。我的境况与此相似。脚下的引力锐减，我可以脱离非要我走的那条道路了。

我独自待在楼顶上，浓黑的夜色中，死亡之国的城堞上竖着一面大旗，为了看一看黑糊糊的石门上镌刻的字母和标志，我像盲人那样用双手抚摸黑夜的躯体。次日清晨，第一束阳光落在我盖的薄被上，睁开眼睛，只见心灵四周的幛幔仿佛透明了；如同浓雾消散，世界的江河、山脉、森林被阳光照得明晃晃的，我的眼前，人生的世界扩展的图景，沾染新鲜的露水。

雨季和秋季

历书首页上摘录的湿婆和雪山神女神秘的对话告诉我们，每一年有一位星宿转世投胎，成为凡世的国王或大臣。我发觉，与此相似，人生的每一阶段，也有一个季节相对地占有优势。回眸童年，记得最清楚的是雨季，三头两天，狂风大作，大雨滂沱，潲进的雨水，浸湿走廊，一间间屋子关闭着门窗。照样去集市买菜的厨娘，腋下夹着装满各种蔬菜的竹篮，蹚着泥浆水，浑身湿透地从集市回来。而我情不自禁地在长廊里叫嚷、蹦跳。

记得雨天上学，我们在竹席遮挡的游廊里上课。下午，天空一层层地布满雨云，眼看着下起了瓢泼大雨，不时传来断断续续的隆隆雷声，仿佛有一个疯子，从这边的地平线到那边的地平线，以尖利的闪电的指甲把天幕撕扯成碎片。在一阵阵狂风的推撞下，竹席摇摇欲坠。天色昏暗，看不清书上的字母，教师只好停课。把奔跑、打闹的任务暂且交给狂风暴雨，我坐在长凳上，晃悠着两条腿，让神思在印度神话中的德邦达尔平原上飞驰，原地不动地消磨清闲的时光。

斯拉万月①的夤夜，淅淅沥沥的雨声，透过睡乡的缝隙，在我心里储积比酣睡更浓烈的惬意。有时稍稍清醒一些，暗自祈祷：上午下雨不要停止，走到外面一看，胡同里积满雨水，池塘的石阶全沉入水中。

然而，远望此后的一段岁月，我发现，是秋季高踞御座。在阿斯温月②澄明无垠的闲暇中，那时的生活，历历在目——闪闪发亮的沾露的碧草上，洒满熔金似的金色阳光。秋天的上午，我在南屋的游廊里创作歌曲，哼着曲调，写下几行歌词：

> 今日秋阳明丽，
> 晓梦中的心儿啊，
> 你怀着什么希冀？

时光悄然流逝。十二点的钟声敲响了。我整个心儿陶醉于歌的情韵之中，耳朵听不见其他工作的呼唤。秋天，我的笔端流泻着诗行：

> 日复一日，淡漠世事，
> 心中在做哪种游戏？

记得，中午我坐在铺着地毯的房间的一隅，在本上画画。这不是艺术学院学生的刻苦练习，而是带着绘画的欲望全神贯注地做游戏。宣泄心中无从描绘的情感，是做这种游戏的主要目的。

---

① 印历4月，公历7月至8月。

② 印历6月，公历9月至10月。

秋天清闲的中午，一种金灿灿的醉意，穿过墙壁，注满加尔各答这杯子般的不起眼的小屋。不知为什么，是在秋阳和秋空中，我看清了人生的那段岁月。那既是农民种的水稻成熟的秋季，也是我的歌曲结出硕果的秋季，是我每日明灿的闲暇的囤中装满果实的秋季，是我无羁的心中以翻涌的喜悦作画、酝酿故事的秋季。

我看到的童年的雨季和青年的秋季的区别是这样的：雨季，外面的自然极为亲密地站在我身边，它的随从们衣着鲜艳，簇拥在我四周，弹奏各种乐器，场面十分壮观。而在秋天醇美、明媚的阳光下欢度的节日，是黎民百姓的节日。云彩和阳光的嬉戏置于身后，他们苦乐的泉水淙淙地流淌。民众的心愿随风飘荡，目光中的柔情，在蓝天上涂抹色彩。

我的诗歌如今站在世人的门口，可尚未自由地进入室内，前面是一重重门，一座座院落。站在路上，只看见窗户里闪烁的灯光，一次次怅然而归。笛箫吹奏的维罗毗曲调，从远处宫殿的大门口传到我的耳中。我的心与他人的心互相谅解，我的意愿与他人的意愿互相协调，艰难地进行着情感的交流。生活之泉冲决一道道阻拦，跳着舞淙淙奔流，溅出啼笑之沫，出现一个个旋涡，找不到它确切的行踪。

诗集《刚与柔集》是站在人们生活乐园门前的路上吟唱的一首歌。为了进入那充满奥秘的聚会之地获得席位，我唱道：

> 我不愿诀别这美好的人世，
> 我愿生活在普天下的黎民之中。

这是卑微的人生对世界生活的请求。

阿苏杜斯·乔德里

我第二次起程前往英国，在轮船上结识了阿苏杜斯·乔德里。他在加尔各答大学法律系已获得硕士学位，这次前往剑桥大学攻读法学博士学位。从加尔各答到马德拉斯，短短几天工夫，我们已成为无话不谈的知心朋友。由此可见，深厚的友情并不完全取决于相识时间的长短。寥寥数日，他以纯洁的坦诚赢得了我的心，过去互不相识的空隙，几天就被真情填补了。

阿苏杜斯归国后,成为我家的亲眷[①]。那时,他还没有进入律师行业的城堡,消失在法律之中。金库尚未对他开启,金钱尚未装满律师空瘪的口袋。他热心于采集文学之林里的花蜜。我发觉,他的天性中涌溢着文学创作的激情。吹拂他心田的文学之风中,嗅不到图书馆书架上摩洛哥书皮发霉的气味,那和风中融合着大洋彼岸陌生的花圃里繁花的芳菲。与他就文学交换看法,仿佛是春天在远方的森林的边地野餐。

他是法国诗歌文学艺术趣味的无所顾忌的品尝者。我当时正在写《刚与柔集》中的诗。他读了那些诗,觉得我与某位法国诗人有着相似的风格。他认为,人类生活的奇妙情趣,紧紧吸引着诗人的心灵,这反映于《刚与柔集》的作品中。这些诗的主旨,是表现进入人类生活,并从各个角度拥抱生活的未曾兑现的愿望。

阿苏杜斯自告奋勇地对我说:"你把那些诗分门别类地归纳一下,出版由我负责。"

说干就干,书很快出版了。他把十四行诗《生命》排在首页,他认为这首诗是这部诗集的灵魂。他的观点是很有见地的。

少年时代,我幽居在斗室里,通过内宅墙壁的缝隙,以好奇的目光观察神奇的外部世界,对外部世界敞开自己的心扉。进入青春期,人类生活的世界仍有力地吸引着我。可我未能进入那个世界,我站在它的边沿。扬帆的渡船破浪前进,可我立在河岸上,我的心也许曾对艄公招手,呼喊。我急切地要把我个人的生活纳入人类生活的旅程。

《刚 与 柔 集》

若说我的特殊社会地位,制造了妨碍我融入外部世界生活的壁垒,为此我感到苦恼,这是不符合实际的。我国已经融入社会生活的人,强烈地感受着四周强大的活力,这样的迹象尚未出现。他们周围有堤岸和石埠,黑幽幽的水面上落下古树凉爽的阴影,翠绿茂密的叶丛中,隐藏的杜鹃以古拙的高音啼鸣,但这是筑了围堤的池塘,这儿哪有流水?哪有波涛?海

---

① 阿苏杜斯与泰戈尔三哥的二女儿波萝蒂娃结为夫妻。

潮何时呼啸着奔腾着扑面而来？人的自由生活的河流冲塌岩石，高呼胜利，波浪翻涌地汇入大海，它的喧豗难道从胡同另一侧邻里的社会传到了我的耳朵里？没有！我啜泣的心儿，渴望从生活的源泉流淌的地方收到火热的欢乐和痛苦的邀请。

在四平八稳、无所作为的环境中，人们老是处于炎热的中午昏昏欲睡的状态，人的生活丧失其全部的内涵，人被精神的委顿所包围。我每日痛切地感到，我要冲出那种委顿的囹圄。

那时，所有羸弱的政治团体和报刊，发动一场场运动，没有印度标记、厌恶为国民服务的"爱国主义"的温和的麻醉剂，注入知识分子的身躯，对此，我从心里不予赞同。对于自身，对于周围的环境，那种厌烦、不满意的态度，使我感到愤慨。我的心儿说："与其如此，不如去当个阿拉伯的贝都因人！"我在《女乞丐》中写道：

欢乐的神明降临，
大地洋溢着欣喜——
你看富翁的门口，
站着一个女乞丐。

这几行诗表明了我当时的观点。富裕、自由的生活之河流淌的社会中，鼓乐齐鸣，人群熙熙攘攘。我们站在外面的庭院里，踮着脚以羡慕的目光注望着，我们不能服饰清洁地加入他们的行列。

一切处于分裂的状态、一切囿于渺小的界限中的地方，才会有在自己的生活中，以各种方法好奇地认识宏大生活的痛楚的欲望。小时候，我坐在仆人用粉笔画的圆圈里，想象着如何进入辽阔世界开启着的游戏室。而在青年时代，我孤寂的心，也凄惶地向人类广阔的心灵世界招手。它是那么不可企及，通往那儿的路太远太崎岖。但不与它建立心灵的联系，那儿的风刮不过来，那儿活水流不过来，那儿的旅人也不会络绎不绝地走过来，陈腐和衰朽，就会壅塞"新生"之路，无人清扫的死亡的垃圾，就会堆积起来压住生活。

雨天，浓云密布，大雨如注。秋天，云彩与阳光游戏，却不遮翳蓝天，农田里稻谷飘香。同样，在我的诗苑里，雨季只有激情的云雾和阵雨，只有凌乱的韵律和含混的词义。但秋天写的《刚与柔集》中，不仅有缤纷的云彩，农作物也长起来了。我想方设法使创作与现实世界贴近，韵律和语言走向成熟。

人生的一个阶段就这样结束了。目前的生活中，家庭与世界、内部与外部的联系一天天地密切了。从现在开始，再不能像欣赏画作那样，漫不经心地看着人生旅程，沿着河岸上的路，进入住宅区，越过是非和苦乐的坎坎坷坷。这儿有太多的创造和毁灭，太多的胜利和失败，太多的冲突和欢聚。我的生命之神，跨越所有的阻挠、矛盾和曲折，愉快而娴熟地把一个最隐秘的夙愿引向显露，我暂时尚无将它昭示的能力。如果不展示那神奇的终极奥秘，我只展示别的什么，那只会一步步造成误解。解剖塑像，只能找到泥土，找不到艺术家的欢乐。所以走到“公地”的门口，收住脚步，我向这部回忆录的读者告辞。

第三辑

经管祖传田庄

那时的秋阳下，我广袤的身躯里，一种欢乐的浆汁，一种生命的活力，在很难表达的半清醒的状态中，气势磅礴地涌动着，我隐约地记起了那时的情景。

经管祖传田庄

一

小河拐了个小弯，形成怀抱似的一个二三十度的角，河岸很高，我们隐蔽在怀抱似的转弯处，一百米开外看不见我们的身影。

从北面走来拉纤的船夫，一转弯忽然看见杳无人迹的原野的尽头奇怪地泊着一艘船，大为惊异，脱口说道：

"哎，这是谁的船呀？"

"看上去像地主家的。"

"干吗停在这儿？不停在庄园里？"

"八成是来呼吸新鲜空气的吧。"

这样的对话，一天能听见好几回。其实，我的使命比呼吸新鲜空气要艰难得多哟。

中午饭刚吃过，现在是一点半钟。提锚解缆，我乘的船缓缓朝田庄驶去。河风轻拂，却无凉意。冬天的阳光照在身上，暖洋洋的。船儿在浓密的水草上面驶过，响起呲溜呲溜的声音。不少小甲鱼伏在水草上，伸长脖子晒太阳。

远处的一座座村庄静静地朝我的船儿靠拢，村里有几幢茅屋、屋顶上不铺草的泥屋、几座草垛，还有酸枣树、芒果树、竹林。三四只山羊在啃草，几个光屁股男孩女孩在玩耍。河边简易码头上，有的人在洗澡，有的人在洗衣服，有的人在刷碗擦盘。一位害羞的村妇腋下夹着汲水的陶罐，两个手指稍稍撩开面纱，好奇地望着站在船头上的地主[1]，她刚洗完澡的孩子，

① 指泰戈尔自己。

一丝不挂,通体黑亮,拽着母亲覆膝的裙裾,目不转睛地瞅着现在我这位后来给你写这封信的人,满足着从未有过的好奇。

河边泊着几只木船。一艘暂时遭遗弃的旧渔船半浸在水中,等待着被拉上岸修理。作物收割完毕的空旷田野上,常常可以看见几个牧童,几只黄牛走到倾斜的堤坡上,寻找鲜嫩的青草。晌午时分,如此幽静的环境,别处恐怕是没有的。

波迪夏尔

1891 年

二

昨天我在公事房里处理杂务,同雇农交谈,问他们有什么要求时,突然来了五六个男孩,神色庄重地站在我面前。不等我发问,他们中间一个口齿伶俐的孩子,以纯正的孟加拉语演讲似的开始说道:“大人,承蒙天帝垂恩,您又光临此地,我们这群不幸的村童真是三生有幸!”

他以抑扬顿挫的语调大约演讲了半小时,好几次背错,抬头望着天空,想了想,纠正了继续往下背。

我终于听明白了,他们的学校缺少椅子、凳子。他讲述着缺少椅子、凳子的严重后果:“我们端坐何处?堪受我们膜拜的老师当坐何处?督学光临鄙校,我们恭敬地请他坐在何处?”

听着这个小男孩口若悬河滔滔不绝地演讲,我心里觉得好笑。尤其在这间公事房里,不识字的农民以朴素平易的农村方言,有板有眼地对我诉说他们的贫困痛苦。在这儿,我听他们说,每当洪水泛滥,发生饥荒,卖掉黄牛、牛犊、木犁,换到几升粮食,每天填不饱肚皮。而这个男孩演讲,“日日”这个词,他不用孟加拉语单词“ohoroho”,而用梵文词“rohoroho”,“越过”这个词,他不用孟加拉语单词“otikromo”,而用梵文词“otikroya”,以缺少椅子、凳子为内容的孟加拉语演讲,掺杂这么多梵文词,别人听了感到真有点不伦不类、古里古怪。

其他雇农和管家见这个小家伙“精通”文言文,惊叹不已。他们好像在心里抱怨他们的父母:“爹妈舍不得花钱让我们念书,要不然,我们也能像他这样用纯正的语言提出自己的要求。”

我听见一个人用胳膊肘碰碰另一个人,用忌恨的语气说:“这个小家伙是谁教的?”

他的演讲尚未结束,我打断他的话说:“放心吧,我会给你们购置足够的椅子、凳子的。”但他并不罢休,停了片刻,从被打断的地方重新开始他的演讲,尽管他已达到目的,再说是多此一举。

他锲而不舍地说完最后一句话,向我鞠躬行礼,带着他的小伙伴兴高采烈地回家去了。我假如不答应提供椅子、凳子,他未必伤心。但他下苦工夫背下的演讲词,不让他讲完,他将感到恼怒。所以虽然手头有许多急事,我仍耐着性子神色和蔼地听他从头至尾背了一遍。

卡里格拉姆

1891 年

三

纵目远望,清幽秀丽的水乡景色令人心旷神怡。我窗前的河对岸,四海为家的贝德人①搭起竹架,上面铺几张草席和毡布,便算是栖身之所了。那是三个简易小帐篷,人在里头直不起腰的。他们在帐篷外面做各种活计,晚上钻进去挤在一起睡觉。贝德人的习性亘古如斯,有点像吉卜赛人。他们没有固定的住所,不向地主交租。他们携儿带女,赶着狗,轰着猪,到处流浪。警察时时以警惕的目光监视他们。

我常立在窗前看他们干活儿。他们看上去挺随和,很像信德河东岸的居民。虽然皮肤黧黑,但身材壮实,矫健,相貌端正。他们的女人也很俊俏,身段匀称、苗条、颀长。热烈大方的动作颇像英国姑娘。她们无所顾忌的举止行动,富于快捷自然的节奏。我有时觉得她们简直就是黝黑的英国女性。

一个男的把铝饭锅搁在灶上,坐在一边破竹篾,编制篮子箩筐。他的妻子面对怀里的一面圆镜,细心勾了分发线,梳完头发,用湿毛巾非常仔细

① 在孟加拉地区,贝德人以编制竹器、贩卖土特产、耍蛇为生。

地擦净面颊，整理一下衣裙，干净利索地走到男人身边，盘膝坐着做零活儿。这情景很有诗意，我认为。

这些大地的儿女，常年挨着大地的躯体。但他们中间也有对美的渴求，也想方设法让对方开心。他们不知在哪儿出生。他们在漂泊中长大，最后不知在哪儿死去。我很想了解他们的现状，窥探他们的内心世界。

寥廓的天空下，凛冽的寒风中，裸露的田野上，爱情、儿女、家务、劳动……组成他们的奇特生活。我见他们不停地忙碌，没有一个人闲坐片刻。一个女人做完手头的活儿，立即坐在另一个女人身后，解开她的发髻，认真地捉虱子，估计俩人嘀嘀咕咕还在谈论三个帐篷里的隐秘，可惜离她们太远，听不清楚。

今天上午，无忧无虑的贝德人家里突然人声嘈杂。那是八九点钟光景。他们把睡觉盖的夹被和破旧褥子搭在帐篷上晒。几头大猪小猪簇拥在一起，远看像一堆土圪垯。挨过了寒冷的长夜，晒太阳晒得正舒服。他们其中一家的两条狗，前脚踩在猪背上，汪汪叫着把它们轰了起来。那些猪不情愿地爬起来，哼哼唧唧觅食去了。我正在写日记，时而抬头瞥一眼窗前的土路，忽听路上传来了叱呵。我起身走到窗前，只见贝德人的帐篷前聚集了不少人。一个绅士模样的人，骂骂咧咧地挥舞着警棍。贝德人的头领神色惊慌，用发颤的声音争辩着。我猜测谁控告他们违反法规，警长特来找他们的麻烦。

有个贝德女人依旧专心致志地削竹篾，那儿仿佛只有她一个人，周围没有出事。俄顷，她霍地站起，毫无惧色地对警长挥动着手臂，连珠炮似的反驳。警长的气焰顿时大为收敛。他温和地想解释几句，但许久没有插嘴的机会。

警长走时态度软了许多，可是慢吞吞地走了一箭之遥，忽然气急败坏地吼道："听着，快给我滚蛋！"我以为我的邻里贝德人会拆掉帐篷，打点行囊，赶着狗，轰着猪，迁往别处。然而，始终不见动静。他们照样做饭，照样捉虱子，照样坦然地削竹篾。

我想起到我公事房告状的一个蒙着面纱的农妇，从她面纱后面飘出的银铃般的话音里，也没有一点儿犹豫、悲切、惶惧，只有清晰争辩的执拗。她一句话点到了要害："管家对俺不公平。"她不容别人解释孰是孰非，一个劲儿地申诉："俺是寡妇，俺孩子还没拉扯大……"我心里暗笑，不做声，不同她争论。她侧着脸,从面纱后面斜眼观察我的表情。公事房里来这么一个女人,可就热闹喽。听差的嗓门自然而然地变小,男佃户别指望有时间提出自己的要求。

从开启的窗户望出去,秀丽的景色愉悦我的双眼。但也有不和谐的情景使我心中不快,这如同牛车上满载货物,行驶在坑坑洼洼的路上,车夫还用木棍使劲捅黄牛,嫌它走得太慢,我见了感到无法忍受。今天上午发生了这样一件事:我看见一个女人带着皮肤黝黑、瘦小的光屁股男孩下河沟洗澡,今天天气特别冷,那女人让小孩站在水里,往他的身上泼水时,他冷得索索颤抖,凄厉地哭嚎,"格格格"咳得很厉害。那女人不知怎的火了,啪地抽他一记耳光,我在屋里听得清清楚楚。男孩蹲下来,双手抱着膝盖,咳得不能号啕大哭,嘤嘤啜泣着。洗完澡,那女人拉着全身湿漉漉的哆嗦着的光屁股男孩的胳膊,回家去了。我觉得那女人对孩子蝎子一样狠毒!她的孩子幼小,和我的儿子年纪差不多,我目睹的这幅恶母痛打稚儿图,是对人类美好理想的沉重打击,让人想到怀着爱心行走的人,冷不丁重重地摔了一跤。

那幼小的孩子们多么可怜啊!不公正地对待他们,他们无奈地伤心哭泣,却惹恼冷酷的心。他们还没有学会乖巧地诉苦。天气寒冷,那女人全身裹得严严实实,可她的孩子一丝不挂,不住地咳嗽,还挨了"母老虎"一记耳光!

萨加德普尔

1891 年 2 月

四

昨天收到回复的电报,杂事料理停当,已是黄昏时分,我吩咐船夫解缆起航。

天上没有一丝云彩,月亮悄然升起,微风吹拂。木桨豁哧豁哧地入水出水,小河上船儿吃力地逆水行进。周围仿佛是天国仙境。这时,其他的船只泊在岸边,落下篷帆,系牢缆绳,在月光下安然入睡。

行至这条小河与朱木拿河交汇处附近一个安全的地方,我坐的船也停泊了。然而,安全的地方有许多缺憾。例如,没有风,贴靠着其他船只,好像进了一只闷罐子,还闻得到岸边树林里腐烂的气息。

我赶忙对船夫说:"这边一点儿风也没有,把船撑到对岸去吧。"

对岸没有高耸的堤堰,河面与陆地几乎一般高,稻田甚至灌积了齐膝深的水。船夫把船撑到那儿,抛下铁锚时,我们身后的天上亮起一道闪电。我躺在床上,头靠近窗户,望着农田。突然,传来了惊慌的叫喊声:"风暴来了!""快抛铁锚!""结牢船缆!"在水手们的"快干这,快干那"的呼叫声中,毁灭般的风暴来临了。

穆斯林水手们在安慰船上的人:"别怕,兄弟们,诵念真主的圣名,真主是我们的救星!"于是大家都举起双手,虔诚地呼喊真主。

我们的船窗挂的帘布在风中哗嗒哗嗒地飘动,船儿像铁链加身的鸟儿,扑扇着翅膀。飓风哇啦哇啦地吼叫,像可怖的兀鹰嗖地凌空而下,啄住桅杆,要将木船撕成碎片,木船在痛苦地呻吟着,挣扎着。过了好久,下起了大雨,狂风才渐渐停息。

泛舟朱木拿河,本想换换空气。谁承想让我吸进那么多疾风,数量之多出乎意料。好像谁对我开玩笑说:"今天让你如愿以偿,吸一肚子风,接着让你喝河水!让你喝饱吃足,今后就再不用喝啦!"

在自然的眼里,我们难道是他的孙子?他可以随时随地耍弄我们?我以前曾经说过,生活是严肃的嘲讽。理解这种嘲讽的含义有些困难。因为,不管同谁开玩笑,他总不乐意接受玩笑的趣味。你想想看,半夜三更,我安稳地躺在床上睡觉,要是神明抓住世界抡起来甩打,谁还找得到逃命的路么?毫无疑问,这是神明新奇的戏弄,这样的恶作剧来得太突然了,吓得达官贵人半夜里从床上一跃而起,光着身子上气不接下气地逃窜。这还是不足挂齿的戏耍?楼房的天花板塌下来,砸在乍醒的迷迷瞪瞪的老实人的头上。这算是开了个小小的玩笑么?倒霉的楼主人在银行里填写支票,付给修缮楼房的瓦匠们工钱,那把玩奥秘的自然之神见了岂不要笑掉大牙!

萨加特普尔　水路上

1891 年 6 月 20 日

五

今天中午，风和日丽，四周异常安静。我浮想联翩，手捧着的书，一页也没有读完。从木船停泊处飘来的水草的清香，田野里暖烘烘的气浪，萦绕着我的躯体，仿佛有生命的大地对我徐徐地呼出热气，而我的呼吸也拂触着他的身子。

绿油油的稻秧随风摇颤；河里的鸭子或潜水觅食，或用喙撩水洗濯羽毛。没有喧杂；潺潺流淌的河水牵动木船，缆绳和跳板发出轻微的凄凉的声音。

不远处是渡口。郁郁葱葱的榕树下聚集着不少等待摆渡的人，渡船一靠岸，便争先恐后地上船。我久久地望着渡口，感到别有一番情趣。对岸是乡村集市，怪不得渡船这么拥挤。他们有的头顶着几捆青草，有的挎着竹篮，有的扛着麻袋，下船后急匆匆走向集市。有些村民赶完集往回走了。宁静的晌午，小河两岸两座村庄之间这司空见惯的事情，构成乡村生活的一条支流，缓缓地流动着。

孟加拉平原风光

我坐着陷入沉思：孟加拉的田野、河埠、蓝天、阳光为何透现沉郁的苍凉呢？或许是因为孟加拉的自然景色特别引人注目的缘故吧。万里无云的晴空，一望无际的平原，金光四射的太阳，置身其间，觉得人太渺小了；人来人往，像渡船划过来划过去，只隐隐听见他们的交谈；世界的集市上，模糊地看见他们在人生的道路上颠踬，寻觅亘古如斯的些许悲欢。在浩茫冷漠、万世绵延的自然中间，那微语，那忽隐忽现的歌谣，那昼夜的琐事，是那么细微，那么短暂，充斥无谓的忧思。没有目标、烦恼，无需拼搏的幽寂的自然中间，可以看见博大的美和广阔而稳定的宁谧。可是在我们人群中间，满目是不间断的奋斗的艰苦和可怜的愁容。

远望河畔影影绰绰紫岚缭绕的丛林，我的心不觉飞到了那儿，在凉荫下谛听清风和枝叶的喁喁低语。

愁云惨雾、坚冰厚雪、漫漫黑暗笼罩的地方，自然是萎缩的。那里的人建立了功业，认为他们的愿望和事业万古不朽，在所做的每一件事情上打上深深的印记；他们把目光投向后裔，树碑立传，在尸体上用岩石建造永久的纪念堂。然而，接下来许多印记漫漶了，许多名字被遗忘了，这一点没有被人们注意到，是因为他们太忙了。

萨加特普尔

1891 年 6 月 23 日

六

下午，船儿泊在当地一座村庄的码头上。我坐在船上，看一群孩子快活地玩耍。但这几天日夜跟着我的几个士兵，惹得我很不愉快。他们认为，孩子们的游戏太粗野了。船夫们坐在一起聊天，开怀大笑，他们也觉得那是对国王的不尊敬。农民把黄牛牵到码头上，让牛饮水，他们立刻上前挥舞棍子驱赶，以维护帝国的尊严。换句话说，国王的周围成了没有笑声、没有游戏、没有声响、没有人烟的荒漠，在他们的眼里，帝国的尊严才得到有效的维护。

昨天，他们也凶神恶煞似的跑过去驱赶游玩的乡村孩子，我把上层人物的尊严抛到九霄云外，严厉地制止了他们。事情是这样的：河岸上放着一根很粗的桅杆，几个光屁股小男孩蹲在地上商量了一会儿，觉得他们齐声喊着号子，推动桅杆，那是一种极有趣的新游戏。他们怎么想就怎么干！

他们一面推桅杆一面高喊："小伙伴们干哪，嗨哟！用力推哪，嗨哟！"桅杆转一圈，他们中间就爆发出一阵大笑。

男孩子中间有一两个女孩，她们的脾性、举止与男孩截然不同。她们是因为缺少女伴，不得已加入了男孩的行列。她们的性情无法赞同这种乱哄哄的费力的游戏。一个女孩一声不吭，走上前去，严肃而平静地坐在桅杆上。

男孩们愣住了，饶有兴味的玩耍戛然而止。其中两个男孩歪着头寻思了一会儿，他们似乎觉得解决眼下这个难题的最好办法，是向她屈服。他们悻悻然走出一丈来远，懊丧地望着神色庄重凝然坐在桅杆上的女孩。他们中一个顽皮的小家伙，走过去，试探着轻轻推一下女孩。她不搭理他，照样悠然自得地坐着休息。年龄最大的男孩，指了指旁边可供她休息的地方，可她使劲儿摇摇头，双臂交抱在怀里，扭一下身子，挺直腰杆稳坐不动。那个男孩于是以膂力与她讲理，并立即赢得了胜利。

欢呼声再次响彻天空，桅杆又开始滚动了。过了片时，那个女孩摈弃女性的清高孤傲和高洁的个性，摆出随遇而安的样子，参与了男孩们这种颇具刺激性但并无什么意义的游戏。但从她的表情可以看出，她好像在心里说："男孩子根本不懂什么叫游戏，他们只会凑在一起瞎闹。"如果她手边有一个盘着发髻的黄泥娃娃，她难道还会同傻头傻脑的男孩一起玩推桅杆这种无聊的游戏吗？

不久，男孩们又想到另一种玩法，那也是很有趣的。两个男孩抓住一个同伴的手和脚，一左一右地甩了起来。毫无疑问，这其中有一个大奥秘。其他男孩见了全都欢呼雀跃。但女孩见了觉得无法忍受，一脸厌恶，离开现场，回家去了。

接着发生了意料中的意外，两个男孩一松手，被晃悠的男孩咚地落在地上。他爬起来，气呼呼地撇下游伴们，走到远处的草地上躺下，头枕着交握的双手。他愤怒的表情在无言地宣告：他不再与这个冷酷无情的世界保持任何联系，一生不同任何人游玩，独自仰面静卧，数夜空的星星，看云彩的游戏，聊度余生。

年龄最大的男孩见他一副愤世嫉俗、过早地断绝尘缘的果决神态，急忙跑过去，把他的头搂在怀里，后悔地请他原谅，关切地问："身上哪儿碰疼了吗？小兄弟，别生气，快起来吧！"

不一会儿，我看见两个男孩像两只小狗，手拉着手又亲热地玩开了。不到两分钟，屁股摔疼的男孩又被同伴们抓住手脚甩悠起来了。

哦，孩子们有着多么奇妙的兴致，多么坚强的意志，多么稳固的理性！那个男孩一怒之下停止游玩，走到远处仰面躺在地下，一会儿又笑嘻嘻地站起，主动让同伴们当玩具晃悠。这些孩子多么自由！世界上有多少孩子能像他们这样头枕着手躺在草地上？大地的乐园里，为这些好孩子专门建造了居室。

萨加特普尔

1891年6月

七

大概是因为我远离了加尔各答，我对人的稳定性和高尚的信任，迅速减少了。这儿人少地广，周围目睹的事物，完全不同于今日生产、明天修理、后天转手卖掉的物品。它们世世代代岿然屹立在人的生死过程之中，每日在迁徙，永远不停地流动。

来到农村，我不再认为人是孤立的。如同大河流过许多地区，人群之河也终日喧嚷着流过森林、村寨和城市，迂曲地流向前方，永远不会干涸。人来人往，我永远前进，这话说得不太恰当。人类这条大河，也有大大小小的支流——它的一端是出生的山脉，另一端是死亡的大海。两端皆是黑暗的奥秘，中间是形式繁多的游戏、劳作和柔声细语，任何时候不会停歇。

你听，农夫在田里一面劳动一面歌唱，渔船轻快地行驶，时光悄悄流逝，阳光越来越炎热。码头上有人在洗澡，有人在汲水。如此这般，在宁静的河畔，在村子里，在树荫下，千百年的岁月哼着歌儿朝前奔走。在这一切中间，响着悲凉的话音：我永远前进。

寂静的中午，当牧童从远处高声呼唤他的同伴，一只船在豁哧豁哧的桨声中驶去，村姑们用空陶罐汲水，响起咕噜咕噜的进水声，此外还有自然的各种不很清晰的声音，如一两只鸟儿的鸣啭，蜜蜂的嗡嗡嘤嘤，船儿在风

希拉伊达哈庄园

中颠簸着行驶发出的嘎吱嘎吱凄婉的声音……这一切交融成一支轻柔的催眠歌儿，有一位母亲仿佛在吟唱，为的是让她患病的儿子进入睡乡，忘记疼痛。她边唱边轻声对他说："别哭了，别胡思乱想，别再和人争论、搏斗，忘记那些吧，安安稳稳地睡一会儿。"说着，伸手轻轻抚摸他滚烫的额头。

希拉伊达哈

1891 年 10 月

八

上午，和风轻轻吹拂，我不想做任何事情。不经意中十一点十二点钟敲过了。我没有看一页书，没有着手做一件事，一上午一动不动地坐在一张椅子上。脑子里掠过一些凌乱的思绪，闪现一些不完整的想法，可我感到无力将它们归纳整理表达出来。一句歌词在脑海里萦回：足镯叮叮当当。上午气候宜人，暖风习习的河中央，足镯声仿佛时左、时右、时在后面回响着，只是不显露，也无人将它展示，所以我久久地静坐着。

水位下降了许多，没有一处的水深过腰部，所以船泊在河中央毫不困难。我右侧的沙洲上农民在耕地,不时把黄牛牵到河边饮水。我的左侧是希拉伊达哈的椰子树和芒果园。女人们在码头上洗衣服,沐浴,汲水,用方言大声说笑。

年轻的姑娘们无休止地戏水,洗净了身子,又扑通一声跳进河里。她们无忧无虑的大笑声是那么悦耳。男人们神色庄重地下河,履行公事般的全身浸泡几次,擦几下上岸走了。而女人们似与河水结下了不解之缘。两者有许多共同点,友情深厚。

河水和女性同样以甜美的嗓音喁喁低语,同样光彩照人——看看那富于清丽的姿态、轻盈的步履和天然神韵的水浪吧,她在烈日下被晒得略显憔悴,但任何力量不能把生命般的她劈为两截,使之分崩离析。她伸出双臂拥抱严酷的大地,大地看不透她内心深处的奥秘。她不生产作物,但她不渗入大地深处,大地就长不出一棵草。

田尼生①把女人与男人作了比较,说女人是水,男人是烈酒。今天我却认为,女人是河水,男人是陆地。女人与河水朝夕相处,相得益彰。女人头顶着其他重物是不雅观的。但从清泉、水井、码头汲水,任何时候都不能认为那是不高雅的。沐浴,擦洗肢体,走下池塘的石阶,坐在齐腰深的水里闲聊,女人们组成一幅美丽的画面。

我看到,女人们爱河水,她们有着相同的秉性。男人没有女人和河水那种不停的动态和甜美的声音。乐意的话,我还可以昭示她们更多的相同之处,但时间不早了,不应该为一件事一瘸一拐地走得很远。

希拉伊达哈

1892 年 4 月 7 日

九

每天清晨,我睁开眼睛,看见左边是河水,右边的河岸罩上了金色阳光。

欣赏优美的风景画时,我们常常会想:“啊,我们住在这儿多好哇。”那

① 田尼生(1809—1892),英国诗人。

种愿望在这儿实现了；我仿佛生活在一幅金光灿烂的图画之中，里面没有现实世界的任何苦难。

小时候，我阅读《鲁宾孙漂流记》和《保罗与弗吉妮》[①]，看了书中插图里的海洋和森林，我的心对尘世便没有丝毫的留恋。这儿的阳光唤起了我对童年时代看插图的回忆。我不能确切地表述这种感觉的内涵，也不明了与之相关联的欲望。这好像是与广阔大地的骨肉亲情。远古时期，当我与大地浑然一体，我的身上长出碧草，秋阳照耀着我，金色的阳光下，我宽广的翠绿肢体的每个毛孔里，散发出清香的青春活力。我无限地扩展，渗透遥远的水域、陆地、山脉，静静地偃卧在阳光明丽的蓝天之下。那时的秋阳下，我广袤的身躯里，一种欢乐的浆汁，一种生命的活力，在很难表达的半清醒的状态中，气势磅礴地涌动着，我隐约地记起了那时的情景。

我这样的感觉，似乎就是阳光普照下，每日幼芽萌发、鲜花盛开的原古大地的欢悦的感觉。我的意识之河，在大地的每棵小草和树根的脉管里徐徐流淌，于是，一片片农田欣喜若狂，椰子树的每片叶子激动得沙沙颤抖。

我和大地这种息息相通、密不可分的亲情，乐意的话，可以生动地描述，但许多人也许听不懂，觉得这太荒诞了。

希拉伊达哈

1892 年 8 月 20 日

十

这儿有一个相貌丑陋的英国人，一双狡猾的眼睛下面镶着鹰钩鼻，下巴几乎有两英尺[②]，唇髻、胡子刮得干干净净，两腮凸隆，可谓一只膘肥体壮的约翰牛[③]。

目前，殖民政府试图干预印度传统的陪审制度，遭到了各阶层的反对。那个英国人仍固执地提出这个话题，与“波”先生发生激烈争论。他侈谈什

① 法国作家贝纳丹·德·圣毕哀尔(1737—1814)的一部小说。

② 作者在这儿用了夸张手法。

③ 英国人的绰号。

么“印度道德水平低下”,“对印度人神圣的人生不可给予太多的信任”,“他们不配当陪审员”,等等,等等。

一个外国人应孟加拉人的邀请,来到孟加拉人中间,无所顾忌地大放厥词,他们究竟以怎样的目光看待我们的,由此可见一斑。

我离开餐桌,在客厅的一个角落里坐下,我眼前一切好似幻影。我仿佛看见扩展着的幅员辽阔的印度,仿佛坐在失却光荣的、悲怆的祖国母亲的床头,浓厚愁悒笼罩我的心田,我不知道如何对你诉说。

然而,我的眼前晃动着身穿晚礼服的英国太太,耳边回响着英国人的说笑声,这样的氛围与我的心情是多么不和谐啊。对我来说,印度是真实的,永恒的,而这餐桌旁的甜蜜的笑容,英国人符合礼节的谈吐,在我们眼里,是多么虚假,多么虚伪!

卡达格

1893 年 2 月 10 日

十一

现在我坐在船上。这艘船是我的寓所。我是这艘船唯一的主人,谁也无权支使我,干预我如何消度时间。这艘船像我的一件旧睡衣,进了船,意

诗人坐的船

味着进入松快的闲暇。我可以自由地思考,自由地想象,阅读想阅读的书籍,写想写的作品;把脚搁在桌上,久久凝望河面,沉浸于天空阳光灿烂、充满闲适的白昼的时光之中。

这几天与先前熟稔的事物重逢的新鲜感觉,将慢慢淡化。之后,是定时的写作、读书、散步,重又恢复昔日与自然的那种质朴友情。

说实话,我对帕德玛河情有独钟。如同大象是雷神因陀罗的坐骑,这帕德玛河是日夜为我效力的坐骑。它不太驯顺,略显野烈,但我仍想伸手抚摸它的脊背和颈项,以示爱怜。

水位下降了很多的帕德玛河,透明,消瘦,像肌肤白皙、姣俏苗条的少女,身裹的柔软纱丽十分熨帖。她姿态优美地迈着步,纱丽随着轻盈的步履飘拂着。

我在希拉伊达哈住在船上的时候,我心目中的帕德玛河,确实像一位不同凡响的女性,所以描写她纵然言过其实,也不应认为不适宜写在信中。那些话泄露这儿的隐私。

一天之中,我和加尔各答的感情发生了多大的变化呀。昨天下午,我坐在楼顶上是一种心态,今天中午坐在船上是另一种心态。在加尔各答凡是多情善感或富于诗意的,在这儿是活生生的真实!它们不愿在煤气灯照亮的公众的舞台上跳舞,只想在这儿澄明的日光和宁静的闲暇中,默默地做自己的事。它们到了后台,不擦去油彩,心中就得不到安宁。而我继续协办《求索》杂志,为大众谋利益,累得上气不接下气,似乎是多此一举——其中的许多成分不是纯金,是掺入的其他金属。在这儿无涯的天空下和辽阔的安谧之中,可以不看别人的脸色,怀着纯正的快乐,做自己喜欢做的事,其实这才有意义。

希拉伊达哈

1893 年 5 月 2 日

十二

昨天下午,突然乌云滚滚,大雨倾盆,不久天又放晴了。今天,几片失散的薄云在艳阳下显得分外洁白,逍遥自在地在天边漫步,看上去没有化为甘霖的意思。印度古代的文豪贾纳格在其著名的诗篇中加以痛斥的不可信任者的名单上,似乎应加上司掌节气的神灵。

上午的水乡分外秀美,蓝天纯净,河水不泛涟漪,倾斜的河滩上芳草缀着昨天的水珠,熠熠闪亮。阳光普照的原野,犹如身着素雅长裙的庄严女神。

上午太寂静了,不知为何不见河里有船行驶。离我的船不远的码头上,也没有人来汲水、洗澡。事情料理停当,管家径自去了。我默坐了一会儿,仿佛听见"幽寂"在低语。碧空和阳光仿佛渗入脑壳,占据了里面的地盘,用蔚蓝和金黄染透思绪和情感。船上有我弄来的一张躺椅,这样的时光,我喜欢抛却一切琐事,静静地躺下小憩,我觉得:

我像一朵野花,
　　自生自灭,无始无终,
年年岁岁
　　开放在青林。

我仿佛在天宇、河流、古老苍翠的大地的轻舟上消度年华,看不尽熟稔、真挚、丰富的情感的变幻。

在乡村我还享有另一种愉快。那些质朴谦恭的老佃农三天两头来看望我。他们对我的尊敬纯正至极!单就美好的淳朴和真诚的尊敬而言,他们比我高尚。我不配领受他们的尊敬,尽管这种尊敬并不低下。对这些"老孩子"的爱,类似与儿童的爱。当然两者是有区别的,从某种意义上说,他们比儿童更值得爱怜,因为孩子在一天天长大,而他们不会再长了。

他们的消瘦、伛偻、皮肤松弛多皱的躯体包裹着一颗纯洁、单纯、善良的心,而孩子的心里只有单纯,没有他们那种充满依赖的忠诚。人与人之间假若真有什么精神纽带,但愿我心里对他们的祝福能够实现。诚然,不是个个佃农都这样淳厚,不应该抱那种奢望。最珍贵的往往也是最少见的。

希拉伊达哈
1893 年 5 月 11 日

十三

我乘的船穿过沼泽，朝卡里格拉姆驶去，一个想法清晰地在脑子里闪现了。这并不是新的想法，考虑也有一段时间了，但一次次感到旧的想法具有新的内涵。

流水如果不为两边的两条河岸所挟持，就显不出它的美丽来。无边无际不受控制的沼泽，看上去单调而不美。对于语言来说，韵律起着河岸的那种限制作用。给予语言某种特殊的形态或特殊的装饰，它便风姿绰约。如同两岸夹持的一条条河各具个性，好像一个个秉性不同的人，由于韵律的制约，一首首诗也像形象鲜明的一个个实体。散文就没有那种相对固定的美的特质，它像烟波浩渺的没有特色的大泽。

此外，由于被河岸控制，河水才能流动，才有速度。但不流动的沼泽，卧躺着，巨口吮含着八个方向。如果觉得有必要给语言一种流动和速度，就必须把它限制在狭小的韵律之中；否则，它只管四处蔓延，不能集中精力朝一个方向奔流。

农村的人管沼泽的水叫“哑水”，它没有语言，没有自我表现。岸堤管制的河水，发出潺潺的声响。把话语拘锁在韵律之中，它们就互相碰撞，形成一种音乐。所以，韵律的语言不是哑默的语言，它时刻唱着清亮的歌曲。身处束缚之中，才有运动之美、韵音之美和形式之美。身处束缚之中，不仅有美，还有张力。

诗很自然地慢慢地接受韵律的约束，并在约束中展现自己。那不是为了给予人为的习惯的愉快，它本身具有天然的深沉的愉快。有些愚蠢的人认为，诗接受韵律的束缚，不过是自我炫耀，是为了给普通人一个惊喜，充其量不过是语言的体操。他们的看法是十分错误的。导致诗律产生的法规中，也产生了宇宙所有的美。通过一种固定的束缚，快速流动，撞击心灵，美才有势不可挡的力量。

超越雅致的束缚，一盘散沙，便没有冲击力。离开沼泽进入河流，又从河流进入沼泽，我心中这种观点越发的灿亮了。

波迪夏尔

1893 年 8 月 13 日

十四

今天我收到几张剪报，上面登载的报道记述了巴黎艺术团体的疯狂行径，以及卡里格拉姆老实本分的农民的苦难生活。

据我观察，这些坚守忠信、生活贫困的雇农脸上布满温善、憨直的神情。事实上，他们是孟加拉这个大家庭的成员。把这些孤苦无援、依赖他人、淳朴的雇农当做自己的家人，我心里感到快慰。

他们默默无声地忍受着许多痛苦，但他们的爱从未褪色。今天一位雇农跑来对我说："有一年水稻歉收，我特意去了宗朱拉耶，请求大老爷免收地租，他说：'我同意减租，你们也得让我吃饱肚子。'这儿的管家听说我向大老爷诉苦，心怀忌恨，跑到县里诬告我，让我蹲了三个月大牢。那时，我只得向您的土地磕了个头，到别的地方租地干活儿。"

然而，他对我们的田庄依然忠心耿耿。邻村的地主偷偷地蚕食田庄的土地，他知道后立即到公事房报告，租给他土地的新地主恼羞成怒，连同水稻收回土地。他对我说："我在这块土地上长大的，如今老了，对田庄有利的话我能不说么？"

说着，他擦了擦眼里的几滴泪水。他没有兜圈子，没有故弄玄虚，简洁地讲了事情的经过，瞧一眼他的神态，可以相信他说的全是真话。

他们并不知道，我对他们是多么尊重，认为他们比我高尚得多。不过，这与巴黎的文明大相径庭。它比巴黎的文明坚实得多，光彩得多，和谐得多。

当地人的这种品质，是不应受到轻视的。只要这种晶洁的质朴在文明中得不到一席之地，文明就不是完美的。质朴是保持人健康的唯一办法，它像恒河，在它的水中沐浴，世上的许多怨恨就可以消释。

但欧洲似在豢养形形色色的仇恨，并以千百种人为地制造的疯狂的仇恨日夜激怒自己，今天收到的每一张剪报上可看到这样的证据。

加尔各答

1893 年 8 月 21 日

十五

“贝”昨天寄来了他写的文章《爱护动物》。今天上午，我阅读、修改了这篇文章。

昨天，我坐在船舱口，望着外面的河水，忽然发现，一只水禽拼命朝对岸游去，它后面紧跟着“抓住它、打死它”的叫嚷声。定睛一看，原来是一只母鸡。在将死之时，它猛地窜出厨师的船，纵入河水，夺路而去。快游到岸边时，阎罗般的厨师一把掐住它的脖子，抓回船上。

我把厨师法迪克叫来，告诉他今天不用为我做荤菜了。恰恰那个时刻，“贝”的大作《爱护动物》送来了，这样的巧合，使我略感惊讶。

其实，我并无吃肉的嗜好。我们从未细想，我们做着多么残酷多么不仁义的事情，因而坦然地大块吃肉。世界上许多事带来了污秽，这是人一手造成的。这种事究竟对不对，它取决于国民的习惯、风俗、传统和社会法则。但是残酷与之迥然不同，它是原始的罪恶；它既不允许争论，也不允许犹豫。

如果我们的心没有麻木不仁，如果我们没有闭上双眼捂住心灵的眼睛，我们就可以清楚地听见对残酷宣布的禁令。然而，我们聚在一起，说说笑笑，快快活活，处之泰然地做着这种残酷的事；谁要是不做，反倒觉得他太古怪了。

对于善德、罪恶，人类有着一种世俗的荒谬的见解。依我看，一切宗教中至上的宗教，是对生灵的怜悯。爱是一切宗教的基石。前几天，我读的一份报纸上说，花五万英镑买的一批肉，从英国本土运到非洲的一个军事基地；由于肉已变质，这批肉又退了回去，在英国朴次茅斯港仅以五六百卢比的价钱拍卖了。仔细想想，这是生灵之生命的多么可怕的浪费！这些生灵太廉价了！

我们举行一次盛大的宴会，多少动物作出牺牲，成为盘中餐！也许绝大部分又送回厨房，贵宾不曾夹一块肉，放到自己的盘子里。

只要我们浑浑噩噩地过日子，不自觉地做残暴的事情，没有人会怪罪我们。但我们心生仁慈，可又扼杀仁慈，与其他人一起残杀生灵，那实在是凌辱自己的良知了。鉴于这种认识，我要开始吃素了。

我有了一位隐居生活的“好朋友”。我从洛肯那儿借了一本《阿米勒的日记》，一有空闲，就拿出来翻翻；我觉得阅读时我与他面对面地聊天，极少的书本中能找到如此亲密的朋友。大量著作的水平高于这本书，这本书可能有许多不足之处，但它是我最中意的一本。有些书常常是碰一下，就撂在一边了，看哪一本也感到索然无味，这好像生了病好几天躺在床上，浑身不得劲儿，转辗反侧。一会儿枕头上加个枕头，一会儿又把枕头拿下来。可在那种精神状态下，翻开阿米勒写的书，脑袋就好像枕到最合适的位置上，全身舒坦。

我最亲密的朋友阿米勒在他书中的一节里详尽地描写了人类对动物的残忍。我把这一节加进了“贝”的文章。梵文作品《迦达摩波利》中有关狩猎的章节，我已叫“贝”译成孟加拉语。鸟禽在许多方面和人类相像，在某一点上甚至和我们毫无区别，《迦达摩波利》的作者潘伐笃以他仁爱的想象力感受到了，并以华丽的辞藻把它表现了出来。

波迪夏尔

1894 年 3 月 22 日

十六

我心中洋溢着对佃农的爱怜，我不愿意他们有任何苦恼。见他们像天真的孩子用充满诚意的声音埋怨，我非常感动。当他们把对我的称呼由“您”改为“你”，毫无顾虑地责备我时，我心里甜滋滋的。好几回听着他们絮絮叨叨，我忍不住笑出声来，他们见状也嘿嘿地笑了。有天傍晚，我出去散步，一个佃农远远地喊道：“喂，请站住！”我好生诧异地收住脚步。他上前俯身伸手沾我脚上的尘土，抹在胸口、头上，说：“俺这辈子有福啦。”他说他发烧，咳嗽，三天米饭不曾沾牙。今天有了食欲，吃了顿饭，心里高兴，特意来沾我足上的吉祥的尘土。我不敢打包票，由于他的虔诚，我足上的尘土能起护佑的作用。但他对受之有愧的人表示过量的景仰和爱戴，却含有惊人的纯美。他一腔纯正的尊敬，表明他心灵的美好。老人皱纹纵横的脸漾着稚童般的纯真。在以前的信中，我多次谈到佃农，远方的你，兴许觉得这是老生常谈，可是我每天每回都有新鲜感。在这古老的土地上唯有美和人心的真情永远不会衰老，世界因此生机勃勃，诗人创作的源泉永不枯竭。

波迪夏尔

1894 年 3 月

十七

昨天中午我诗兴大发，坐下刚写了五六行，一位毛拉[①]找上门来，见我伏案写作，下保证似的说："鄙人只说两句话。"他"两小时"说完这"两句话"起身离去时，只听岸边有人高声叫道："大王，小民求见已七天了，您的侍从一直从中阻拦。"听话音此人决非等闲之辈，我立刻告诫"侍从"不得再次阻拦。来者是一位身着赭色道袍的婆罗门，长须疏发，天庭饱满，眉间是一颗檀香痣，神色庄重地走到我面前，展开一张很大的纸。我揣摩是一份申请。谁料他亮开嗓门，抑扬顿挫地朗读起来，原来是一首诗。婆罗门大声颂赞居住在婆伊贡塔仙境的保护大神毗湿奴，我肃穆地聆听着。

长诗描写毗湿奴的仙境生活，采用隔行押韵的"特里波迪"诗体。少顷，我发现，为维护举世闻名的都市加尔各答的泰戈尔称号，毗湿奴突然变为黑天[②]，转世下凡，颂诗从"特里波迪"体转为每两行押韵的"波雅尔"体。完成了对德本德拉纳特[③]的盛赞，颂诗转向吹捧罗宾德拉纳特·泰戈尔时，我心里忐忑不安起来。我的诗才和乐善好施"像阳光普照大地，驱散了愚昧和贫穷的黑暗"，这种比喻不管多么优美，可对我来说，委实是一则奇闻。诚然，为仁慈扬名并非坏事。

我耐着性子听完颂诗，说："请去田庄公事房吧，我还有其他事情。"

"您忙您的。"婆罗门一动不动，"您明月般的容颜，容小民瞻仰片刻。"他站在我跟前，显出惊奇的神色，像傻子呆呆地望着我的面孔，我体内窘迫的灵魂被他盯得战战兢兢。

我连声催他下船。他说："布施的物品，请写在这张纸上，我马上到管

---

① 伊斯兰教宗教职业者。

② 印度神话：毗湿奴十次下凡救世，黑天是他的凡身之一。

③ 泰戈尔的父亲。

家那儿去取，颂诗也会念给他听的。”

我不由得感慨万端，我和他操同样的行当啊。我朗诵诗歌，获得报酬。当然，有几回从人家门口空手而归，跟这位婆罗门一样。

保护大神毗湿奴有四只手，分别擎着法螺、轮座、仙杖和莲花。我——现世毗湿奴的凡身，挥了挥擎着仙杖的手，打发他走了。

他刚下船，比罗希姆普尔地区赫赫有名的演说家达里·马宗达占据了他的位置。

我胸前交抱双手，靠着躺椅，默不作声，像一尊冷峻的雕像。

达里·马宗达朗声说道：“大王，许多人读了古代英勇善战的将帅的故事，都不相信，以为几千年前那种事是虚构的。可是几千年后，目睹您的威武英姿，他们的怀疑立即烟消云散了！”

滔滔不绝的吹捧从他的口腔奔涌而出。我忍不住打断他：“你去公事房歇会儿吧。”

“不，不，不用休息。”他急忙回绝，“好不容易见到老爷，我等了七八个月，做梦也不曾想到，瞻仰您妙足的夙愿今日得以实现。”说着，说着，他发颤的声音哽住了，撩起衣襟抹了抹干涩的眼窝。渐渐地，他似乎记起了先前的庄园主——我的哥哥乔迪宾德拉纳特对他的无限关怀和信任，心海里腾起激动的狂澜。于是他原原本本细枝末叶地讲叙他当年做了哪些事，发生了哪些事，主人问了哪些问题，他回了哪些话。

残阳衔地，黄昏来临，鸟儿归巢，牛羊进厩；佃农荷锄回家，达里·马宗达仍无弃舟登岸的意思。直至从库希蒂亚又来了一位求见者，他才宽慰我似的说了句“明天来说其余的事”，恋恋不舍地走了。今天，他还没有来。但口才堪与之媲美的另一位演说家坐在我旁边的凳子上，等我一发话，也将口若悬河地发表演说了。

希拉伊达哈

1894 年 7 月 6 日

十八

帕德玛河水已开始退落，但这儿河水还在一个劲儿地上涨，环顾一下四周就明白了。粗壮的树干浸泡在水中，枝条无力地坠向水面。榕树、芒果树林的幽暗深处几条船之间，村民在洗澡。一间间落寞的农舍兀立在水上，前后院落被淹没了。农田杳无形迹，依稀可见水稻叶尖在水下晃动。

我记不清楚乘船经过了多少河流、沼泽。有时沙沙沙穿越稻田，一转眼滑入了池塘。池塘里白莲亭亭玉立，鱼鹰在潜水逮鱼。有时驶进河浜，一边是稻田，另一边是浓密树林掩映的村庄，丰盈的河水迂回地从中间流去。

洪水无孔不入，填满了一切空隙。乡村的惨况你大概从未见过。当地人坐在大缸里，竹片当桨使用，往返于农舍之间。看不见一条旱路，洪水如果继续上涨，涌入住房，他们将不得不蹲在高高搭起的竹架上。黄牛日夜立在齐膝深的水里，可吃的青草日益减少，等待它们的是死亡。一条条蛇离弃灌满水的洞穴，盘踞在茅屋顶上。无家可归的爬行动物、蚊蠓与村民同居。

村外黑糊糊的树林里，树叶、葛藤、蔓草泡在水里腐烂，到处漂浮着人畜的粪便和垃圾。沤泡黄麻的臭水绿幽幽的。大肚子细腿赤裸的小孩在泥水里玩耍，全身脏极了。散发臭气的死水上面雾团似的蚊群嗡嗡旋舞。

雨季经过这些卫生条件如此差的村落，我浑身汗毛凛凛的。每回我看见身裹潮湿纱丽的家庭妇女把下摆挽在膝盖上，像受折磨的牲畜似的在风雨中拨开水上的污物，洗锅洗碗，心里非常难受。我难以想象乡村的人忍受着这样的苦难。他们家里有的患风湿病，有的两腿浮肿，有的感冒、发烧，婴儿不住地啼哭。但目前没有办法救助他们，只能看着他们一个个死去。乡村这种愚昧、落后、贫困、肮脏、无人关注的困境，太触目惊心了。

我们是各种恶势力的手下败将——自然的灾害，我们忍受；帝王的残暴，我们忍受；对世代造成无数悲剧的礼教，我们没有勇气发出反抗的呐喊。我们应该遁离这样的世界，这儿恶势力不会带来和谐、幸福，不会带来真善美。

梯伽勃蒂亚水路上

1894年9月20日

第四辑

创建学校

圣洁的知识之河，流出高尚的人心，流向无限，流向东方、西方，流向各个方向；我们不会在狭隘利益的范围内筑坝，拦截河水，独自欣赏。

创 建 学 校

一

在宁静的帕德玛河畔一面写作一面管理希拉伊达哈田庄十余年之后，我怀着创业的决心移居圣蒂尼克坦。

圣蒂尼克坦起初是座规模很小的学校。校门上爬满碧绿的玛达比藤蔓。南面耸立着一长排茂繁的娑罗树。校后东侧是一座芒果园，西侧杂生着棕榈树、黑浆果树、阔叶树和零零落落的椰子树。西北角两株苍老的七叶树下有座简朴的大理石祭坛，坛前空旷的原野一望无际，当时未种庄稼。北面阿勒姆吉树林中一幢两层楼客舍，毗连着古老的迦昙姆树荫覆盖的厨房。唯一坚固的建筑是一幢平房，里面藏有线装佛典和其他书籍，后来翻修扩建，加了一层，成为现在的图书馆。南面的石堤又长又宽，圈护着清澈的池水。陡峭的北坡上一行高大的棕榈树，坐在学校里看得清清楚楚。学校东面，赤裸的红土路伸向波勒普尔，路上行人稀少，当时波勒普尔县城人口并不稠密，没有多少像样的建筑。碾米厂的黑烟尚未玷污碧空的明丽，尚未在粮食中传播病毒。学校四周的环境幽美、清静，宜于憩息。

年老的门房苏尔达尔是学校的卫兵。他人高马大，熊腰虎背，精神抖擞，终日不离手的一根长而粗的竹竿，是他早年强盗生涯的最后标志。花匠哈里斯是他的儿子。客舍的一层住着迪奔特罗纳德和他的几个门徒。我和内人住在二层。

波罗蒙邦达卜·乌巴塔亚先生协助我招了几名学生。幽静的娑罗树林里拉开了教育实验的序幕。教室是古老的黑浆果树底下的空地。

学生不必交学费，我向他们提供所需的一切文具和书本。我忘了古代的净修林获得六分之一的王家赋税，忘了社会捐赠是当代教授吠陀经典的支柱。换句话说，教育是社会的组成部分，用不着谁单枪匹马地为学校的生存而奔波。然而，这所学校全靠我极少的财力支撑着。“教师和学生的关系不是金钱关系。”昔日说明此观点极正确的简单方法，当今社会不予采纳；哪个官员支持这种观点，他的乌纱帽是保不住的，这已为我多年痛苦的经历所证实。幸亏波罗蒙邦达卜·乌巴塔亚和他的基督教弟子雷巴贾特是四海为家的“云游僧”，他们减轻了我管理学校和教学经费的负担。

建校伊始，两位青年——称他们为少男也可以——去找我。他们是阿吉德库玛尔·查格罗帕地和他的朋友诗人沙荻斯。沙荻斯那年19岁，要拿学士学位的考试在即。见面以前，阿吉德请我看沙荻斯写在练习本上的诗，并作坦率的评点。每一页上的评语不全是赞词，换一个人，不会这样详细评析。读了他的诗，我感觉到了这稚嫩之作隐隐显露的非凡的才华。他的诗才不容置疑。但赞美一番把他打发走是对他的不尊。阿吉德看到几句尖锐的评语沉不住气了，沙荻斯却神情坦然心情愉快地接受了。

当时，我满脑子是办好学校的雄心大志，话题一扯到学校上面，我神采飞扬地在他俩面前描绘一幅光辉灿烂的前景图。沙荻斯脸上闪现兴奋的光彩。我并未邀请他当教师。我知道他前面还有大学两级最高的台阶，法学毕业考试的试卷后面写着理想职业的诺言。

有一天沙荻斯跑来对我说：“您同意的话，我很愿意当您学校的老师。”

“考完试，你再慎重考虑一下。”我劝他。

“我不参加毕业考试。”沙荻斯执拗得很，“考试通过，亲友们猛地一推，我就顺着家庭生活的斜坡滚下去了。”

怎么劝也没有用。他毫无顾虑地头顶贫困的重荷，成了圣蒂尼克坦学校的一名教师。他坚决不要薪金，我只得私下按时把钱寄给他的父亲。他不穿制服，上身缠一块旧长布，迈进文学艺术的王国，每日的生活充满自然宝库里的琼浆。他是个忘我的人，没日没夜地东奔西忙。学生老跟着他，品尝他汲取的文学营养。我迄今未曾遇见第二个像他那样悉心钻研英语文学的年轻人。他教的学生幼小天真，他搀扶着他们跨过英语阶梯最下面的一级。他授课从不照搬教材范围内的狭隘而陈腐的经验。他的文学功底颇深，讲解深入浅出，教的内容不用死记硬背就被学生消化吸收，成为他们的精神食粮。他引导学生的心灵在文学之湖中沐浴，教学深度大大超过教材的规定。他超越语言教学因袭的模式，给文学以广阔的自由。走上教师的岗位不到一年，他不幸早逝。我心中至今感到失去他的哀痛。我认为学校的老师本质上是无私奉献者,沙荻斯在这方面堪称楷模。

继沙荻斯之后加入老师行列的是贾伽达难陀。我是读了他寄给《求索》杂志的科普文章,与他相识的。他的文章语言通俗易懂,文理通顺,我不由得对他产生了特殊的好感。我先是举荐他到泰戈尔田庄任职,以帮助他克服家庭经济困难,田庄支付薪金是不吝啬的,后来觉得将他拘禁在不合适的岗位上非常可惜,就聘请他为圣蒂尼克坦的教师。教书薪金较少,对他来说却有无尽的快乐,纯洁的心灵得到极大的满足。他爱护学生,不能忍受对学生略微严厉的处罚。他见一位教师惩处一个学生,不让他吃饭,难过得流下眼泪。他把科学知识的大门对学生敞开,尽管那些知识不属于教材范围。他从不摆师长的架子,脱离学生。他与学生的关系从不局限于教学,他高贵的教师身份,总被他温和亲切的态度的罗纱所遮盖。事实上,他是学生的知心朋友。他教算术,哪个学生成绩差,考试不及格,他比谁都着急。他冲不求上进的学生怒吼听起来可怕,学生却能感觉到他的爱心在胸中抗议训斥。他是献身教育事业的教师中的佼佼者,学校永远不会忘记他的一片真情和他走了造成的无法弥补的真空。

沙荻斯的好友阿吉德·库玛尔是个称职的高级教师。在英国文学和哲学领域,他具有的广博知识,任学生随意采撷。学生听他讲课,品尝到上等的文学趣味。学生年纪小,接受能力有限,可他从不自诩资深位高,嫌弃他们。他不像沙荻斯那样漠视贫苦,却也能接受清贫的现实。建造学校的大厦,他无疑是个技术娴熟的建筑师。

我的朋友穆希德昌德拉·森也在我校工作一段时间。他曾在大学任要职,放弃那儿的名誉地位,他心甘情愿地到与其知名度不相符的基层小学任教。教书是他的癖好,给了他无穷乐趣。不久,他与世长辞。过早地结束了教学生涯。他看重人生的意义,在金钱方面慷慨大方。初次见面,他盛赞我校的宗旨,对我是极大的鼓舞。临别时说:"倘能到贵校执教,鄙人不胜荣幸。无奈公务缠身,只得聊表心意了。"说罢,把一个纸包塞给我。他走后,我拆开一看,是一张一千卢比的支票——他监考的全部报酬。这并非最后一笔捐款,后来他象征性地拿一点薪金,月月资助学校。

与上述几位老师相比,南德拉尔较晚登上圣蒂尼克坦学校的讲台。这位才华横溢的画家与年龄参差不齐的学生的友谊,令人感动。他的奉献精神体现于教课,更体现于乐善好施。他是患病的、失去亲人悲痛欲绝的贫苦学生的贴心人。上他图画课的学生，个个是幸运儿。

之后，各种人才、各国友人荟萃圣蒂尼克坦，按照能力和特长，为学校的建设提供充足的材料。学校在新时代的鼓励下，展示常新的姿态，与时代同步前进，保持着旺盛的生命力。

二

在我看来，圣蒂尼克坦仍然充满净修林的气息。小时候，我和先父曾在这儿度过一段时光。我亲眼目睹，他满心喜悦地使自己的心与大千世界与至上灵魂①相关联，在生活中感知了真实。我真切地感到，他的体悟，不是外在之物。夜里两点，在缀满繁星的夜空下，他坐在空荡荡的屋顶上，沉入冥想，在内心汲取甘露。每天他坐在祭坛下，以生命之觞畅饮琼浆玉液。在世界的情景中，体悟充实世界者，这在先父生活中，是可观的实事。我觉得，把学生带到先父的修行之地圣蒂尼克坦，和他们朝夕相处，把自己能给予的一切全给他们，之后就不用我多操心了。大自然充实他们的心灵，消除他们的匮乏。每个人心中，或多或少有与自然沟通的渴望。应当设法满足这种渴望，为人提供被剥夺的与自然接触的机会。

当时志同道合者屈指可数。波罗蒙邦达卜·乌巴塔亚先生欣赏我的为人，尊重我的志向。主动前来助我一臂之力，对我说："你教书不是内行，让我来教吧。"于是我主管学生的生活。另外，为他们编故事，讲故事。一天又一天，我添油加醋，把一个小故事抻得很长，六七天才讲完。我擅长随口编故事，编的许多故事后来编入《短篇小说集》中。我安排丰富多彩的活动，如戏剧表演、听故事、唱歌、阅读改写本《罗摩衍那》和《摩诃婆罗多》，等等，让孩子们的童心充满灵气。

我深知，确保孩子的心路朝正确方向延伸，培养他们健康的人生观，是一项重大责任。孩子出生在如此浩大的世界、如此宏大的人类社会之中，继承了一份丰厚遗产，为此，一定要矫正好他们的心灵航标。在印度的艰难岁月，谋求一官半职成了许多人学习的最终目的，从而失去了与世界建立愉悦关系，分享世界财富的机会。作为一个人，应当认清自己的权利。

---

① 至上灵魂和本段中的充实世界者，指梵天。

国际大学学生的歌舞表演

既要与自然保持心灵的和谐,也要融入广大的人类世界。

建校的时候,我首先想到,要将学生的生活从精神虚弱和胆怯中解救出来。印度的恒河从崇山峻岭中奔腾而出,流过一个个地区;两岸的居民舀水饮用,做好家中重要或普通的事情。同样,圣洁的知识之河,流出高尚的人心,流向无限,流向东方、西方,流向各个方向;我们不会在狭隘利益的范围内筑坝,拦截河水,独自欣赏。但在它使人们的生活趋于完满,并显露宏大的世界形象之地,我们沉浸于它的水中,得以纯洁,得以净化。

三

学校目前的景象清晰地呈现在眼前——学生宿舍、教学楼馆、图书馆、招待所,一切的一切,和梦境一样。我暗自问自己:这所学校是怎样起步的,最后结局会怎样呢?最令人惊奇的是,完全不适合搞教育的一个人——请你们别以为这是虚伪的谦虚——老天爷竟让他做成了一件大事。

最初把学生招来的时候,我不仅身无分文,而且身陷债务困境,毫无偿还能力。另外,大家知道,教书我完全是外行。

一年年悄然逝去,学校规模不断扩大,资金短缺却一如既往。显然,不收学费学校维持不下去了。后来学费收了,但依然捉襟见肘。不得已我卖了部分著作版权。我名下的一些财产全化为学校经费，连妻子的首饰也悉数典卖，办学办到了家徒四壁的地步。回想起来当时不知哪来的冒险精神。就像梦游的人在崎岖的路上行走，骤然苏醒吓得浑身发抖一样，回首往事，我也不寒而栗。

起初，这是一所规模很小的学校。但正是它使我不得不时常放弃从小喜欢的文学创作。缘何这样做呢？它对我为何有如此大的吸引力呢？现在给你们答案。我从小深爱大自然，向往大自然。我强烈地感到，城里的生活在我们四周垒砌了高墙，切断了我们与世界的联系。可这儿的学校里，大自然敞开的生命乐园里，春季、秋季孩子们有了欢度百花节的地方，这儿洋溢的欢乐，使我心甘情愿作出巨大牺牲。我把自然母亲提供的琼浆融入歌曲，在各种欢庆活动中，把甜美的乐曲之果送给孩子们品尝。每天的丰硕成果给我极大鼓舞。

我常常想，师生关系，应该是非常纯真的。在许多事情上，人与人之间的关系是给予和受纳的关系。有时付钱，有时互相作出牺牲，有时则以强迫手段，人们使给予和受纳之河，日夜奔流。给予知识，接受知识，双方之间的桥梁，是尊敬和慈爱。没有情谊的纽带，只有干巴巴的职责，或交易的关系，那么，接受知识者，是不幸的，传授知识者，也是不幸的。为了养家糊口，老师到外面挣工资，可他与学生的心灵纽带应是纯洁的。这种办学宗旨，在我们学校得到了深入贯彻。老师和学生一起散步，一起游玩，关系十分融洽。语言也罢，历史也罢，地理也罢，我不十分清楚我们用最好的新方法教了什么未教什么。但师生关系，别的学校没有人觉得它是必不可少的东西，可它恰恰最最重要，并在我们学校有了立足之地，每每想到这一点，我就无比欣喜，忘记其他一切欠缺。

四

人类的大家庭中正庆祝科学的灯节。每个民族点燃灿亮的华灯，汇聚在一起，灯节才能圆满结束。砸碎任何一个民族的特殊的明灯，或者忘却它的存在，整个世界将蒙受损失。

有资料表明，印度以自己的智力深入地思考过世界的问题，并依凭自己的智慧尽力加以解决。对印度来说，名副其实的教育能使印度的心灵去开拓真理，并依靠自身的力量展示真理。叫人死背书的教育不是心灵的教育，那样的教育可以依靠机器去进行。

当印度精力集中地思考的时候，它的心灵是坚固的。如今它的心灵已经支离破碎，心灵的粗壮枝丫忘记了感知同一树干中的广泛联系。如同肢体中的一根神经断裂，整个躯体便受到严重影响，印度的心灵如今在印度教徒、佛教徒、耆那教徒、锡克教徒、穆斯林和基督教徒中四分五裂，既不能为自己广收博采，也不能奉献自己的成果。接受和给予的时候，都需要把十指和手掌并拢起来。同样，印度的教育制度中应该荟萃研究《吠陀》和《往世书》的学者、佛教徒、耆那教徒、穆斯林教徒的灵魂，收集他们的精神财富；应该弄清印度的心灵之河朝哪些方向分为支流，潺潺流淌。采用这种方法，印度就能在不同的地域体悟自己的完整。印度不会扩展和分析自己，就必然像接受施舍那样接受教育。一个民族以求乞为谋生手段，任何时候都不会富裕。

其次，哪里有名副其实的教育场所，那里才诞生高深的学问。大学的首要任务是培育知识，奉献知识是次要工作。要将那些以自己的才智和毅力进行创造、发明的人才吸引到研究学问的领域中来。在他们联袂从事科研的地方，流出知识的清泉，在汩汩流动的泉水边，建立我国真正的大学。照搬外国大学的模式是不可取的。

我要说的第三点是，每个国家的教育与本国完整的生活旅程密切相关。但在印度，教育仅仅与政府职员、律师、医生、警官、县长、法官等文明社会阶层的几种职业有直接联系。教育从未进入耕种的农田、榨油的作坊和制作陶器的轮子转动的屋子。在其他教育水平较高的国家，看不到这样的灾难。其原因是，印度的新大学不是建立在本国的土地上，而像寄生植物悬吊在别国的树枝上。印度若要建立真正的学校，这种学校一开始就应该把经济学、农业理论和卫生知识运用于所在地的农村，占领国家生活的中心。这样的学校有崇高的理想，能够种植农作物，养牛，织布；教师和学生采用合作社的形式，与周围的居民紧密团结，共谋生机，获取必要的资金。

我建议，将这所模范学校命名为“国际大学”。

圣蒂尼克坦

1919 年

第五辑

探望狱中的甘地

躺在死亡祭坛下的这位伟人的心声，今日传到印度亿万人民的心中。距离的障碍，牢房的障碍，变幻莫测的政治形势的障碍，都挡不住他。

探望狱中的甘地

在悲凉、忧伤的气氛中，我们怀着希望登车前往普那。路途漫漫，我们越来越担心能否见到活着的甘地。火车在一个大站停靠，两位旅伴买到一份报纸，我忧心忡忡地展开阅读。上面没有令人宽慰的消息；医生称圣雄甘地病情危重，他体内的脂肪已经耗尽，肌肉开始萎缩，随时可能因脑溢血猝死。消息说，近来他每天与本党和对立派就复杂的问题进行磋商，最后说服双方原则上同意给予印度社会的某些落后团体一定的权力。他战胜病痛和虚弱，做成了一桩异常艰难的事情。现在，一切取决于英国批准该方案的决定了。当然，不存在不批准的站得住脚的理由。英国首相有言在先，他不能不接受印度教徒与落后社团一起草拟的方案。

9 月 26 日清晨，我们怀着希望和忧虑交织的心情抵达卡兰车站，见到从加尔各答乘车先期到达的芭桑蒂女士和乌尔米女士。我们互致问候，随即上了女房东派来的汽车赶往普那。

普那的山路平整。进城时，那儿正在举行军事演习，路上见到许多军车、机枪和参加演习的士兵。少时，汽车停在了毗达尔巴伊·坦盖尔斯先生的府第前，他的遗孀满脸娴静地微笑前来欢迎我们。坦盖尔斯先生创办的学校的女学生列队站在台阶两旁，唱起迎宾歌曲。

步入楼内，立刻感受到一种焦虑、沉闷的氛围。每个人脸上罩着忧愁的阴影。询问得知，圣雄生命垂危，而从英国尚无消息传来。我当即给英国首相发了一份急电。

其实，这是多此一举。不一会儿，欢快的叫嚷声冲进耳朵，从英国传来了认可的消息。又过了几小时，传言得到证实。

全天是圣雄静躺示威的日子。下午一点以后说话，他希望我在他身边。我们的汽车开到贾尔贝达监狱外面被挡住了。英国卫兵声称，他没有接到允许车辆入内的命令。奇怪，我听说在印度如今进监狱的路是畅通无阻的嘛。看热闹的一群人围住了我们的汽车。

我们的人下车刚要进去同典狱长交涉，德卜达斯手执典狱长签发的探监证气喘吁吁地跑出来了。后来听说，是圣雄派他来的。圣雄忽然猜想警察在什么地方扣留了我们的汽车，尽管他没有得到任何消息。

咣，咣，咣，铁门一扇扇推开，又一扇扇关上。眼前出现凶横的高墙、囚禁的天空、笔直的石子路和三四棵树。

我在暮年才有了两种新鲜的体验：一、我最近跨过大学的门槛。二、尽管受到阻挠，今日终于进了监狱。

左边是又高又陡的台阶，我们拾级而上，进了大门，来到一个高墙森立的院子。几十米开外是两排囚房。圣雄卧躺在院子里一棵矮小的芒果树的浓荫下。

泰戈尔和甘地

圣雄急切地伸出双手把我拉到胸前，久久不放，动情地说，见到我他无比欣慰。

是我卷起了喜讯的浪潮，为此我在他面前赞扬我的运道。后来听说，下午一点半左右，英国政府的决定传遍印度，政治家们在西姆拉开会讨论文件。报刊的编辑们早已得到这则消息。圣雄的生命之流一刻比一刻细微，他已濒临死亡，但迟迟不见使他转危为安的快捷的行动。传送系着红绸带的正式文本的手续的烦琐和冷酷，使我不住地摇头叹息。我们一直等到下午四点一刻，心情越来越焦躁。据说确切消息上午十点就传到了普那。

周围簇拥着许多朋友。我熟识的有穆哈特瓦、巴勒维、拉贾古帕尔查里、拉真特罗巴拉萨特，还有卡希都丽芭伊女士和索罗吉妮女士。尼赫鲁的夫人卡玛拉也在场。

圣雄甘地原本瘦小的身体瘦弱到了极点，他说话几乎听不清楚。他肚里酸液滞积，隔一会儿就得喂他几口苏打水。医生的负责态度超过了平常的标准。

圣雄依然神志清醒，思路敏捷，表现出非同寻常的毅力。绝食前的日日夜夜，他思考面临的棘手问题，忙于错综复杂的谈判。从海滨城市寄来的政治家的信件，沉重地打击了他的心灵。众所周知，绝食期间，各个政党的强硬立场，对他的危境未表示一丝怜悯。但他从未露出精神崩溃的神情。他那天生清澈的思维之河从未混浊。在他苦修的肉体上看到不可战胜的鲜活的灵魂，不能不感到惊奇。不来到他的身边，就无从知晓这个瘦弱男子竟有如此旺盛的生命力。

躺在死亡祭坛下的这位伟人的心声，今日传到印度亿万人民的心中。距离的障碍，牢房的障碍，变幻莫测的政治形势的障碍，都挡不住他。数世纪思想僵化的壁垒在他面前分崩离析。

穆哈特瓦轻声告诉我，圣雄一直殷切地期待我来探望。我在监狱出现有助于国家问题的解决，这在我是前所未有的经历。我感到高兴的是，他终于满意了。

考虑到墙壁似的围着他对他的健康不利，我们自觉地后退几步席地而坐，斜阳冷漠地落在院墙上。身着白色土布衣服的男女囚徒，三三两两地平静地交谈着。这些人值得一提。他们的言谈举止中，你看不到由煽动培植的粗野。品行赢得了信任。监狱当局对他们另眼相看，允许他们互相自由自在地接触。他们从不违背圣雄的承诺寻衅闹事。他们具有显而易见的坚定的自尊心和自制力。不言而喻，他们是争取印度独立的名副其实的斗士。

终于，典狱长拿着政府盖过章的信件来到院子里，我发现他脸上泛着淡淡的喜悦。圣雄肃穆而缓慢地看完典狱长交给他的一封信，把朋友们叫到跟前，吩咐他们仔细研究一下。

朋友们把信递给我。体现上层政府意志的这封信，措辞严谨，但给我的印象是，它并不悖违圣雄的意愿。里达耶那特·昆吉鲁简明扼要地重复了信中的内容，完全消除了圣雄心中的疑虑。绝食斗争于是宣告结束。

圣雄的木板床移到墙影里，四周铺了牢房里用的线毯，大家围坐一圈。穆哈特瓦说圣雄爱听《吉檀迦利》的一首歌曲《生命憔悴时跃入友爱的甘泉》，曲调我记不全了，只得即兴发挥唱了一遍。萨姆夏斯特里吟诵了一段

《吠陀》经，圣雄才接过卡希都丽芭伊[1]端着的一杯柠檬汁，慢慢啜饮。沙巴尔玛迪道院的师生和其他在场的人齐声高唱毗湿奴赞歌之后，分发水果、甜食。

戒备森严的监狱里举行这种庄严的庆祝活动，在印度是史无前例的。它是监狱里献身的祭祀获得空前成功的生动体现，从另一个角度说，狱中不期而遇的激动人心的场面，可谓神圣的典礼。

翌日下午，空阔的希巴杰曼迪尔广场举行群众大会。我费劲地挤上主席台，心想，我和阿维玛尼[2]一样，只有进路没有退路。玛拉巴吉首先致词，以纯正的印地语条理分明地阐述对不可接触者的世俗偏见完全不符合印度教教义。他多次朗诵梵文诗句，论证自己的观点。我说话声音微弱，没有让如海似潮的人群听清演讲的那份能耐，只简单说了几句，书面讲话由戈宾特代念。在暗淡的夕照下，事先不看讲稿，他竟读得那么流畅、清楚，着实让我吃惊。

我的普那之行到此结束。临别的上午，我在圣雄身边待了很久，就许多问题同他交换意见。这一天内，他出人意料地康复了，血压大致正常，说话语气坚定，笑吟吟地和前来祝贺的人交谈。孩子们献给他一束束芬芳的鲜花，他搂着天真烂漫的孩子，喜笑颜开。

今天，圣雄甘地肩负重大的历史责任，光彩夺目地出现在我们面前，这是鼓励人们在群众中发现伟人的一种动力，愿这种动力在印度各地成为切实有效的行动。

---

① 甘地夫人。

② 典出《摩诃婆罗多》，阿维玛尼系阿周那之子，他冲进敌阵，未能生还。

第六辑

往事悠悠

我希望，剔除糟粕，剩下的精华响亮地宣告：我爱人世，我追求高尚，我企求在至善面前自我奉献的自由；我坚信时时与平民息息相通的伟人具有人的真实。

往 事 悠 悠[①]

我首次睁开眼睛看到的祖宅非常安静，仿佛在远离市井的郊区，上面的天空没有被邻里的房屋和喧嚷紧紧地捆住。

在我出生之前，我的家庭之舟已经提起沉重的社会的铁锚，行驶到了传统的港湾外面，停泊的地方，礼仪、教规淡化到了不能再淡化的程度。

泰戈尔故居朱萨迦

我家有一幢面积可观的旧式楼房，门口墙上挂着破旧的盾牌、长矛和锈迹斑斑的腰刀，楼内有祈祷室和三四个庭院，内宅连着一座花园。幽暗的水房里，几只大水缸盛满一家人饮用的恒河水。过去逢年过节，楼里张灯结彩，演奏音乐。我不曾获得追怀那种盛况的资格。我呱呱坠地之时，

① 本篇为泰戈尔在纪念诞生其70周年会上所作的讲话。

旧时代已向我家告别;新时代新来乍到,它的家具尚未运来。

如同本国社会生活之流退离了我的家庭,祖产的潮水也业已退落。祖父的财产的一盏华灯一度火焰明亮,在我降生之时,只剩下燃烧后的黑渍、烟灰和一缕摇颤不定的微弱火苗了。奢华的昔年用以娱乐享受的器具,只有几件丢在墙角,破烂不堪,蒙上厚尘,值不了几个钱。我不曾降生在荣华富贵里,也不曾降生在对荣华富贵的怀念中。

我清静的家庭里自然而然形成的特点,宛如望不见大陆的孤岛上树木和动物的特性。我们一家人所操的语言别具一格,加尔各答人称之为泰戈尔家庭语言。男男女女的服装、举止也与众不同。

当时,有教养的社会阶层把孟加拉语幽禁在女性居住的内宅;客厅里与客人交谈,教学,写信,一律使用英语。我家未发生这样的变态行为,对孟加拉语的钟爱极为深挚,凡事都讲孟加拉语。

我家返璞归真的努力是值得一提的。钻研《奥义书》,使我的家庭与世前时期的印度建立起密切联系。孩童时代,我几乎每天以纯正的发音朗读《奥义书》的诗行。由此可以明白:孟加拉地区风行的宗教狂热情绪为什么没有渗入我家。先父倡导的是在宁静的气氛中进行祈祷。

这是家庭生活的一个方面。另一方面,英国文学曾给我的长辈带来许多欢乐。品尝莎士比亚的戏剧趣味,活跃了我家的气氛。华尔特·司各特①对他们的影响也很大。孟加拉当时还未掀起如火如荼的爱国运动。郎迦拉尔②的诗作《没有独立谁愿意活着》,赫姆·昌德拉③的名作《两亿人的生息之地》,唱出盼望祖国独立的心声,听似晨鸟的啼鸣。对在庙会上举行文艺活动的倡议和组织工作,我们一家人表示了极大的热情,但唱主角的是纳迦库帕尔·米特拉。我二哥为此特意创作了歌曲《胜利属于印度》,堂兄卡纳写了《羞怯如何歌唱印度的光荣》,大哥写了《印度,你明月般的面庞蒙上了灰尘》。五哥乔蒂林德罗那特筹建了一个秘密团体,经常在废弃的旧屋开会。会场上摆着《梨俱吠陀》、其他典籍和死人的头盖骨,祭司是拉

---

① 华尔特·司各特(1771—1832),苏格兰诗人及小说家。

② 郎迦拉尔(1748—1827),孟加拉诗人。

③ 赫姆·昌德拉(1839—1918),孟加拉诗人。

贾那腊衍·巴苏[1]。我们在那儿接受了拯救印度的启蒙教育。

志士仁人的理想、热情、行动未曾一股脑儿地强迫我们接受。它们的影响是通过平常的活动,一点一滴往我们心里灌输的。帝国政府的军警或许是对此缺乏警惕,或许是觉得不屑一顾,总之未来打破秘密团体成员的脑门,扼杀他们的志趣。

当时,加尔各答胸脯上尚未铺石头,保持着相当多的天然本色。工厂的黑烟没有熏黑蓝天的明净面孔,房屋之林的缝隙里,池塘水面上阳光熠熠闪烁。下午,菩提树伸长身影,椰子树临风摇曳,恒河水通过石砌的沟渠,清泉般流入我家南花园的池塘。胡同里轿夫"嗨唷嗨唷"的号子声和马路上马车夫的吆喝声,不时传到耳中。傍晚点亮油灯,铺张草席,我们在昏黄的灯光里听年老的女用人讲神话故事。在安静的屋子里,坐在角落里的我,腼腆、文静、憨实。

我落落寡合的另一个原因是,我经常旷课,惧怕考试,考试经常不及格;老师对我的前途非常悲观。我的神思像个流浪汉,在教室外面的广阔天地里游荡。

在这以前,一个偶然的机会,我发现一些普通的人用普通的笔写的有节奏的押韵的儿歌,被称为诗作。当时读者一看见写儿歌的作者,钦佩之情油然而生。时过境迁,如今连儿歌也不会写的,也有被吹捧为文坛新秀的。在"波雅尔"、"特里波迪"等诗体的领域,我有了自由行动的权利,以不倦的兴致埋头于写作。我在书房的一隅,进行组装、拆卸格律的游戏,用六个字母、八个字母、十个字母拼凑各种各样的字组。最后,我的处女作送到了大人面前。

且不管起初的尝试之作达到怎样的水平,要紧的是它们出于这样一位少年之手——他平常孤单无伴,一个人在心里做游戏。他处于社会和学校的约束之外;家里对他的管教也很松。父亲在喜马拉雅山隐居,家中凡事由兄长做主处理。

我最敬佩的五哥乔蒂林德罗那特从不给我戴上家教的桎梏。我像同龄人似的和他争论,磋商文学创作的有关问题。他尊重我这个年幼的弟弟,开阔我的胸襟,促使我的身心健康发展。他若蛮不讲理、独断专横地管教我,我

---

① 拉贾那腊衍·巴苏(1829—1900),梵社成员、孟加拉教育家。

恐怕会塑模成另一副模样，深得上层文明社会的赏识，而不是今天的我了。

我起初采用不合规范的韵律狂飙般的创作参差不齐的诗句，靠杂乱幼稚的词汇堆砌，抒发飘忽的情思。这种悖逆诗学的倾向，是孤独少年的骨髓里培养出来的，里面蕴藏着大量危险。但我并未由此而夭折。原因是当时孟加拉文坛的名誉市场不太拥挤，竞争尚未达到白热化的程度。批评家手执板子，进行不客气的恼人的敲打，但文苑里冷嘲热讽、诋毁中伤的火焰还没有燃烧起来。

为数不多的文学家中间，我年纪最小，文化程度最低。我写的诗歌不受格律限制，不明确的字眼使内容显得晦涩，处处露出语言和构思的不成熟。其他文学家的讲话、文章里几乎从不对我加以扶植，谈到我往往是含糊其辞地说一两句，随后一笑了之。那笑绝不含贬义，绝不是贬值的贸易的一部分。他们的评论文章中有训导，而无丝毫的不尊重。某些段落流露出不悦，但绝无厌恶情绪。所以虽说缺乏鼓励，我仍可不落窠臼，沿着自己的路子写下去。

文学生涯的第一阶段，就是这样默默无闻地轻松地度过的。我一直处在自然的厚爱和亲人爱护的凉荫里。有时无事可做，爬上三楼凉台，在心里编织琪花花环；有时坐在卡吉普尔一株老楝树下，谛听井水凄清地流入果园，将奇妙的思绪融入想象，送到不远的恒河水流里漂放。那些日子，我不认为应该走上宽阔的街道，自己心灵的光影才有可能被他人心灵的胳膊肘碰撞。

后来，名气把我拽入袒露无遗的晌午的阳光下，气温越来越高，屋隅里我的安乐窝终于彻底毁坏。大概是天命吧，驰誉文坛的同时，我得到的烦恼比其他名人多得多。没有第二个文学家像我似的忍受了那么冷酷、那么长久、那么肆无忌惮、那么不可抵挡的风言风语，然而，这也是衡量我名誉的尺度。我敢说，不利环境的考验中，命运捉弄了我，但未以失败的沮丧羞辱我。此外，煞星垂挂的黑幕上，明晰地闪现了我友人的温和面孔，他们的人数不少。

果实即将从茎梗垂落的季节，已经进入我的生活。完全接受这个季节，需要外界和内心的宁谧。而这样的宁谧，每每在荣辱得失的矛盾中遭到破坏。

诗人的创造若是真实，真实的光荣寓于创造之中，而不在人们的首肯之中。作品不被人接受是常有的事，那样会影响书市的价格，但不会降低真实的价值。

绽放是花儿的最高荣誉。爱花的是胜利者，花儿的胜利在于盛开。“美”的中间隐藏着不可把握的、甘美而神秘的真实，与我们的灵魂保持着无可描述的联系。我们对它的感知是甜蜜、凝重而明亮的。我们内心世界的人成长起来，富于色彩和情感。我们的躯壳在色彩和情感中与之融为一体——这叫做爱。

诗人的工作是以“爱”亢奋人的知觉，把人从蒙昧中唤醒。胸怀宽广、目光深邃，拥有隽永、高洁、自由，时时处处拥抱人的心灵的诗人，被誉为大诗人。世世代代，各国文学艺术的宝库里，创造并储存着爱的财富。世界上一个国家的群众爱戴哪一个人，浏览一下这个国家的文学作品，便一清二楚了，爱是评判人的标准。

我已经抵达人生旅途的最后一站。我希望，想要对我有所了解的人，目前起码已经知道，我不曾出生在衰朽的世界，我看到的一切，未使我的双目感到疲倦，我没有发现奇迹的末端。无始往昔的未闻的福音，环围着世界，对着无尽未来轰响，激起我心魂的共鸣，我仿佛千秋万世聆听过这宇宙的梵音。季节的天使以奇丽的色彩装点太阳系边缘微小的绿色地球，我的心沐浴着灌顶大礼的圣水，一向毫不懈怠地参加这爱抚的仪式。每日迎着朝霞，踏着暮色，我静立着，品味着《奥义书》的诗行：你富丽的形象，映入我的眼帘。我努力感知的宏大的存在①，以亲缘的纽带维系万物。他的欢悦中，古今显露的无数形象，使我的心喜不自禁说道：天地间翻涌着生命的浪涛。无关紧要的物象，也兴奋地吸引我们。富于这奇迹的奥义的他②，在人心里完美着人，我们因而不嘲讽甘愿受苦的牺牲精神是自杀的疯狂。

我父亲领悟的《奥义书》的第一句诗行，一次次充填新的涵义，在我的脑海中萦绕。我一次次对自己说：为收下自行来到你身边的东西而高兴。永不脱离你周围的环境，切莫好高骛远！这对于诗歌创作至关重要。欲望像蜘蛛的丝网，缠住谁，谁必然疲惫、衰颓。因为欲望使他脱离整个社会，把他限制在它窄小的界限内，不多时像落花一样凋枯。高尚的文学，救艺

---

① 指创造大神梵天。

② 指梵天，作者认为梵天无处不在。

术享受于贪婪，救美于卑污，救灵魂于功利主义的樊笼。色欲驱使魔王罗波那将悉多囚禁在深宫①。罗摩的挚爱容悉多自由地住在森林中的茅屋里，显露她的真貌。在爱情面前，人体美妙绝伦；在色欲面前，人体是一堆肉。

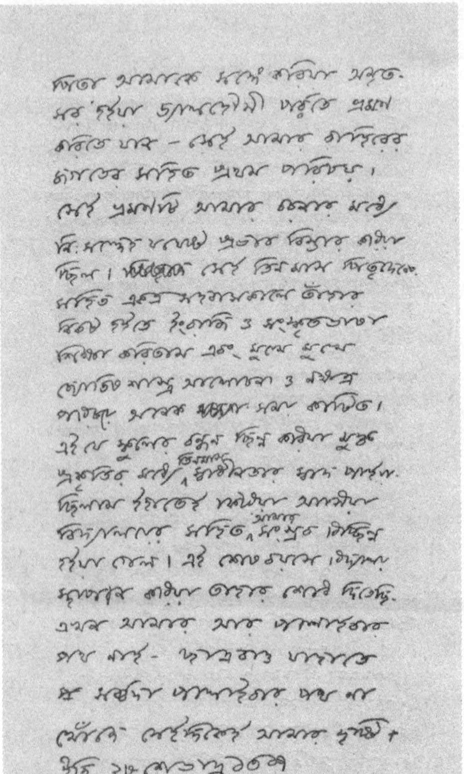

泰戈尔《人生回忆》手迹

我在人生不同阶段的不同条件下从事文学创作。小时候开始写作时，自己不认识自己。我的作品肯定掺有应该删除的杂芜。我希望，剔除糟粕，剩下的精华响亮地宣告：我爱人世，我追求高尚，我企求在至善面前自我奉献的自由；我坚信时时与平民息息相通的伟人具有人的真实。我跨越始于儿时的执著的文学探索的界限，尽量为那伟人收集劳作的供养和牺牲的祭品，在身外或许受到阻挠，内心却一向顺利。我来到地球这个圣地，这里所有国家、民族和流年的中心端坐着民神。我的骄傲在他祭坛下的幽暗处。我至今为消除等级观念作艰苦的努力。

如果我最幽秘的性格本相和求索超越了我的一切平庸，表露在我的作品里，散布了欢愉，那我期望得到的回报是敬重，仅此而已。愿此话铭记在我心头：我赢得许多人的真诚友情，尽管我有这样那样的缺点，他们了解我的一生，了解我的理想、我的收获、我的给予，了解我并不完美的一生中不间断的奋斗的目标。

---

① 典出印度史诗《罗摩衍那》，王子罗摩被流放，与妻子悉多在森林中居住14年。悉多曾被魔王罗波那劫走。